「よし！　思い出話しよ！」

空笑《そらわら》いがあって、涙がある。
僕たちはおずおずと、失われたものを悼《いた》む。

Aruta Nakano
中野在太
Illustration 七和 禮

康太の異世界ごはん 6

KOUTA no ISEKAI GOHAN

「ずいぶんくつろいでいますね、ピスフィ・ピーダー。私を説き伏せるために集まったはずでは？」

「いざや行かん、
百貨迷宮《ひゃっかめいきゅう》の深淵《しんえん》へ！」
ミリシアは
宝剣ドワーブルシュタッス・
ネイデルを向けた。
光った刃が、パトリトの
表情を映し出した。

キュネーの手に触れる。
熱い。燃えてるみたいに熱い。
「さわら、ないで」

あたしは走っている。
振り返らない。
乾けよって、あたしは思う。
涙は、あたしのスピードで。

「お待たせ、お弁当できたよ」
そら豆を蜜でじっくり
煮含めた、おたふく豆。
おにぎりをたわら形に握って、
海苔《のり》を巻く。
さや大根のぬか漬け。
クリームコロッケ。
柿《かき》といちじくのコンポート。

そこにはみんながいる。
ピスフィ、ミリシアさん、
パトリト君、衢川《ちどりがわ》さん。
それからもちろん、榛美《はしばみ》さん。
お墓もなく死んでいった
人たちを悼《いた》むため、
集まったみんながいる。

INTRO DUCTION

宴《うたげ》のあとで…

ピスフィから、彼女の父、ピスディオ・ピーダーの帰国祝いに、
ふさわしい料理をつくってほしいという依頼を受けた康太《こうた》と榛美《はしばみ》。
ピスフィには、ナバリオーネとの対立によって
空中分解寸前となってしまったピーダー閥を、
饗宴《きょうえん》によってつなぎとめる狙いがあった。
ピスフィが持ち込んだ精白小麦粉は
素晴らしくふかふかの食パンを焼くことができ、
それで極上のサンドイッチを作った。
康太の前腕以上もある巨大な
オマール海老《えび》を使ってクリームコロッケを作った。
仕事が終われば、もちろんみんなでお酒を酌《く》み交わす。
仕事は楽しく、お酒はおいしく、すべて世は事もなし。
そんな平和な日々に感謝する康太たち。
一方、ヘカトンケイル人は、忍び寄る凶兆《きょうちょう》に気づいていなかった。
朽ちない遺体を乗せた小舟が、潟《ラグーナ》に打ち寄せられたことに——。

康太の異世界ごはん　6

中野在太

ヒーロー文庫

康太の異世界ごはん

6

CONTENTS

Illustration 七和 禮

イラスト／七和 禮
装丁・本文デザイン／5GAS DESIGN STUDIO
校正／福島典子（東京出版サービスセンター）
DTP／天満咲江（主婦の友社）

この物語は、小説投稿サイト「小説家になろう」で
発表された同名作品に、書籍化にあたって
大幅に加筆修正を加えたフィクションです。
実在の人物・団体等とは関係ありません。

第十八章　ドゥームズデイ・ブック

名残《なごり》の花をつけた桜の細枝は雨に打たれ、手招きするように揺れていた。落ちた雨滴が、肌の上で跳ね散った。

小舟に横たわる、女の死体の肌の上で。

どこから潟《ラグーナ》に入り込んだのか、いつからそこにあったのか、知る人のないまま、屍《しかばね》を乗せた舟は風雨と波に揺れていた。

見つけたのは、小島に作られた貴族の屋敷の管理人だった。彼はただちに死体から身ぐるみはいだ。

なにしろ上等な服を着けていたのだ。

酒代の足しにはなろう。

ブラウスを脱がせたとき、管理人はぎょっとした。

薄桃色の発疹《はっしん》が、死体の左腕から胸にかけて現れていたからだ。散り残る桜を思わせて、不吉に鮮やかだった。

恐怖に駆られ、管理人は屍を乗せたままの小舟を力任せにひっくり返した。

雨滴の弾《はじ》ける海面を割り、舟は沈んでいった。あぶくの最後の一かけらが消えるのを待って、管理人は小島を後にした。

服は質草となり、あちこちを転々とし、やがてどこかに死蔵された。

小舟とともに沈んだ死体は、潟《ラグーナ》の泥に埋もれ、しかし時間も大量の水もその美しさを奪わなかった。数か月後の高潮が死体を港に運んだが、見つけた水夫は、死んで間もない遺体として当局に報告した。

わざわざ高潮の時期を選んで海に繰り出し、溺死する間抜けは少なくない。死体はろくな調査もされずに葬られ、統計上の数字となった。

◇

夏が近いのに今年はやたら寒くて、あたしはニットのカーディガンの感じを懐かしく思い出す。手首のあたりの、ちくちくする感じを。

『移民島《いみんとう》』はどこも潮風が吹きさらしだ。

スカートがしんどい。

これ思いついた奴ばかなんだと思う。

ブレザーのポケットに手を突っ込んで背中を丸めて、あたしは堤防沿いの道を歩く。行き先はつい最近できた井戸だ。それまでは雨水を、なんか壺《つぼ》みたいのに溜《た》めていた。こんな環境でよく一年以上生きてこられたなと自分でも思う。

その井戸も雨水を溜めるものではあるけど、紺屋《こうや》さんが言うには、砂とかで濾過《ろか》されていてやや安全らしい。葉っぱとか鳥の羽とかが混ざってなければ、もはやなんでもいい。井戸のある広場には、朝から人が集まっていた。これから仕事に出る人――でっかい運河のどぶさらい――がいて、これから眠る人――娼婦《しょうふ》に男娼――がいて、朝のこの瞬間だけ、なんでもない隣人として広場でおしゃべりする。

なんかいいよね、そういうの。

見知った赤毛を井戸端で見つけて、あたしはのそのそ近づいた。歩いてる途中で向こうが気づいて、手を振ってきた。あたしはこういうとき、いつもちょっと気まずくなって、なんか変なにやにや笑いを浮かべながら小走りになってしまう。

「ちがちゃん、おはよ。前髪すごいよ」

赤毛のキュネーは、チョキにした指であたしの前髪をつまみ、ぐいーっとひっぱった。

「生まれた瞬間くせ毛だったのよ、永久よ永久」

びちゃびちゃになるまでミストスプレーして焦げるほどブローしてヘアオイルでべっとべとにしても、あたしの前髪はいつだってくりんくりんだった。アイロンを通すと今度は針金みたいな鋭さで目に刺さった。そしてここはドライヤーのない異世界だ。くせ毛に対してできることは一個もない。

「ウチは見飽きなくていいけど。毎朝違うから」

「遊ばないでよ」

キュネーが手を伸ばし、あたしは体を引き、そうやって毎朝、あたしたちはじゃれ合う。あまりにも思い通りにならない自分の前髪を、あたしはなんだか好きになっている。

「あ、そうだ、ピスフィに聞いたんだけど、なんか移民島を、『管区』にしたいとかなんとか、そういう話があるんだって」

キュネーは驚いたようにまゆ毛を持ち上げた。

「ウチらが租税台帳《ドゥームズディ・ブック》に名を連ねるってこと？　そっか」

「それ悪いの？　良いの？」

「悪いことも良いこともあるよ。きちんと税金を納めなきゃまたみんなまとめて〝井戸〟送り。だけど正式な居住権が手に入る。ウチらはなんていうか、ここで勝手に生きてるから、国にとっては鳥とか昆虫みたいなものだね。それが、普通に人になるってこと。普通の市民に」

キュネーが分かりやすくまとめてくれた。たぶんだけど、謎の無法地帯である移民島が、移民島市だか移民島町だかになるってことなんだろう。

「『管区』かあ。それならきっと、本島の人が引っ越してきたりするんだろうね」

「あー」

あたしがあーって言うと、キュネーは苦笑した。知らない人が増えるのは無理でしょ。

絶対に嫌すぎる。

「いじめる側にならないようにしなきゃだね。ウチも、ちがちゃんも、みんなも」

キュネーの言葉に、あたしはけっこう、びっくりした。

移民島のみんなは、むちゃくちゃにいじめられてきた。ちょっと魚を捕ったり畑を耕したりしただけで嘘《うそ》でしょってぐらい怒られ、網を燃やされたり舟を沈められたりした。ナバリオーネとかいう正真正銘のどちゃくそ大ばかくそそくそまじくそ議員は、あたしたちを干潟に放り込み、海を畑にするように命令してきた。

王様とか、ピスフィとか紺屋さんとかがなんかいろいろして、あたしもちょっとだけ手伝って、そしたらどいつもこいつもころっと態度を変えて、今度はむしろ移民島にめちゃくちゃ寄付するようになった。井戸も広場も堤防も新しい建物も、それどころかキュネーがいま着てる服も、ぜんぶ財源はお金持ちの寄付だ。あたしはそのことすら、まだうまく呑《の》み込めていない。

「キュネーは……すっごいねえ」

「じょうずな皮肉だね。紺屋さんに習ったの？」

「え、今の皮肉になってた？　なんかすっごいなって思ったから言ったんだけど」

あたしはわたわたした。本当になんの意図もなかった。すっと皮肉が出てくるぐらいコミュニケーション得意だったら、人見知りなんてやってない。

ろ。

「ごめんって。落ち着いて」

キュネーに鼻をつままれて、あたしはふがふがした。やめろ、皮脂があれだからやめ

「ふがががが」

「きれいごと言ってるって自覚があっただけ」

キュネーは手を離し、あたしは鼻を押さえた。指を服でこっそりぬぐったの見逃してないからな。皮脂があれだっつったろ。

「なにも忘れられないし、死ぬまで怒ってると思うけど、許すことはできるかもしれないから」

「あたしは……どうだろ。うまくできないかも」

どんなささいな悪意でも、向けられたことを思い出すたび全身が冷たくなる。怖くて腹が立って、許すとか許さないとかそんな次元じゃなくて、なにか別の生き物、それもこっちを襲って食べようとする悪い生き物の群れみたいに思ってしまう。善意ですら不気味だ。その生き物の口には牙がびっしり生えてるんだから。

「むずかしいよね」

キュネーはあたしを否定しない。こうして、相づちを打ってくれる。

「ウチはそろそろ行くね。一仕事あるから」

「手伝おっか？」

「いいよ」

ばっさり拒否されて、あたしはやや傷ついた。こういうのが積み重なってだんだん人付き合いが怖くなる。

「そうじゃなくて。ちがちゃんには、慣れてほしくないだけ」

キュネーはあたしの表情から感情を見て取ったのか、すかさずフォローしてくれた。

「これから死んでいく人でもね、いっぱい見てると、こんなもんかなって思うようになっちゃうんだよ」

キュネーの言う一仕事とは、看病と、看取《みと》りと、死体処理のこと。

移民島では、人が簡単に死ぬ。ちょっとした怪我《けが》や病気でも、暑さ寒さでも。この世界にはまともな薬なんてないだろうし、あったとしてもここでは手に入らない。

「でも」

それにしたって、この夏は、やけに死人が多かった。麦に中毒して死んだり、見たことのない病気で死んだり、道ばたで眠った酔っぱらいが、雨に打たれてそのまま凍死したり。

「いいの」

キュネーはさっきよりも強い調子で言った。それから、付け足しみたいに笑みを浮かべた。

「だれかひとりでも、人が死ぬたびに取り乱して泣きわめいてほしいんだよ。そうしたら、だれかが死んじゃったことをみんなきちんと哀《かな》しめるから」

おばあちゃんが死んだとき、あたしはどんな気持ちだったっけ。もう覚えてないな。

なにか言おうとしたけどなんにも思いつけなくて、いつも通りまごまごしていたら、

「ちがちゃん！　キュネー！」

底抜けに明るい声が、あたしたちを呼んだ。

「おはよ、パトリト」

「うぇーい」

うさ耳の男前が、近づいてくるなりげんこつを突き出してきた。キュネーは拳をこつんと合わせ、あたしが手汗を気にしてる間にパトリト君は腕を下ろした。

「仕事？」

「そ、ちがちゃんに」

「じゃ、ウチは行くよ。またね」

「ほーい、またね」

水の入った桶《おけ》を抱えて、キュネーは歩いていった。あたしはため息をついた。

「あれ？　ちがちゃん元気ない？」

「いやなんか……うまく言えなかったなーって。いつものことなんだけど」

「そか、まーそのうち言えるっしょ」

パトリト君はいいかげんなことを言ってへらへらした。なんだか救われた気分だった。このウェイは、あたしがこの世で唯一まともに会話できるウェイなのだ。

「で、今度はどんな仕事？　また王様？」

この世界に正規とか非正規とかの区分があるのかないのか知らないけど、あたしは今、『ピーダーとネイデル、クエリアの会社』で働いている。契約書にもサインした。バイトすらしたことなかったのに。

そして事実上の初仕事が王様相手だった。あのときはテンションだけで乗り切ったけど、いま考えると恐ろしすぎる。えらい人にとんでもない粗相をする自信だけは常にある。

「やー、そんな大げさなもんでもないよ。気楽なやつ」

「王様に比べたら誰でも気楽よね」

「お、いーじゃん。ほんならやってくれる？」

「やるわよ。それでごはん食べてるんだし」

パトリト君はうれしそうにした。

「まー、相手はただの国家元首だしね」

今こいつなんつった？

「国家元首なら気楽っしょ」

おまえ……おまえふざけてんのか？

あたしは背を丸めておなかをさすった。腸がものすごく痛い。やらかしの予感で、早くもおなかがくるくる鳴っている。

「ちがちゃん？　やっぱ元気ない？　だいじょうぶ？」

罪のない、心の底から心配してくれてる感じの顔でパトリト君が言った。あたしは首を横に振った。

「だいじょうぶではないけどただ単に無視して、お願いだから。実は助けてほしいけど言い出せないいんじゃなくて、気を使われると腸がもっと文句言ってくるのよ」

パトリト君は爆笑し、あたしの腸が静かになるまで放っておいてくれた。

◇

ヘカトンケイル本島は、粘菌《ねんきん》のように伸び縮みを繰り返している。

有史以来、ヘカトンケイル人《びと》は潟《ラグーナ》に散らばる小島のすきまを埋め、あるいは削り、削った土砂で人工島を普請《ふしん》した。これはけっこう難しいことだった。不調法な埋め立ては水の流れを滞らせ、疫病や洪水《こうずい》を招いたからだ。よどんだ海はラグーナ・モナット、すなわち死者運びの潟と言われた。

そうは言っても人はぽこぽこ増えていくし、むやみに子どもを産みすぎるなと市民に強制するのはあんまり共和制っぽくない。だから新規の土地開発は不断に行われる。というわけで、増えていく人口と正しい水流の公約数が、本島のかたちを決定した。

そうした経緯から、ヘカトンケイルの建築美学というのは、狭い土地に高い建物をどれだけ隙間なく詰め込めるかの追求だ。

しかし、本島西端、もっとも新しい分譲地の建て売り住宅は感じがだいぶ違った。石造りの二階建てに銅《どう》葺《ぶ》き屋根、海に面した広い庭には専用の雨水井戸までついている。本土から移り住んできた新興富裕層や、ヘカトンケイルに別荘を持ちたい外国人向けの分譲地なのだ。

静かな小道といくつかの橋を、ピスフィはどちらかと言えばとぼとぼと通り過ぎた。そのうち、ピーダー家が投機目的で購入した住宅に辿《たど》り着いた。ドアをノックすると使用人が出てきて、主人は庭でいつものようにばかをさらしている最中です、みたいなことを言った。ピスフィはさらにとぼとぼと家の裏手に回った。

なるほど、とピスフィは使用人の言葉に納得した。ござが敷かれて、赤い海藻が山盛りに積まれているのだ。

どんな事情でそんなことをしているのかは見当もつかないが、庭がまるごとばかをさらしているのは間違いない。

雨水井戸のかたわらに、榛美《はしばみ》がいた。桶《おけ》に手を突っ込んで、なにかを洗っているようだ。

「いよいしょー！」

榛美は桶から、例の赤い海藻を引き上げた。水をぼたぼた垂らしながらござの上に持っていく途中で、ピスフィに気づいた。

「わあ！　ピスフィちゃん！　いらっしゃい！」

「うむ」

ピスフィは手を上げて榛美に応じた。榛美は海藻を置くと駆け寄ってきて、びしゃびしゃの手で撫《な》でようとしてきた。

「こうたは？」

榛美の手をよけながら、ピスフィは訊《たず》ねた。

「すぐ出てくると思いますよ」

執拗《しつよう》に撫でようとしながら、榛美は答えた。

「出てくる？」

榛美の手首を掴《つか》んで押し返しながらピスフィは聞き返し、ばしゃっと水音がしたのでそっちに気を取られた。その隙に榛美はピスフィの頭を撫でた。たちまち頭皮まで水が染み通ってむちゃくちゃ不快だった。

「こんにちは、ピスフィ。お仕事ですか？」

康太《こうた》が言った。半裸でびしょ濡れで、かついだ網には赤い海藻がぎっしり詰まっている。既知のあらゆる有意味な角度から検討し、海から這《は》い上がってきた直後の姿だとピスフィは判断した。

「いつも通りのようじゃな」

ピスフィは静かに言った。この白神《しらかみ》とエルフの少女は、そんなやり方が地上にあるとは想像さえできなかったようなやり口で人の度肝を抜いてくるのだ。

「その、なんじゃ、海藻を摘《つ》んでおるように見えるが」

「オゴノリがいっぱい採れるんですよ。今年は寒いから、旬《しゅん》が後ろにずれこんでるみたいですね。榛美さん、これお願いします」

「はーい！」

康太から網を受け取った榛美は、小走りで井戸に向かった。ピスフィは海藻の旬という目新しい概念に触れ、自らの人生がどれほど浅薄なものだったかについて想いを巡らせかけた。

「『漁業兄弟会』に許可は取りましたよ。商業化しない自家用採取なら問題ないって。やっぱり漁協にはすじを通さないといけませんからね」

「なるほど」

「天気の良い日にまとめてやっちゃわないと。今年の夏は雨ばっかりですから」

いつも、知りたいことの答えだけが返ってこないのだ。ピスフィは短気を起こさず、康太のしゃべりたいようにしゃべらせた。

「このあたり、砂地に岩が入ってるんですよ。それでオゴノリがたくさん採れるんで、寒《かん》天《てん》でも作ってみようかなーって。テングサがあれば一番よかったんですけどね。まあ、ないものはない、あるものはある。いつも通りです」

びちょびちょで砂まみれの男が、水をぼたぼた滴《したた》らせながら早口になっている。ピスフィはあれこれ考え、
とだけ言った。

「それはよい心がけじゃな」

「ちょうど石灰処理したのがあるんで、食べていきますか?」

「いただこう」

ピスフィは無気力に同意した。


さてさて。

オゴノリは熱帯から温帯の潮間帯に、つまり、わりとどこにでも生えている海藻だ。よく見かけるのは、刺身のつまだろう。緑色でくりんくりんで、ちゃきちゃきした食感のあ

いつ。ハワイでもオゴという名前で流通していて、ポキに混ざっているのを知らずに食べた人もいるはずだ。

このオゴノリ、なかなかやっかいな性質を持っている。刻んだり凍らせたりしていじめると、不飽和脂肪酸《ふほうわしぼうさん》と酵素《こうそ》が反応してプロスタグランジンを大量生産してしまうのだ。この化学物質は薬にもなる——出産経験のある人なら、陣痛《じんつう》誘発剤として処方されたことがあるかもしれない——んだけど、食中毒の原因にもなってしまう。

というわけで、加熱なりアルカリ処理なりの操作を加えてから、おいしくいただくことになる。

オゴノリを石灰水に浸し、冷蔵庫で保存すること十日。これを真水につけて石灰抜きし、ゆであげる。

赤黒かったオゴノリが、刺身のつまで見かける鮮やかな緑色になる。

今日はこいつをナムルにしてみよう。

透けるぐらいにうすく切ったズッキーニを塩もみし、水が出てくるまで置いておく。その間にオゴノリをさっとゆでて、ちゃきちゃきっと刻む。

すったにんにくと油、醤油《しょうゆ》、豆板醤《トウバンジャン》を混ぜた調味液に、水気を切ったオゴノリとズッキーニを放り込んで混ぜたら、ズッキーニとオゴノリのナムルのできあがり。

なんか物足りないので、うずわのたたきでも作ってみようか。

夏から秋にかけて旬《しゅん》をむかえるマルソウダガツオを、駿河湾《するがわん》東岸ではうずわと呼んでいる。足が早いし脂ののりもよくないし血合いも多いし、マルソウダはあんまり好まれている魚とは言いがたい。しかし人類は、口に入るものならなんでもおいしくしようと必死でもがいてきた。

この時期になると、潟《ラグーナ》の中までマルソウダが回遊してくる。小舟を出して釣り糸を垂らせばいくらでも釣れてくれるのだ。もちろんこれについても、漁業兄弟会の許可は取っている。

僕の前腕《ぜんわん》ぐらいある、立派なマルソウダガツオが一本。まずは三枚におろす。つやつやの断面は、骨回りに葡萄色《えびいろ》の血合いがたっぷり、おなかから尻尾にかけては青魚特有のえんじ色の身。

半身は塩蔵《えんぞう》しておこう。塩うずわといって、いい保存食になる。

残った半身は皮をひっぺがしたらよく叩《たた》いて、刻んだ青唐辛子《あおとうがらし》と混ぜる。これを炊きたてのごはんにのせたら、駿河湾の郷土料理、『うずわめし』のできあがり。醤油《しょうゆ》をかけていただこう。

「いただきます！」

榛美さんはうずわに醤油をてーっとかけ、まずは叩いた身をほおばった。

「ん！　辛くてなんか、おいしいやつです！」

「いいよねえこれ」

さくさくもちもちの噛《か》み応えも酸味もカツオみたいだけど、やっぱり脂ののりはいまいち。そこに青唐辛子の、舌にひりつく辛さとさわやかな香りだ。

辛さが鼻に抜けていくわさびとは、またちがったおいしさがある。じーんと染みる醤油のしょっぱさもいい。

「これはもう、なんだろ、康太さん！　見ててください！」

榛美さんは、さじに山盛りいっぱいすくって勢いまかせに、かふかふ食べた。

「ほら康太さん、すぐ全部ですよ！　すぐです！」

米粒ひとつ残っていない空っぽの器を、悲しそうに見せつけてくる。一匹まるごと叩けばよかったな。

「白米の甘さじゃな。醤油とよく合う」

ピスフィはちまちま食べて、しみじみ味わった。

「宗太鰹《そうだがつお》といえば、夜ごと社交の場を駆けずり回る独り身への皮肉に使われておる。人を恋の中毒に陥れんと盛んに回遊するからじゃな」

「冷蔵保存も簡単じゃないですもんね」

サバやマグロなんかの赤身魚と同じく、マルソウダもちょっと放っておくだけですぐにヒスタミンを生成する。これは食中毒を引き起こす化学物質だ。いちどヒスタミンが生じてしまえば、煮ても焼いてもなくならない。

よって、ヘカトンケイルではマルソウダの市場価値がべらぼうに低い。漁業兄弟会のガスタルドさんは、

「あんなくだらねえ魚、いくらでも捕りやがれ。一匹残らず根こそぎにしてくれちまってもいいぐらいだ」

と、彼の流儀で許可をくれた。コネって大事だね。

「しかし、驚くべきおいしさじゃ。皮肉の材料となっておるのが気の毒に思えてきた」

釣った直後にえらを切ってしっかり血抜きし、氷で冷やしながら持ち帰ればそうそう鮮度は落ちない。大事なのはどう手当てしてやるかだ。一手間《ひとてま》かければこの通り、榛美さんがごはん一升食べたそうな顔で僕を見てくれる。

「ふむ、オゴノリな。歯に愉快じゃの」

ピスフィはナムルをゆっくり噛《か》んだ。ズッキーニのくにゃくにゃした歯ざわりに、オゴノリのちゃきちゃきした歯ごたえ。お酒がほしくなっちゃうね。

「康太さん、もう全部でした」

榛美さんが悲しげに言った。

「ちょっと待っててね、榛美さん。うずわめしは二度おいしいんだ」

ごはんを盛って『うずわのたたき』をのっけたら、さば節《ぶし》で引いたあつあつのだしをぶ

っかける。うずわが半煮えになったところで好きなだけ醤油《しょうゆ》を垂らし、

「これをね、がちゃがちゃっと混ぜてがーっとかっこむんだ」

僕はがちゃがちゃっと混ぜてがーっとかっこんだ。

熱の入ったうずわは酸味がぐっと増して、そこに醤油の塩気と青唐辛子《あおとうがらし》の辛さ、だしといっしょにさらさら入ってくるごはんの甘さ。

「んんっあっつ、から、ふっ、ふぁ、これ！　ふぁふぁふぁ！」

僕の真似をした榛美さんは、ＦＦに出てくるボスしかしないような笑い方で爆笑した。

これはかなり好感触だぞ。

ピスフィも、よく混ぜたのをついばむように食べた。僕と榛美さんは、我知らずピスフィに視線を注いだ。

「うん、よい味じゃ」

なんか、冷淡なリアクションだった。

「ピスフィちゃん？　なんか変ですよ」

榛美さんに言われて、ピスフィはちょっと疲れたような笑みを浮かべた。

「みどもがマントを求めなかったからか？」

おいしいものを食べたピスフィは、たいていの場合、ミリシアさんのマントに吸い込まれていく。うずわめしはおいしい。つまりピスフィはおろおろするはず。このきわめてア

リストテレス的な推論は、これまで真だった。

「そうじゃな。仕事の話をはじめよう」

ピスフィは物憂《ものう》げに言った。どうも簡単な話ではなさそうだった。

「お茶を用意しますね」

僕は立ち上がった。


オゴノリからは寒天《かんてん》が作れる。

といっても、テングサ寒天みたいに、ところてんを作って冷凍して干すだけ、というわけにはいかない。強いアルカリで処理する必要があるからだ。

というわけで今回は水酸化ナトリウムを使ってみた。材料は、海藻を焼いて作ったソーダ灰と、貝殻を焼いて砕いた生石灰《せいせっかい》に水を加えて作る消石灰《しょうせっかい》。これら二つの水溶液を反応させれば水酸化ナトリウムのできあがり。

乾燥したオゴノリを水酸化ナトリウム水溶液でくつくつ煮ると、まっしろでぐったりした冴えない見た目になる。そしたら、うすめた塩酸で中和してじゃぶじゃぶ水洗い。ここまでやって、ようやく寒天の原材料になってくれる。

でも、苦労しただけのリターンはきちんと得られる。

ざるいっぱいに、琥珀糖《こはくとう》がどっさり盛られている。

大量の砂糖と水と食用色素を寒天《かんてん》で固めた琥珀糖《こはくとう》は、食べる宝石と呼びたくなるような美しさ。新緑のように透き通ったひすい色と、山奥の深い川みたいな群青色《ぐんじょういろ》。

「きれいですねえ。きれいなのに食べてよくて甘いんだから、もう全部ですね。すぐ全部です」

榛美さんは口の中で琥珀糖をころころ転がし、夢見心地だ。これぞ苦労しただけのリターンだね。

ピスフィはというと、なにやら打ち沈んだ様子で、榛美さんがちょっかいをかけてもろくに反応しない。

「おひとついかがですか」

僕はざるをピスフィの方に押しやった。まずは会話のとっかかりだ。

「うむ……」

ピスフィはぼんやりしたまま琥珀糖をほおばり、もちゃもちゃやった。

「どうでしょう。ツユクサから青と緑の色素を取ってみたんですけど」

「見て彩りが愉《たの》しく、食べれば浮いた砂糖が歯に快いの。よい味じゃ」

タイムティーをすすって、ピスフィはゆったりと息を吐いた。

「ありがとうございます。おかわりもありますよ」

「いや、結構じゃ。気をつかわせたな、こうた」

ピスフィはティーカップをソーサーに置いて、

「そう、仕事の話じゃな」

ふたたびスタート地点に戻ってきた。

「タフなお相手なんですね」

「ああ……まあ、そうじゃな。いや、そうとも言えぬか」

持って回るをよしとしない商人なのに、やたら煮えきらない返事だった。こんなピスフィを見るのは初めてだ。一国の王をむちゃくちゃな理屈で担ぎ出した時でさえ、面《つら》の皮の厚さを保っていたのに。

「元首《ドージェ》が相手なのじゃが、ううむ」

ピスフィはこめかみに指を当て、くちびるをひん曲げてうなった。

ヘカトンケイルは立憲君主制の国だ。立法・行政を司《つかさど》っているのは大評議会と小評議会。元首というのは、大統領とか首相みたいなものと思っておけばいいだろうか。

解釈がぼんやりしているのは、この国に元首がいることを今はじめて知ったからだ。移民島の一件で大騒ぎになったときですら、話にも出てこなかった覚えがある。

「なにから話すべきか……いや、持って回るべきではないの。元首ピスディオ・ピーダーは、みどもの父なのじゃ」

おっと、そう来たか。

「元首といえど、ヘカトンケイルにおいては無給じゃ。ゆえに貿易商人として、父は香料諸島やアロイカ王国で商いをしておった。それがこのたび、帰ってくる。そうした際は、派閥をあげて祝宴を催すならわしなのじゃ」

「あー……なんとなく事情が見えてきました」

「康太さんはすぐ察しちゃいますからねえ」

ただひとり榛美さんだけが元気だ。

「主《にし》ゃの想像よりも事態は深刻じゃ、それは約束しよう」

「どうも長い話になりそうですね」

僕は空っぽになった琥珀糖《こはくとう》のざるを手に取り、立ち上がった。

「ちょっと待っててください。おかわり持ってきますから」

「山盛りにしてくれ」

ピスフィはぐったりとして微笑《ほほえ》んだ。

さて、どういうことなのか、ピスフィの話を要約してみよう。

元首というのは言ってみれば名誉職で、ピーダー派閥の持ち回りらしい。はじめて会ったときのミリシアさんが、ピーダー家を比類なき門閥家だとかなんとか言っていたのは、つまりそういうことだったのだ。

そして今、派閥は空中分解寸前だった。

これはもちろん、一から十までピスフィのせいだ。

ピスフィは市民権すら持たない移民を守るため、政商両面で頭角を現すナバリオーネ・ラパイヨネ議員と敵対した。そのやり方が、あまりにも野蛮だった。ヘカトンケイルにおける最大規模の宗教的イベント、王の言祝《ことほ》ぎを模した饗宴《きょうえん》に、マナ陛下を招待したのだ。応じる陛下も陛下だけど、政治的メッセージが込められすぎたイベントを催行するピスフィもピスフィだ。

とにかくピスフィとマナ陛下は、「改正移民法」なるアパルトヘイト政策を叩《たた》きつぶし、ついでにナバリオーネ議員の会社も死産させた。

王室の政治利用という前人未踏の領域に敢然《かんぜん》と踏み込んだピスフィの、ひいてはピーダー閥の評価がどうなったかといえば……火薬をたらふく詰め込んだ樽《たる》の近くに、好んでいたがる人はそういないよね。いつ爆発して手足が吹っ飛ぶか分かったものではないんだから。

というわけで、ピーダー派はおおいに弱体化した。逃げ出した貴族は、より穏当な派閥か、あるいはナバリオーネの下《もと》に向かったという。

せいいっぱい中立的に言えば、貴族の間でこんなことが起きていたわけだ。

「いやはや」

僕はなにも言えなかった。出たとこ勝負のつけを、思わぬかたちで払うことになったたなあ。

「後悔はしておらぬ。みどもに恥ずべきところはない」

ピスフィは堂々と言いきってから、

「……お父さまに申し開きはできぬがの」

しおしおになった。

「でもピスフィちゃんはいいことをしましたよ」

榛美さんは、いつの間にやらピスフィを前抱きにしていた。

「はい、甘いやつです。これは康太さんの甘いやつですから、食べると元気です」

ピスフィの口に琥珀糖《こはくとう》をねじり入れ、髪を撫《な》でている。

久しぶりに帰国したら、先祖代々こつこつ積み上げてきた派閥がずたずたにされていて、おまけに、だれひとり真似できないような鮮やかな手口でそれをやってのけたのが、実の娘だとしたら……いやあこれはちょっと、どんな気持ちになるのかまったく想像できないぞ。こら！　で済めばいいんだけど。

「分かりました。なにはともあれ、メニューの検討に入りましょうか」

なぐさめたところで気休めにもならないだろう。僕が事務的な口調で仕事の話に入ると、ピスフィは撫でられながら力なくうなずいた。

「これを使ってほしいのじゃ」

ピスフィはポーチから巾着を取り出し、机の上で紐《ひも》をゆるめた。中身は、まっしろい粉だ。

指でつまんで粒の感じを確かめ、においを嗅ぎ、口に落としてみる。

「これ、小麦粉ですか。びっくりしちゃいました」

「めずらしいんですか？　いつも食べてるパンのやつですよね」

榛美さんはいつもちょうどよく疑問を投げかけてくれる。心からありがたい。

「いつものパンに使われているのは、石臼《いしうす》で挽《ひ》いた全粒粉《ぜんりゅうふん》だね。ふすまっていう、外側の皮が混ざっているってこと。でもこの小麦粉には、小麦の内側の胚乳《はいにゅう》しか使われていないんだ。たぶん、酸化しやすい胚芽《はいが》も取り除かれているんだろうね」

榛美さんは口を半びらきにした。

「おおざっぱに言うと、この小麦粉でパンを焼いたら、まっしろで甘くてふわふわになるよ」

「甘くてふわふわ！　それは、つまり……すごいことですよ！」

榛美さんはふわふわの価値をよく知っている。この世界でふわふわなものを食べるためには、途方もない労力が必要だ。

まっしろな小麦粉を得るのは、そう簡単なことではない。ごりごりっと挽いたあと、ぽんぽんとふるいにかければなんとかなる、というものではないのだ。挽き方と品種の問題を解決しないと、どうにもならない。

この世界では、一般的に石臼《いしうす》を使って製粉している。

水車か風車の動力で臼を回転させ、皮ごとすり潰しているわけだ。こうして得られた粉は、いくらふるってもふすまが残ってしまう。外皮までまとめて粉々にしている以上、これは仕方ない。

この問題が地球で解決したのは、十九世紀も半ばになってのことだ。人類は、ローラー製粉機という偉大で画期的な機械を生み出した。

ローラー製粉機は、互いに逆回転するふたつの円筒の間に小麦を通す機械だ。わずかに湿らせた小麦をこの円筒に通すと、外皮が胚芽《はいが》ごとずるっとむける。胚乳《はいにゅう》だけになった小麦を、今度はさっきより隙間の狭い円筒の間に通す。小麦はこなごなに砕け散る。砕け散った小麦を、もっと隙間の狭い円筒の間に通して……とまあ、この繰り返しで小麦は精白小麦粉になる。

では次に、品種の問題。ヘカトンケイルで流通している小麦は、いわゆるスペルト小麦だ。この小麦は、やたら頑丈なふすまが、胚乳を巻き込むようなかたちでがっちりくっついている。ローラー製粉機でも、外皮だけをひんむくというわけにはいかない。

現代社会で流通している小麦は、外皮が剥《は》がれやすいように品種改良されている。言うなれば、機械と穀物の共進化だ。

さらに細かいことを言えば、小麦に含まれるカロテノイドやミネラルもできるだけ取り除く必要があるし、そのためにはできるだけ胚乳の中心に近い部分を選り分けなくちゃならないし……とにかく、いま目の前にある精白小麦粉は、本来なら産業革命以降の文明世界でしかお目にかかれないはずのもの。

これはもう、びっくりせずにいられないよね。

「この小麦粉は南方貿易にて得られた。挽《ひ》き方も含めて秘奥じゃ。おそらく白神が関わっていような」

「そう考えるのが自然ですね」

甘くてふわふわなパンを食べたい白神が、人知れずものすごい努力を重ねたのだろう。ローラー製粉機の製造過程で、冗談みたいに精緻《せいち》な旋盤《せんばん》だとか、ずばぬけて巨大な水車だとか、比類なく先駆的な発電機だとかを生み出したに違いない。

「とはいえ、ことの要諦はそこではない。この長雨と寒さで、穀物の投機的な取引が横行しておる」

飢饉《ききん》を見越して一儲《ひともう》けしようとする、抜け目のない商人がうようよいるわけだ。

「これぱかりはヘカトンケイル一国で止められる流れではない。輸入国の弱みじゃな。そこで、これじゃ」

ピスフィは巾着を指でつついた。小麦粉がぽふっと舞い上がった。

「穀物価格がいくら上昇しようと、これだけの料理を用意できるぞ！　と、自派の貴族に強さを示して、結束を促すわけですね」

「身内に食卓外交を仕掛けるなど、情けない限りじゃ。しかし、失点は自ら取り返すべきじゃろう」

「ごもっともです」

僕はうなずいて、にっこりした。

「それじゃあひとつ、いっしょに怒られましょうか」

ピスフィはしおしおになって、榛美さんにもたれかかった。


さてさて。

せっかく上等な小麦が手に入ったのだ。これはもう、全力で遊ばなくちゃ失礼というものだよね。

というわけで、僕は今、自室の台所にいる。アイランドテーブルには材料が並べられ、鋳鉄《ちゅうてつ》のレンジには火が入っている。

「あたし要る？」

「いるっしょー」

「衞川《ちどりがわ》さん抜きには身動きが取れないからね」

「なにしろ白茅《ちがや》ちゃんですからね！」

「三人がかりできた……」

会議と称し、僕と榛美さんは衢川さんとパトリト君を自宅に招いた。みんなで楽しくパンを作ったら楽しいからだ。この理屈には説得力しかない。

「あたし、おとなになってどっか就職したとして、絶対に休日の社員ホームパーティみたいな行事には出ないって決めてたんだけど」

これほど強靱《きょうじん》な理論に、衢川さんはいっさい説得されていなかった。気持ちは分かる。国家元首相手の仕事だと言われて本島まで出向いたのに――それ自体はうそではない――なんかみんなでパンを焼く話になっているのだから。

「もっともだと思うよ、衢川さん。僕もそういう付き合いができそうになくて自営業を選んだからね。でもさ、ふかふかの食パン食べたくない？　トーストしてバター塗って」

「ジャムもありますよ！　康太さんがつくってくれたやつです」

「いや、だから！　……めっちゃ食べたい」

白神には、地球で食べ慣れていたものを持ち出されると、すぐおなかを見せてしまう習性がある。

「よし、とびきりリッチな食パンをつくっちゃおうか」

日常的にパンをこねる人であれば、リッチとリーンという言葉には馴染《なじ》みがあるはずだ。単語の意味から想像できる通り、副材料を足せば足すほどパンはリッチになり、減らせば減らすほどリーンになる。

「この世界で食べられるのは、たいていリーンなパンだね」

大理石の板に精白小麦粉の山を作りながら、僕は講義を開始した。

全粒粉《ぜんりゅうふん》を使ったバゲットやカンパーニュ。粉と水と塩と酵母《こうぼ》に、少量の糖や油脂が入ったものだ。最低限の材料で作られたパンはかちかちで、噛《か》めば噛むほど小麦の味が楽しめる。

「で、こちらがリッチな食パンの材料」

ミルク、白砂糖、塩、バターに浄水。それと、早生《わせ》の柿《かき》で仕込んだ酵母液。

天然酵母の作り方は簡単だ。柿を切って水に漬けておくだけ。

気泡がぶくぶくしてきたらできあがり。

「砂糖すげー使うんだね。やばい甘くなりそう……あっま、めっちゃ砂糖だ」

パトリト君は、皿に盛った砂糖を小指につけて舐《な》めた。

「末っ子ムーブすぎる」

衞川さんがやや戦慄《せんりつ》した。あまりにも無邪気につまみ食いされると、もうなんか怒る気なくなるよね。

「砂糖は酵母のエサとして消費されますからね。べたべたに甘くはなりませんよ」

　さてそれでは、基本の食パン。

まずは山盛りにした小麦粉に水とミルク、酵母液を加える。どろどろになったところに砂糖と塩を入れる。

　すると、でろでろでべったべたで、甘ったるい匂いを放つ変な物体ができあがる。

「えっこれ……なに？　パンになるの？　これが？」

「心配めされるなだよ衡川さん。気合いでどうとでもなるから」

「紺屋さん社員を休日ホームパーティに呼んじゃうタイプでしょ絶対」

「億単位の年商があって、賃貸住まいじゃなかったらやってたかもね。つまり、やんないだろうなーってことなんだけど」

　でろでろの物体を、掌底《しょうてい》、つまりてのひらの親指の付け根あたりでぐいーっと板に押しつける。生地はぼろぼろにちぎれ、てのひらと板にべっとりへばりついた。

「これがふかふかになるんですねえ。康太さんはすごいなあ」

　榛美さんが、相当ふところ深めのことを言ってくれた。なにがなんでも期待に応えたい。

　べとべとになった生地を鍛鉄《たんてつ》のへらでまとめ、もういっぺんぐいーっ。再びべっとり。

　何度か繰り返すうちに、生地に変化が生じる。ちぎれず、手にも台にもくっつかなくなってくるのだ。

「むちむちですね！」

榛美さんの言う通り、むちむちになってきたのだ。

「そうそう。それで、ここからが難しいところなんだ」

生地の底に指を差し入れ、そっと上げてみる。ばんそうこうをはがすときみたいに、抵抗しながらもしっかり持ち上がってくれる。

僕は手にした生地を、えいやっと振り下ろした。生地は遠心力で伸展しながら、ぺちんと音を立てて大理石にぶつかった。

「えなにそれ怖、いじめてんの？」

「いやいやパトリト君、こいつにはこうしてやるのが一番なんですよ」

僕は生地を何度も板めがけて、叩《たた》きつけるように振り下ろした。ふざけているわけでも、いじめているわけでもない。

小麦粉に含まれるたんぱく質は、水と触れ合うと、グルテンを形成する。このグルテンは弾力と粘りを持っていて、こねたり叩きつけたりしていくうちに、網目のようにつながっていく。あんなにでろでろだった生地がつやつやのむちむちになったのは、グルテンができあがったからだ。

生地にはしっかり弾力が生じ、軽く叩きつけても延びなくなってきた。丸くまとまろうとする姿を見ていると、表面張力の存在を実感できる。

両手を使い、左右にゆっくり引っぱってみる。生地が均一に延びてくれたら、グルテンがしっかり繋《つな》がっている証拠。

「そろそろ油脂入れちゃってもよさそうだね」

生地にくぼみを作って、小さく切ったバターを落とす。バターを包むように生地をまとめて、掌底《しょうてい》で押し潰す。

まとまっていた生地が、バターによって再びぬっとぬとのでろでろになった。バターはだいたい十六パーセントの水分を含んでいるんだけど、油脂は小麦粉の吸水を阻害するのだ。

手がバターと生地でべとべとになるけど、めげてはいけない。ここまで付き合ってきた小麦粉を信じて、ぐいーっと押しつけ、ぺちんと叩きつける。

ピスフィの小麦粉は、僕の信頼に応えてくれた。台の上でてろんとまとまった生地の、表面はつやつやぴかぴか。

またはしっこを引っぱって、グルテンチェック。向こう側が透けそうなぐらいしっかり延びてくれる。

「あーこれはもう、なんだろうね、小麦粉だね。いやこれはもう……この、なんだろう、グルテンだよね。すごい……」

「出たわね限界オタクが」

「でも衞川さん、これはもう、なんか、いやもうあれだね、言葉は要らないよね生地の説得力が強すぎるから。さあ、これを一次発酵させていくよ」

生地に、湿らせた帆布《はんぷ》をかける。

「だいたい一時間ぐらい……」

「フッ」

衞川さんが、なんか鼻を鳴らしてマントをばさーっとさせた。すると、布の内側で生地がぷくっと膨れあがった。お酒のような、ヨーグルトのような、なんとも甘酸《あまず》っぱい香りが台所に振りまかれた。

「おー……やば！『敗血姫《はいけつき》』じゃん完全に！ ちがちゃんやっぱ！ かっこよすぎでしょ今の！」

「フッ」

パトリト君のあけっぴろげな賞賛に、衞川さんはフッで応じた。

衞川さんは、腐敗を操る魔述師《まじゅつし》だ。かつては敗血姫と呼ばれ、ヘカトンケイルの人たちに怖れられていた。魚市場《パーレ》の鮮魚を全部まとめて腐らせることで、華々しいデビューを果たしたからだ。

彼女が誰の手で、どんな意図でヘカトンケイルに喚《よ》ばれたのかは分かっていない。はっきりしているのは、敗血の魔述は、衞川さんを何度となくろくでもない目に遭わせたということだけ。

ところで、発酵と腐敗は同じ現象だ。日本酒の発酵に乳酸菌は欠かせない。しかしある種の乳酸菌は火落《ひお》ち菌《きん》と呼ばれ、これが入りこんだお酒は腐敗したことになる。

腐乳《フールー》なんかは、嫌いな人には腐敗物だし好きな人には発酵食品だしで、マージナルな存在と言えるだろう。

そんなわけで敗血姫は、いまやマントをばさーっとしながらパンを一次発酵させている。僕もマントばさーってしたい。あまりにも憧れちゃうよね、マントばさーっ。

一次発酵によってグルテンの弾力が落ち着き、加工しやすくなる。ふかふかになった生地を鉄べらで分割したら、生地を休ませるためのベンチタイムだ。

「よし、それじゃあ二十分ぐらい」

「フッ」

衢川さんがまたマントをばさーってした。休むひまがないし、マントばさーっがいちいちかっこよすぎる。

「わあぁ！　白茅ちゃん！　すごい白茅ちゃんです！」

「マントやっぱやばすぎんなー、俺買いたくなってきた本気で」

榛美さんとパトリト君からむちゃくちゃ褒められた衢川さんは、「およしよ……」みたいな感じで前髪をさらりとかきあげた。

「ありがとう、衞川さん。助かるよ」

生地を中央から端に向かって押し潰し、発酵で生じた気泡を抜いたら、いよいよ成形だ。

生地の表面がぴんと張るよう、にゅーっと引っぱる。引っぱった生地をまとめて、綴《と》じる。だれでも一度はお風呂でタオル風船遊びをしたことがあると思うけど、ああいう感じでやるといい。

まとめた生地は綴じ目を上に向けた棒状にして、手前から奥に向け、くるくるっとロールケーキみたいに巻いていく。

ここで満を持して、ブリキの型の登場だ。こいつはピスフィに手配してもらった一点物。スライド式のふたがついていて、角食パンを焼くのにぴったり。雇用主に資産と手づるがあるのって最高だね。

型の内側にバターを塗ったら、巻いた生地をふたつ並べて収める。

「さてさて、とうとう二次発酵だ」

「康太くん！　時間時間！」

もうどうしても今すぐ衞川さんのマントばさーっを見たいパトリト君が、足踏みしながら急《せ》かしてきた。

「十時間ぐらい見ておこうか。気温も低いし」

衡川さんは両手でマントをばさーってやって、なんかどっかで見たことあるポーズだな、あれだ、『ショーシャンクの空に』のポスターだ。

型のふたを外すと、生地はしっかり盛り上がっている。酵母《こうぼ》が糖を食べて吐き出した炭酸ガスを、グルテンがしっかり閉じ込めてくれたのだ。

つやつやでまっしろな生地から、木の実とお酒のにおいがする。発酵のにおいだ。

ふたをして、ちんちんに熱いレンジで焼成《しょうせい》していく。

でんぷんが糊化《こか》していくときの、むせるような、蒸《む》れた水っぽいにおい。

やがて、小麦が焼けていく甘いにおい。

かすかにさわやかな果物の香り。酵母が最後の一働きで、急激に発酵を進めているのだ。

「ああーこれもう、うわ……パン屋さんのにおいだ。こういうのほんっと無理やばい泣きそう自分が限界化しちゃってるしもう」

衡川さんが鼻をすすった。

「なつかしいねえ」

僕は短く同意して、パンの焼けていく、ちりちりという耳に心地よい音を聞いた。微生物と小麦と熱の、それはおいしいざわめきだった。

機械式時計に目をやると、焼成《しょうせい》開始から二十分が経《た》っていた。ミトンをはめてレンジのふたを開ける。取り出した型から、頬にちりちりくる熱を感じる。

型をひっくり返し、足つきの網にパンを載せる。

「わああ……！」

榛美さんが声をあげた。

長方形のパン生地は焼けてしっかり色づいて、ほこほこと湯気を立てていた。

麦色で、角はぴんとしていて、生地の巻きあとが渦巻き模様になっていた。

つまり、完全な食パンだった。

「文句なしだね」

「絶対おいしいやつです」

榛美さんがおごそかに断言した。

「粗熱《あらねつ》が取れたら切り分けよっか」

「あ、まだ食べられないんだ……」

御川さんが残念そうにパンを見た。焼いたばかりの食パンは内側《クラム》に水気がたっぷり残っているため、切ろうとすると腰折れ《ケービング》してしまうのだ。

「切れるようになるまでけっこう時間かかるし、ベーグルもやっちゃおうか」

「なに、え？　まだ作るの？　もう一日終わった気分なんだけど」

衛川さんがけっこう愕然《がくぜん》とした。

「今日はせっかくみんな来てくれたし、ベーグルとカンパーニュをやりたいんだ。フォカッチャとカイザーゼンメルと、あと岩塩たっぷりのザルツシュタンゲンなんかも。この粉のポテンシャルを深掘りしないといけないから。なにしろ仕事で使うものだし。国家元首をおもてなしするんだから、そこはきちんとしないとね。おまけにピスフィのお父さんだしね、これはもう議論の余地なく全力を尽くさないと」

僕は一気にしゃべった。この理屈には説得力しかない。

「うわうわうわ、早口になってきた。いつものやつ出てきちゃった」

「そだね、康太くんのいいとこ出てきちゃったね」

パトリト君がほめてくれた。まんざらでもない。

「これはねえ、康太さんのいいときの顔ですよ。でもユウはだめなときの顔って言ってました」

「だめなときでしょ。純粋に」

衛川さんは良識的なことを言った。

「でも衛川さん、お菓子もつくるんだよ。この粉でビスキュイ・ノワゼット焼いて、フィグのコンポートとババロア・オ・ミエルをのっけてナパージュでてかてかさせて。これはもう絶対においしいやつだね」

「え待って、分かんない単語で説得しようとするの待って」

これほど強靱《きょうじん》な理論に、衛川さんはいっさい説得されていなかった。

「たしかに、口でどうこう言うことではなかったね」

僕はまだあたたかい食パンをつかんで、二つに割った。

まっしろで、きめ細かな気泡の入った断面。

乳と小麦の甘いにおいとやわらかな湯気。

割ったところにバターを落とす。油脂は香りを振りまきながらとろとろ溶けていき、さくさくれのような断面に染みていく。

バターで黄金色にきらきらするところを三つに裂いて、半びらきになった三つの口にそれぞれぽんと放り込む。

「あっ無理」

衛川さんは半べそになった。

「お母さんが……好きなパン屋さんがあってそれで、お母さんが車の免許取ってから、ときどき朝連れてってもらって」

幸福な記憶が甦《よみがえ》ってしまったらしい。説明しながらべそべそしている。

「溶けんじゃんなにこれ、やっぱ！　ねえ溶けたよ康太くん！」

「舌でじゅってなってふぁってしました！　これは、つまり、なんか……おいしいやつです！」

僕も端っこをちぎって、食べてみた。

ふわふわで、噛《か》んだらもちもちで、バターと生地の甘じょっぱさ。耳の部分をぎゅっと噛みしめると、焼けた麦の香ばしさ。

「はははあなるほど。こういう感じかあ」

日本の国産小麦で焼いたパンみたいな食感と味だ。『春よ恋』が近いかな。でんぷん多めでたんぱく質少なめの小麦なんだろう。

一般的に、たんぱく質を多く含む小麦はよくふくらむパンになり、でんぷんが多い小麦はもっちりして甘くなる。

「こっちの半分はみんなで食べよっか。残りはサンドイッチにするから。ところで、この小麦粉でこれからベーグルを焼きたいんだけど、どう思う？」

あらためて訊《たず》ねてみる。三人とも食パンをひきちぎりながら、是非もなしの顔をしていた。

してやったりだね。

◇

本島のどまんなかを貫いて流れる大運河沿いの南端近く、外海へのアクセスが容易な住宅街。

運河を行く小舟から見上げるピーダー家のお屋敷は、よその家とさして変わらない三階建てだった。

「われわれは概して華美を好まん。絨毯《じゅうたん》代わりに国債の債券で床を飾るのがヘカトンケイル人だと、外国商人は我らを嗤《わら》ったものだよ」

ここまで船頭を務めてくれたミリシアさんは、誇らしげに言った。

「さて、嬢のおびえ顔を味わいに行こうか」

運河に張り出した船着き場へと小舟を漕《こ》ぎ寄せて、ミリシアさんは楽しそう。あんなに持って回るピスフィはなかなか見られないからなあ。

家で仕込んできた荷物を担いで、僕たちはピーダー邸におじゃました。

この世界には、ヘカトンケイル様式というものがあるそうだ。吹き抜けの中庭《アトリウム》を中心に生活空間が配置された構造のことをそう呼ぶ。ピーダー家のお屋敷は、もとあった建物をその最初期に改築したものらしい。

「つまり、ヘカトンケイルモールを模してのことであるな。そして合理主義のヘカトンケイル人は、すぐにアトリウムが無駄だと気づいた。ポストヘカトンケイル様式の特徴は、言い訳程度のこじんまりしたアトリウムにある」

窓のない、薄暗い廊下を先導しながらミリシアさんが言った。

「ピスフィの家は古くて、無駄にでっかい庭が家の中にあるってこと?」

ミリシアさんは笑った。

「素晴らしい要約であるな、白茅。二人並べばすれ違うこともできないこの廊下こそ、不合理の象徴だ」

地球にも、フライング・バットレスみたいな支持体がないとすぐに壊れちゃう、ゴシック建築みたいなものがあるからなあ。様式というのは、理屈を超えたかっこよさの追求だ。

「もちろん、アトリウムにも使途はある。ピーダー家のパーティはたいていそちらで行われるからな。しかし、本日のあなたがたの仕事場は、こちらだ」

廊下の先の扉を開けると、熱気が吹き付けてきた。

焼き台と鋳鉄《ちゅうてつ》のレンジ、切石のアイランドテーブルが配された、石畳床の厨房《ちゅうぼう》だ。床には角度がつけてあって、水を流せば生ごみを排水口でトラップできるようにしてある。ヘカトンケイルではごく標準的な調理設備といえた。

「では、あとは打ち合わせ通りに。頼んだぞ」

ミリシアさんは僕の背中をぺしんと叩《たた》き、厨房の扉を閉めた。

熱っぽくて重たい空気を、ゆっくりと呼吸する。炭と香辛料のにおい。仕事場のにおいだ。

「さてさて」

僕は荷物をテーブルに並べた。革のナイフケースの紐《ひも》をほどいて、刃の付きを一本一本たしかめた。

緊張と高揚で跳ねそうな心をなだめながら、僕は振り返った。榛美さん、鴇川さん、パトリト君。指示を待って横並びする同僚に、僕は笑顔を向ける。

「今日も楽しくやっていこう」

ごはんとお酒で、だれかをゆたかに。

◇

天窓から入った月明かりは、マーブルモザイクの水盤に張られた水に弾《はじ》け、アトリウムを照らした。

水盤の周囲には木々を植えた鉢が並べられ、壁龕《へきがん》で燃えるろうそくはライムの香りを振りまいていた。

ゆったりしたアトリウムに、しかし大貴族としては寸足らずな規模の夜会だった。血縁に絡め取られ、派閥から抜けるに抜けられない連中。ピーダーを信奉する潟派《ラグーナ》の理想主義者。あるいは負けそうなばくちにこそ燃える酔狂者。ごくわずかなひとびとが、ぱっとしない心持ちを呑《の》んで会話をつないでいる。

「うちんところの長女をですな、これがまぁた優秀なもんなんですが、踏鞴《たたら》家に送りましたんでな」

酔狂者の一人、エルダ家の当主が、恩着せがましくピスフィに語った。

「アンベルじゃな。感謝する、エルダ氏」

「なに、はは！　そりゃあピーダーの頼みっちゅうんだから、こちらも切り札を切る覚悟が必要ですわ！　はは！」

人に呼ばれ、エルダ氏は太鼓腹《たいこばら》を揺すりながら去って行った。ピスフィはため息をついた。

「エルダの長女といえば、商いにも教養にも婚姻にもことごとく恵まれなかった、あのアンベル・エルダでありますね」

にやにや顔のミリシアが、ピスフィに近づいてきた。ピスフィはさらに深いため息をついた。

「ミリシア、主《にし》ゃはみどもをいじめに来たようじゃ」

「その通りですよ、嬢。あなたを包んでさしあげるマントも、今日は置いてきました」

バッスルで尻を高く盛った深紅のスカートを、ミリシアは見せびらかすように持ち上げた。一方のピスフィは、そっけないパンツスーツ姿だ。もと家庭教師にしてステークホルダーの悪趣味に、ピスフィは肩をすくめてみせた。

「ピスディオは挨拶回りで遅れるそうです。突っ立っていても、みな気まずいだけですよ。誰もがエルダ氏のように図太いわけではありませんから」

「潟派《ラグーナ》の一大派閥を切り崩した無能な惣領《そうりょう》が、みなにどんな顔を向けられるというのじゃ」

「その潟派としての、良心に恥じぬ行いだったのでありましょう?」

「あれは単なる出たとこ勝負じゃ。主《にし》ゃが言うところのな」

「たいそうな深手でいらっしゃるようですが、嬢。商人ならば傷を見せびらかすものではありませんよ。誰も彼もが血の臭いに飢えていますからね」

ミリシアはめのうの櫛《くし》を取り出した。ピスフィはため息をつき、背中をミリシアに預けた。

「さ、御髪《おぐし》を直して、ピーダーの強《したた》かさを知らしめましょう」

青い髪をくしけずりながら、ミリシアは言葉を継ぐ。

「あなたが強くなければ、康太の料理も価値を失います。愛《いと》しき踏鞴家給地から強奪同然に持ち去った剣の、持ち手たる責任を果たさねばなりませんよ」

この煽《あお》りが効いたか、ようやくピスフィは動き出した。弱気な後ろ姿に寄り添いたい気持ちをこらえ、ミリシアは料理の到着を待った。

やがてワゴンがやって来て、前菜を配膳した。ミリシアはさっそくテーブルに突撃した。

目もあやな白いパンドミやベーグルを大胆に使ったサンドイッチが、これまた際だって白い磁器の平皿に品良く盛られている。

周囲の反応としては、まずまず好印象といったところだ。ふすまの一かけらも混ざらない小麦粉は、この世界の文明領域にそうそう存在しない。そして未知の粉を適切に焼き上げる、これもまた白神の技術だ。

「やあ、ミリシア君。同席しても？」

サンドイッチに感心していると、声をかけられた。

「もちろんだとも、カンディード・パングロス。また講義を聴かせてくれるつもりか？」

ダークスーツを着た初老の男性は、苦笑を浮かべた。

「無関心な聴衆相手に一席ぶつのは、とても辛《つら》いことだと最近知りましたよ。教えがいのある生徒を持ってしまった不幸です」

「仕事は順調なようであるな。なによりだ」

古い家柄の貴族にして人文学者、カンディード・パングロス。かつてヘカトンケイル大学に在籍し、ピスフィはその生徒だった。

改正移民法を巡るごたごたの後、彼は移民島で語学、倫理学、幾何学の講義をはじめた。ミリシアの言う仕事とは、そのことだった。

「私の力で、偏見が吹き払われるわけではありませんけどね。移民島に火をかけたい人は、いくらでもいますから」

「我らの世代で叶《かな》う夢ではないだろうさ……ううむ！」

ミリシアは大口を開けてサンドイッチをほおばり、感嘆の声を上げた。

「すばらしい。柿《かき》とカマンベールに、肩肉のハムか。くるみが弾《はじ》けるな」

もっちりしたパンに次いで、しゃっきりした柿とやわらかなカマンベールが同時に来て、薄く削いだロースハムのむにりと切れる食感。噛《か》み切る前歯に快さを感じる。あらかた噛みしめたところで、くるみを奥歯でぷちっと潰すのも楽しかった。

「ソースの酸味が上手いですね。康太君の仕事ですか」

「マルベリーであるな」

ハムとカマンベールが肉の強い塩味とチーズの丸い塩味を感じさせて、柿の甘さが広がりきらないうちにマルベリーソースの酸味が来る。最後に小麦のふくよかな甘みと香りをしみじみと口内に行き渡らせる、よく調和した一品だった。

ミリシアは使用人に声をかけ、酒のグラスを受け取った。康太が選んだのは、梅酒を炭酸水で割ったものだ。炭酸が舌を撫《な》でるようで、ミリシアはうっとりと目を細めた。

「うん、佳良《かりょう》である」

ミリシアはベーグルに手を伸ばした。生地をゆがいてから焼成《しょうせい》するこのパンは、歯に当てると強く抵抗するのが愉快だった。米粉か葛粉《くずこ》を少量混ぜているのだろうか、小麦にまざってかすかにひなびた香りを感じた。

「これもまた、いい鱒《ます》ですねえ」

カンディードはベーグルの具をゆっくり嚥下《えんげ》して、しみじみ呟《つぶや》いた。

「くるみで燻《いぶ》しているようだ。鱒の臭いを妙味に変えている。やるな、康太」

冷燻の鱒は、ホイップしてドライチャイブを加えたクリームチーズとぴったりだ。ほどよく泡を含んだなめらかなチーズは、舌の上でじゅっと音を立てて溶け、味と香りを振りまいた。

ふと気づけば、周囲の空気はほぐれていた。談笑に花が咲き、輪の中心にはピスフィがいる。

「主《にし》ゃらの懸念は分かっておる。父さまはみどもを許さぬじゃろう」

ピスフィは重々しく切り出してから、

「ゆえにみどもはこの日まで、拳の鍛錬を積んでおった。父は疲れきっておるはずじゃ。その隙をつく」

くだらないが分かりやすい冗談で、場を沸かせた。

ピスフィの小麦と康太の料理は、はやくも結果を出しつつあった。

「教え子の成長はいつでも、寂しくもあり誇らしくもあるものです」

カンディードが静かに言った。

「私はそんな顔をしていたか？」

「気持ちを共有できたつもりでいましたが、私の勘違いでしたか」

ミリシアは笑って、垂れた兎《うさぎ》の耳を撫《な》でた。

「見事にやり返したな、カンディード・パングロス」

「これでお互い、のびのびと料理を楽しめましょう、ミリシア・ネイデル」

カンディードはサンドイッチをもう一切れつまんだ。

具は、低温の油でまぐろの赤身を煮てほぐしたリエットと、マヨネーズを和《あ》えたもの。ここに、刻んだ生の玉ねぎが入っている。パンには、ホイップバターとマスタードが塗られていた。

「黒こしょうとローズマリーの効いたリエットに、水さらしの玉ねぎとマヨネーズを加える。白神の世界においてはツナマヨと呼ばれるそうだが、完璧な配合であるな」

「脂の少ない瀬付《せつ》きの痩せまぐろを、あえて使っていますね。噛《か》むほどに味が出てくる」

カンディードは蒸留酒を舐《な》めて、目をつむり、体をぶるっとふるわせた。

「これは、参りました。前菜だけで満足してしまいそうです」

「ここからであるぞ、カンディード。あの男は、次から次に意表を突いてくるからな」

不意に、アトリウムからざわめきが消えた。

ミリシアとカンディードは、共にアトリウムの入り口を見た。

男がひとり、立っている。

錦糸のリボンを巻いたフェルトの中折れ帽の下には、めがね越しの柔和な目と笑顔。前を開いた薄手のトレンチコートの奥には、ややオーバーサイズのスーツ。スラックスの裾がわだかまる足もとは、皺《しわ》だらけのストレートチップ。

元首、ピスディオ・ピーダーの帰還だった。

「ごめんなさい、遅れちゃいましたね」

男が声を発した瞬間、猛然と走ってきたピスフィが、ミリシアのスカートに頭から飛び込んだ。

「痛っ、バッスルの、なんじゃ、ささくれみたいのが指に……」

そしてスカートの中で悪態をついた。

「嬢」

ミリシアは完全無欠の呆《あき》れ声でただひとことを発した。それ以上に有意味ななにかを彼女は思いつけなかった。

「どうやら私たちは、教えがいのある生徒を受け持ったようですね」

カンディードが笑いながら皮肉を言った。

◇

前菜を出し終えた僕たちは、続いてスープに取りかかった。

「ツナマヨ……やっぱ……やっぱ」

衞川さんは厨房《ちゅうぼう》の隅っこでずっとサンドイッチをもちゃもちゃしている。日本人にツナマヨをお出ししたの、ちょっといじわるだったね。

ガラス容器の栓を抜く。甘酸《あまず》っぱくて、ちょっと怪しいにおいが漂う。中身を鍋に空けると、黄色っぽい液体がしゅわしゅわぱちぱち、微発泡していた。

「よしよし、いいあんばいだ」

「康太さん！　こっちもできましたよ！」

榛美さんが陶製のざるを持ってきてくれた。たっぷり盛られているのは、枝豆みたいな緑色のさや。

「なにこれ？　なんか……豆？」

パトリト君が、訊《たず》ねながらつまみ食いした。

「うっあ、ぴりっとすんね」

で、顔をしかめた。

「さや大根ですね。榛美さんに湯通ししてもらったんです」

「なんかをしました」

「キュネーさんに移民島のまわりを案内してもらったんですけど、湿地に群生してるのを見つけまして」

「えっ？　いつ？　キュネーと？　聞いてないんだけど」

くたばっていた衞川さんが、なんか急に食いついてきた。衞川さん、まあまあ高頻度で同担拒否の気配を出してくるんだよなあ。

「白茅ちゃんは寝てましたよ。行くか聞いたんですけど、にゃ！　って返事したからそっかあって思いました」

「うそでしょ、にゃ！　って言ったこと生きてて一回もない。そんな愛されたそうな返事したの？　あたしが？　最悪じゃん」

いつも人生の隘路《あいろ》に自分からはまりこんでいる衞川さんが、今日もまたなにかにつまずいている。そっとしておこう。

日本では、そこらへんの川っぺりに、たいてい野生化した大根が生えているものだ。こういう、畑から逸脱した大根のことをハマダイコンと呼ぶ。そしてダイコンは高い食用実績を誇るアブラナ科。さやはアブラナやカラシナと同じく、辛み成分のアリルイソチオシアネートを含んでいる。

とうの立っていない若いさやを見かけたら、洗ってマヨネーズなんかかけて、生でかじるといい。ぴりりと辛くてほろ苦く、ちゃきちゃきした歯ごたえと青くささがおいしく楽しい。

僕が湿地で見つけたのは、おそらくノダイコンだろう。こいつはダイコンの原種で、やはりさやを付けてくれる。

「ボカシでも施肥して育てていけば、数世代後にはそこそこりっぱな大根が採れるんじゃないかって、そういう話をね。これでも白神だからさ」

まあつまりなんというか、そういうことだ。

僕たちみたいな異世界人は、白神と呼ばれ、たいてい知恵の神みたいな扱いを受ける。僕はキュネーさんに、移民島で産業を興したいから力を貸してくれと頼まれた。あてもなくそこらじゅうをうろついていたら、パテントフリーの野菜を発見した、というわけだ。

「あー……そっか。そういうこと」

僕がやや煮えきらない感じで説明すると、衞川さんはなにかを納得してため息をついた。

「そゆとこあるよね、キュネーって」

パトリト君が衞川さんのため息に同意する。

「分かってるのよ、それは。いくらあたしでも。それもキュネーのやさしさだって。なんだろう、こう、そばにいちゃだめ、ってするのよね」

衞川さんは、自分の前に壁でもつくるみたいに手刀を振り下ろした。

「俺も追い出されたことあっからね。いっぺん」

「干潟のときでしょ。あれはあたしたちが悪かったと思う。ごめんねパトリト君」

「いーよ、なんかしらなんやかやなんかしたから」

「帰ったらキュネーに言っとく。あたしも巻き込んでよって」

「俺もね。大変な思いさせろよって」

多くのものごとが、大きく変わろうとしている。ピスフィが、変えたのだ。よかれあしかれ。

「雇用主に胸を張ってもらえれば、この料理が浮かばれるんですけどね」

僕は鍋に空けたスープを、塩、こしょう、ドライパセリ、ローズマリー、タイム、フライドオニオンで調味した。

味を見ると、甘じょっぱくて酸《す》っぱくて、かすかにアルコールを感じて、微炭酸にハーブの香りがぶわぶわ弾《はじ》ける。

ここに、ふかしたじゃがいも、水さらしにした玉ねぎ、ゆで卵、さや大根を入れる。具材は大きさを揃《そろ》えた角切りにしておこう。

また味を見て、マヨネーズを一さじ。粉唐辛子を加えたらできあがり。

「うっへ、なにこれ？」

ちょっとなめた衛川さんはむせた。山盛りのハーブに強烈な酸味、お酢っぽくもヨーグルトっぽくもある香りと、喉を押すアルコール臭。おまけに微炭酸。日本人の好きな味とはたしかに言いづらい。

「アクローシュカ。クワスを使った冷たいスープだね」

クワスはロシアでよく飲まれる低アルコールのお酒だ。こんがり焼いたライ麦パンを水に浸し、乳酸発酵させて作るらしい。

今回は、低温長時間発酵で乳酸菌を増やした食パンと、肥料用途で安く売っているふすま、柿《かき》、はちみつで作ってみた。原理さえ分かっていればどうとでもなるのが、発酵食品の楽しいところだ。

「そかそか、そんでそこに移民島のさや大根使うんだ。なるほどなー、そりゃお姫ちゃんも胸張んなきゃだわ」

「料理人なら意図は皿に込めろって、ミリシアさんに言われちゃいましたからね」

「そりゃみー姉ちゃんだもん。いいこと言うでしょ」

「いやまったく、目の覚める思いでしたよ」

全てのレシピについて、ピスフィとは打ち合わせ済みだ。お皿に込めたメッセージをどのように使うかは、彼女次第。

「だいじょうぶですよ。なにしろピスフィちゃんですからね」

榛美さんは断言した。なんの担保も約束もなく、ただ単に信じているだけで、それは僕たちの総意だった。

◇

サンドイッチをつまみながらアトリウム内を一巡りしたピスディオは、カンディードとミリシアの前で足を止めた。

「すこし肥ったか？」

ミリシアが訊《たず》ね、ピスディオは笑った。

「アロイカ王国の風土がよかったもので」

「久しぶりだな、ピスディオ」

「ええ、ミリシア」

ふたりは握手を交わした。

「カンディード氏も、お元気そうで」

「あなたのピスフィ君のおかげで、退屈しない毎日ですよ」

「そうでしょう。あの子は御者なき馬車ですよ。ぼくたちを必ず未知の場所へと運んでいくのです」

「んっぐっ」

ミリシアは悲鳴を呑《の》み込んで咳払《せきばら》いした。スカートの中のピスフィがびくっと震え、結果、後頭部で膝を打たれるかたちになったからだ。

「さて、我らの馬車は今、どこを走っているのでしょうね」

「んっぎっ」

ミリシアは再度、悲鳴を呑み込んで咳払いした。さっきからずっと足を掴《つか》んでいるピスフィが、すねに爪を食い込ませたのだ。

「ミリシア？」

ピスディオに問われたミリシアは、一瞬、迷った。ピスフィが文字通りすがりついているからだ。

「あなたの馬車は脱輪しているようであるぞ、ピスディオ」

しかしミリシアはすぐに躊躇《ちゅうちょ》を振り切り、スカートを持ち上げた。

半べそのピスフィと、ピスディオの目が合った。

「これはこれは」

ピスディオは膝をついてピスフィと目線を合わせ、にっこりした。

「ただいま、ぴーちゃん。ぼくの愛《いと》しい勿忘草《わすれなぐさ》」

「お……お帰りなさい、お父さま」

「さ、出てきてぼくを抱きしめてください」

ピスフィはおずおずとスカートから這《は》い出し、ピスディオの首に腕を回した。ピスディオはピスフィの背中と髪をやさしく撫《な》でた。

「その、つまり、みどもは」

がたがたふるえるピスフィから離れ、ピスディオは立ち上がった。帽子のつくる影の下、穏やかで怜悧《れいり》な瞳が、めがね越しにピスフィを見下ろした。

「君はカイフェ奥地まで旅に出る許可を、たった一通の封書で取ろうとしましたね。それから、ピーダー閥に大なたをふるったようですね。どのような手口であるかも、ここまでに聞き及びましたよ」

ピスフィはしおしおになった。

「さて、ぴーちゃん。ぼくのいないあいだに何があったか、お話しいただけますか?」

ピスディオはにっこりし、ピスフィは死体みたいな顔をした。

「二人が険悪な仲とは聞いていませんでしたが」

「あれが商人の親子だ、カンディード」

ミリシアとカンディードは、父娘から距離を置いて小声で話し合った。

「合理であれば尊ばれ、不合理であればけなされる。そういうものさ」

「ああいう接し方は、キャンディにはできませんね」

カンディードは娘の名前を口にした。

「ヘカトンケイルの商い人は、五つの子どもに五つの言葉を使わせる。ロンバルナシエのこっけい歌だ。実際に嬢は、五歳で五か国語を難なく使ってみせたがね。子のない私と人文学者のあなたには、やや推しはかりがたい関係であろうな」

カンディードはううむと唸《うな》り、白髪混じりの薄い髪を撫《な》で上げた。

ピスディオは静かに立ち、ピスフィはへどもどした。それがしばらく続いて、やがてテーブルにスープのカップが置かれると、ピスディオはようやく目線をピスフィから外した。

「面白い味ですね」

ピスディオはスープをすするなり言った。

「君の白神は、どうやら完璧な職人とは言いがたいようです。すくなくともフライドオニオンは余計でしたね。酸味がうるさくなりすぎます」

ピスフィはがたがたになった。

「さあ嬢、どう応じますか？」

ミリシアは腕組みし、にやにやしながら呟《つぶや》いた。

「楽しんでますね、ミリシア」

呆《あき》れ声でいさめるカンディードだが、やや姿勢が前傾している。ここから始まる論戦を聞き逃すまいとしているのだ。

機知に富んだ応酬は社交の華。言ってみれば、格調高い口げんかをだれもが楽しみにしている。まして父と娘、当代と惣領《そうりょう》、派閥の長と脱輪馬車である。集まったひとびとはみな、横目で親子対決を見守りはじめた。

ピスフィは静かにゆっくりと息を吸い、細く長く吐いた。

「お父さま。こちらのスープは、具材とともに召し上がっていただきたい」

ピスディオはうなずき、素直に応じた。まずはじゃがいもとともに。次いで、卵の白身。玉ねぎ。さや大根に至って、細い目をいっぱいに開いた。

「苦味と辛味を受け止めるため、汁の酸味を強くしたのですね。黄身の香りもいい。この具材は?」

「移民島に産する、大根のさやを」

ひとびとは面食らって息を呑《の》んだ。ピーダー派にとって、移民島は現在の惨状を招いた元凶と言える。よりによって領袖《りょうしゅう》の帰還を祝うパーティで、移民島産の食材をぬけぬけと使ったのだ。

父と娘は、わずかな時間、黙って視線をぶつけ合った。

「あなたは暴動に際して、移民の側に立ったそうですね」

「あれが暴動に見える目の持ち主は、湿地に冬営するツグミの鳴き声が砲声に聞こえる耳の持ち主でもあるじゃろうな」

「では、物騒な行進とでも言い換えましょうか。大きな違いはありません。行進の首謀者である敗血姫を雇用したとも聞きましたよ」

「有用な人材を、競争相手なしに雇えるとすれば、お父さまはどうされる」

「雇うでしょうね。ふだ付きの凶悪犯でなければ」

攻撃的なピスフィの問いかけを、ピスディオは笑顔で受け止めた。

「移民たちは市民権を持たず、税もまともに納めず、漁業の規則を守らず、そのうえで権利を主張した——このように聞いています。それでもぴーちゃんは、彼らを守ろうとしたのですね。なぜですか？」

「くだらない問いを重ねてみどもの怒りを引き出そうとしたのであれば、お父さま、あなたの策は成功しておる。なぜもなにもない。みどもにとって、それは正しかった」

ピスフィは息を継ぎながら言葉を探した。

「もっとも軽んじられ、もっともないがしろにされている者たちの近くこそが、みどものいるべき場所であるからじゃ。文法を欠くやさしさこそ、愚かでのろまな誠実さこそ、訳知らずつまはじきにされたひとびとこそ、救われるべきだと信じるからじゃ」

アトリウムに静けさが満ちた。父は、娘の言葉を咀嚼《そしゃく》するような間《ま》を取ってから、口を開いた。

「そうして、派閥を空中分解寸前に追い込んだわけですね」

ピスフィはしおしおになった。

ピスディオは声をあげて笑い、ピスフィの頭に手を置いた。

「正義と妥当の違いについて、ぴーちゃんは考えたことがありますか？」

青い髪をゆったりと撫《な》でながら、低く落ち着いた声で問いかける。

「これはね、時制の問題なんです」

「時が区別する？　どのように？」

ピスフィの瞳は、たちどころに知的好奇心で輝いた。父は、娘に考えさせるような間《ま》を取った。

「妥当は、今ここの正しさを問うものです。今ここで、移民たちは税を納めていない。今ここで、移民たちは稚魚まで根こそぎにする。今ここで、移民たちは市民権を持っていない。だから、そんな彼らをひとびとは憎んだし、ヘカトンケイル人とは認めなかった。改正移民法は、そうした感情に根を張って育ったのでしょう」

ピスフィは小さくうなずいた。

「正義とは、いつそれが正しいと認められるのか、だれにも分からないものです。百年後のヘカトンケイルは、移民たちの排斥を恥ずべき歴史と断じているかもしれません。あるいは、差別はずっと苛烈《かれつ》なものになっているかもしれません。正義は常に、遡及的《そきゅうてき》、つまり過去にさかのぼってのみ語られます」

「みどもは……信じておる」

ピスディオはにっこりした。

「約束もなく、担保もなく。ただ信じて、君はそうしました。ですから、ぴーちゃん、ぼくのかわいい勿忘草《わすれなぐさ》。君はね、正義と妥当の違いについて、誰よりもよく分かっていたんですよ」

ピスディオは膝をついてピスフィを抱き、背中を、髪を撫《な》でた。ピスフィは腕を伸ばして、今度こそしっかりと父を抱きしめた。

「君はぼくの誇りですよ、ぴーちゃん。それから、あなたの白神も。代価を支払うべき、美しい一皿です」

ピスフィはピスディオに頬を寄せた。

「……ありがとう、お父さま」

「いいえ、ぴーちゃん」

ふたりの抱擁を眺めながら、ミリシアはうさ耳をひねった。

「やるな、ピスディオ。嬢を慰めながら、派閥に芯を入れ直したか」

カンディードは、同意の首肯《しゅこう》でミリシアに応じた。

「元よりピーダー閥は潟派《ラグーナ》ですからね」

ヘカトンケイルの政界は、大きく二つに分かれている。大陸に野心を燃やす本土派と、自由貿易と比較優位を信じる潟派とだ。元首を抱えるピーダー閥は、潟派の最大派閥として国家の方向性に指針を与えていた。

ピスフィのスープは、移民島産の野菜でさえ財として扱えるのだと示した。潟派の原則論からすれば、受け入れるべき考え方だ。

「親子げんかは、これでおしまいにしましょう。すばらしい料理を、愉快なゲストといっしょに楽しみたいですからね」

「はっはっは！」

待ち構えていたような高笑いがアトリウムに響いた。その場の全員が――ピスディオを除いて――一瞬にしてどん底までげんなりした。

「ヘカトンケイルをぶっ正す！　ヘカトンケイルをぶっ正す！」

高く挙げた手で天を指さしながら、ナバリオーネ・ラパイヨネがやってきたのだ。

紅茶色の髪に金色のやさしげな垂れ目、長身にタイトなスーツをまとった完璧な美丈夫は、ピスフィに目を留めるとずかずか近寄ってきた。

「やあ、姫！　実にその、なんというか……少数で居心地のいい空間ですな！」

拾った石で殴りかかってくるような、粗雑すぎる皮肉だった。ピスフィは返事もしなかった。

「そして、おお、強く偉大な我らの元首、ピスディオ・ピーダー！　大評議会一同、閣下のご帰還をお待ちしておりましたぞ！」

「ナバリオーネ君はいつも元気ですね」

「なに、市民ですよ！　市民が私に力を与えてくれるのです！　ええ、ええ、力強い国家に生きる感動的な市民に、私は奉仕しているのですからね！　はっはっは！　あなた、お酒を一杯ください。ありがとう……うん、素朴な市民生活の味ですな！」

ヘカトンケイルモールの執行役員にして、いまや本土派の首魁《しゅかい》。ピスフィの歩むべき道に突如として飛び出した猛獣。顔すら合わせたくないと、ピスフィは心から思っていた。

「お父さま？　まさか」

「招いてはいませんよ。しかし、ナバリオーネ君があちこちに顔を出すのはいつものことでしょう」

まったくその通りだった。ナバリオーネはピスフィの事業説明会にさっそうと潜りこみ、忍ばせた敗血姫によってなにもかもぐちゃぐちゃにした。因縁のはじまりからして、この男は無から生じたかのように突如として出現したのだ。

「このスープ、アクローシュカですか。ううむ！　調和です、これはまさに調和の味ですとも！　ラパイヨネの麗しい桑畑《くわばたけ》に賭けて、康太君のレシピでしょう。違いますか？」

「……合っておる」

「もちろんそうでしょうとも。あなたの白神の技術を再び楽しめるとは、我らが元首に感謝せねばなりませんな」

ピスフィは生まれてはじめて舌打ちしたが、なにしろはじめてのことだったので、湿った情けない音が口の中で響くばかりだった。

「姫は幸運ですよ。白神の料理人に、ああも他人に寄り添える者はそういませんからね！」

「どう評価してもらってもかまわぬが、姫と呼ぶのだけはいい加減に飽きてもらいたいの」

なにもかもが面倒になってきたピスフィは雑に流した。ナバリオーネは、人間にそこまでできるなどとちょっと信じられないぐらい大げさに目を見開き、ありえないぐらい恥知らずにわなわな震えた。

「姫こそ、どれほど申し上げればご理解いただけるというのです！　あなたの美しさを表現する手段を、哀れな私から奪おうと――」

「おいコラ」

地獄の底から湧いて出たような低音が、ナバリオーネの声を遮った。

貴族との談笑に加わっていたミリシアが、異変を即座に感じ取って呟《つぶや》いた。

「まずいな」

「どうしたのですか？」

カンディードの問いかけに、ミリシアはため息で応えた。

「ピスディオは為政者としても父としても実以《じつもっ》て優秀ではあるが、ただ一つ、大きな弱みを抱えているのだ」

ミリシアの視線を追って、カンディードはピスディオに目を向けた。

めがねを取ったピスディオが、顔をななめに傾け、黒点のように引き絞られた瞳孔《どうこう》でナバリオーネを睨《にら》み上げていた。

「ぴーちゃん嫌がってんだろ今すぐやめろクソガキ。麻袋に詰めて運河に沈めんぞ？」

品性を捨てた暴力的な恫喝《どうかつ》だった。

ナバリオーネは口を半びらきにした。

「なに黙ってんだ？　死にてえのか？　遺言は終わりか？」

「あれは……ピーダー閣下ですか？」

カンディードは言葉を失った。額に青筋を立てて相手を口汚く罵《ののし》る姿が、娘と派閥をひとまとめに説得する知性とまったく結びつかない。

「ピスディオは、嬢のことを愛しすぎている」

「……なるほど。それこそが大きな弱みですか」

「お父さま！」

ピスフィが、ナバリオーネとピスディオのあいだに飛び込んだ。

「単なるじゃれ合いじゃ！　ナバリオーネにもみどもにも他意はなかった！」

「待ってろやぴーちゃん、このクソボケの人相変えてやるからよ」

ピスディオはナバリオーネのネクタイを掴《つか》み、綱引きのように力いっぱい引っぱった。

「なんじゃそれは！　なにをどうするつもりじゃ！」

「はっはっは！　いやはや、閣下！　お変わりない様子で安心しましたよ！　こうでなくては張り合いがありませんな！」

引っぱられたネクタイに首をぎゅうぎゅう絞められながら、ナバリオーネは鷹揚《おうよう》に笑った。ピスフィは半べそでおろおろしていた。

「助け舟を出そう。さすがに嬢が気の毒だ」

ミリシアはグラスをテーブルに置き、ピスディオとナバリオーネのもとに向かった。やけに頼もしい背中だとカンディードは思った。

◇

「めっちゃ聞いたことある笑い声がするんだけど」

衞川さんが顔の右半分を力いっぱいしかめた。僕も同じ表情になっていたと思う。

「どこにでも出てくるねえ」

百キロ先まで届きそうなばかでかい声は、ナバリオーネ議員のものだろう。今度はどんな厄介ごとを持ち込みに来たのだろうか。

「康太さん」

ぐったりしていたら、榛美さんにほっぺをつつかれた。

「なんかですよ、康太さん」

説得力しかないことを言われてしまった。

「そうだね、なんかだった」

「え？　なにが？」

「なんかです」

「ごめん榛美さん、分かったからすごまないで」

衞川さんはぴんときてないみたいだ。こんなに説得力しかないのに。

というわけで、なんかのためにホワイトソースをつくろう。

フライパンにバターを落とし、ゆっくりあたためる。白く細かいあぶくと黄色っぽい油に分離したら、精白小麦粉を落とし、木べらでねちねち練っていく。温度が上がりすぎると瞬時に焦げるので、時間をかけてゆっくりやっていこう。

黄ばんだどろどろを根気強くねちねちしていくと、小麦粉に火が入り、焼きたてのクッキーっぽい香ばしいにおいがしてくる。

マロンクリームみたいな、ぽてっとした甘茶色の見た目になったら頃合いだ。ここに牛乳をちょろっと加えては練り、練ってはちょろっと加える。どばどば注ぐとだまになってしまうので、繊細にやろう。

牛乳でのばしたら、細かく刻んで炒めた玉ねぎ、バターで焼いて塩・こしょうしたアミガサタケを加える。具材がなじんだらできあがり。容器に移して粗熱《あらねつ》を取ろう。

その間に、いよいよ本日の主役が登場だ。

「おっきいえび！　おっきいえびをしちゃうんですね！」

興奮した榛美さんが縦揺れした。

「おっきいえびをしちゃうよ」

僕はボウルをアイランドテーブルにどんと置いた。

「でっか！」

衛川さんも大興奮だ。

それはもう、オマール海老《えび》がまるごと出てきたらだれだってわーってなっちゃうよね。尻尾を丸めた状態で、僕の指先から肘ぐらいまであるオマール海老がつごう五尾。近海で水揚げされた活《い》けのこいつを、塩水で蒸《む》すこと三十分。えびみそが流出しないよう、頭を下にボウルに突っ込んでおいた。

「わー！　でっか！　くそでか海老出ちゃった！　持ってみてもいい？」

「どうぞどうぞ」

「うっわ、うーわ……うあはははは！　でか！」

オマール海老を手に取った衛川さんは、なぜか爆笑した。なんだろう、オマール海老って急に出てくると、すごくおもしろいんだよね。存在感がすごすぎて。

「こりゃーガスタルド、とっておきの漁場行ったね」

パトリト君が言った。この海老は、漁業兄弟会のガスタルドさんに捕ってきてくれるようにお願いしたのだ。やっぱりおめでたい席にはでっかい海老がなくちゃね。

このオマール海老をひっくり返し、足の間に包丁を入れ、縦にまっぷたつに割る。頭にはてろてろのえびみそ、胴には、尻尾までぎっしり詰まったまっしろな身。

「断面！　あはははは！」

御川さんは海老を手にしたまま、体を折ってげらげら笑った。ずっと面白いよね、オマール海老。

えびみそをスプーンで取り出して、さっきのホワイトソースに混ぜる。身は殻から外してぶつ切りに。巨大なはさみも出刃包丁の背で割って、中身を取り出す。

切った身をホワイトソースにぶちこんだら、大理石の台の上に広げて冷やす。

「榛美さん、バッターできてる？」

「やれました！」

「ありがと。パン粉はどう？」

「それっぽいですよ！」

「いいねえ、完璧だ。これはもう百点満点中花丸をあげなくちゃ」

大理石に熱を吸い取られたホワイトソースは、ぶりんぶりんの固形になっている。こいつをスプーンですくい取り、いい具合の俵形《たわらがた》にまとめる。

水と卵と小麦粉を溶いたバッターに、まとめたホワイトソースを沈める。汁気を切ったら、パン粉をまぶす。

鍋のなたね油に、バッターをちょっと落としてみる。油の中ほどの深さまで沈んで浮かび上がり、細かなあぶくをしゃわしゃわ吹いたら、これでだいたい百八十度。

揚げ油に、たねをどぼんと沈める。パン粉と泡を吐き散らしながら、あっという間に熱が入っていく。

「榛美さん、そっちの面倒はお願いします」

揚げ物をおまかせして、盛りつけの準備にかかろう。

まずはお皿にソースを丸く流す。これは水戻ししたドライトマトをすり鉢に当てて裏ごしし、塩、こしょう、パプリカパウダーを加え、刻みにんにくと油でさっと炒めたもの。

お皿に飛び散ったソースをぬぐったあたりで、

「できました！」

榛美さんが、完璧なきつね色に揚がったものを持ってきてくれるという寸法だ。

ほこほこに湯気を立てるこいつらをソースの上に並べたら、オマール海老《えび》クリームコロッケのできあがり。

「すっごいこれ、なんだろ、ぜいたくな料理よね」

「蒸《む》したのそのまま食っちゃうよね、普通」

「分かる。こうなんか、ラピュタのドーラでしょ。ばきゃ！　って割って、むしぃ！　って身をかじるのよ」

「ラピュタ知らんけどそれな！」

パトリト君と衢川さんは、盛りつけしながらごくもっともなことを言い合った。でも、衢川さんが思いついちゃったものは仕方ない。

アトリウムのテーブルに並べる分のお皿を持っていってもらったら、今日の仕事はおしまい。アトリウムがどんなことになっているかは分からないけど、そこはピスフィにお任せしよう。あらかじめ仕込んでおいたデザートは、ピーダー家のばかでかい冷蔵庫で冷えている。これなんか、勝手に持っていってもらったらいいからね。

「それじゃあひとまず、お疲れさまでした」

「っした！　康太くん、飲も飲も！」

パトリト君がグラスにワインを注ぎ、削った氷をたっぷり入れてくれた。

「ありがとうございます。はー……あー、染みますねえ」

「染みんねえ」

冷えたワインはするりと体の中に滑り落ちて、熱を散らしてくれる。テーブルにもたれて一杯やっつける頃には仕事のスイッチも切れ、疲れが末端をじんわり心地よくしびれさせた。

「衢川さんもなにか飲みたいでしょ。黒豆シロップつくってきたから」

黒豆の煮汁でつくったシロップを、炭酸水で割る。氷をどぼんと放り込んだら、黒豆ジユースのできあがり。

「ん！　おいし！」

疲れてしょぼしょぼしていた衢川さんの目が、一口飲んでぱっちり開いた。

「なんか甘酸《あまず》っぱくておいしい！　え、これ黒豆なの？　豆やば。すっごいきれいだし」

グラスの中身は、あざやかな赤紫。浮かんだ氷が目にも涼しい。

「いいでしょ。ワインのアンフォラに酒石酸《しゅせきさん》残ってたから入れてみたんだ」

「これあたしめっちゃ好き！」

甘酸っぱくて、かすかに豆の香りがするこのふしぎな飲み物は、なんでも会津《あいづ》の方でよく作られているそうだ。黒豆の煮汁にはアントシアニンがたっぷり溶け出している。この色素は、pH《ペーハー》によって大きく色が変わる。今回は酸で赤く染めてみた。

「あの、康太さん。ごめんなさい、なんかちょっと、だめになったのがあって」

榛美さんが、クリームコロッケの盛られたお皿をテーブルに置いた。熱で溶けたホワイトソースが流れ出したり、鍋底に触れて焼き色が付きすぎたりと、お客様にお出しできないから弾《はじ》いたものだ。

「お疲れさま、榛美さん。クリームコロッケって難しいよね。家では絶対にやりたくないなあ」

昔やってたお店では、お好きな常連さんがいらっしゃったので仕込んでいたけど、本音を言うなら業務用で済ませたかった。ちょいちょいソースが流出し、揚げ油が取り返しのつかないことになるのだ。

「でも失敗にはいいこともあるよ。たとえば、ほら」

僕は荷物の中から、ガラス瓶を取り出した。

「これね、家で仕込んできたウスターソース」

「やば。紺屋さんなんでもつくっちゃうじゃん」

銜川さんはがんばって呆《あき》れようとしていたけど、喜色をまったく隠せていなかった。

「お出しする分は色合いも考えてトマトベースにしたけど、こういうのってやっぱり茶色いソースべしゃべしゃにして食べたいからね。さてさて」

僕はみんなに誘惑の笑顔を投げかけた。

「トマトソースとウスターソース、どっちで食べよっか」

「両方ですね！」

榛美さんがすかさず正解に辿《たど》り着いた。

というわけで人数分の小皿にトマトソースとウスターソースを垂らし、おのおの大皿からコロッケを取って、いただきます。

スプーンを立てて、力をこめる。ざくっと音を立てて割れたコロッケから、とろとろのホワイトソースが流れ出す。

「わーもうこれ絶対やべーやつじゃん。トマトからいこっかな」

パトリト君はコロッケの半身をトマトソースになすって、ぱくっと一口でいった。

「んっふぁ！　ふぁ！　やっふぁ！」

あつあつのソースに舌をめためたにされ、パトリト君は涙目になって笑った。

「んあ！　あー！　うっま！　あっまいところにトマトのこう、きゅんきゅん酸《す》っぱいんだよなー！」

「海老《えび》やば！　なにこれ！　なんか、なんかね、ぶりぶりのとしゃきしゃきのがある！　あだだだだおいしすぎていたいやつ！」

衢川さんはあごの付け根を指でぎゅっとした。

「やー、これはいいねえ。いい食べものだこれは」

ホワイトソースはてろんてろんで甘く、舌に海老みそのわずかな渋みがしみじみ響く。玉ねぎはしゃっきりと歯ごたえが残っていて、アミガサタケのちゃきちゃきした食感も面白い。

そしてぶつ切りにしたオマール海老の主張がすごい。胴の身は繊維がみっちりで、ぎゅむぎゅむ噛《か》みしめるほど味が出てきて、まさに海老。はさみの方は、青果みたいにしゃくしゃく歯切れよく、あっさり風味。

で、もうウスターソースだよね。びっしゃびしゃにしてやったウスターソースが最高す

ぎる。酸味と甘みとしょっぱさだから最高以外のなにものでもない。

「康太さん、これはよくないやつですよ！　見ててください！」

榛美さんはコロッケをざくざくやってからワインをついっと飲み、

「ふあああああ……」

ぐにゃんぐにゃんになってもたれかかってきた。

「これね、ワインとね、いくらなんでも合いすぎるよね」

ぶどうっぽさが強烈なワインは、濃厚なオマール海老《えび》クリームコロッケと、生まれつきいっしょだったんじゃないかってぐらい息ぴったり。

「いやもう、どうかと思うな。だめでしょこれは。人類を愚かにしてしまうぞ」

コロッケ、ワイン。ワイン、コロッケ。ワインに行くと見せかけて再度コロッケで口内をあつあつの油まみれにしてから冷たいワイン。

「よし、本気出そう」

僕はよたよたしながら立ち上がり、オマール海老の殻と水を手鍋に入れて火にかけた。汁が白濁し、海老のいい香りが立ちこめてきたら、ざるで漉《こ》す。このだし汁に、さや大根とか山くらげとかじゃがいもとか、なんでも適当に切ってぶちこんでぐらぐら沸かし、煮えたら味噌を溶く。

「はいこれ、オマールだしの集《あつ》め汁《じる》」

「わー！　あははは！　あっま！　じゃがいもやっぱいね」

ずっとすすったパトリト君が爆笑した。オマールだしの香りと甘みが具に入って、こいつには清酒を合わせると最高だ。ごぼうとか豆腐とかも入れたかったなあ。

「なん、これ、なんだろすっごい、なんかこりこりするやつなにこれ？」

「山くらげだね。ステムレタスとか、茎レタスとか言ったほうが分かりやすいかな」

「なんにも知らないけどあたし好きだなこれ。すっごいなんか、こりこりしてて」

BLTサンドをやろうと思ったんだけど、手に入ったのはしょっぱいベーコン、からっからのステムレタス、ぱっさぱさのドライトマトだった。

コールドチェーンなど望むべくもない異世界だ。ヘカトンケイルが世界最強の国家で、雇用主が国家一番のお金持ちであっても、低温流通ばかりはどうにもならない。ないものはない、あるものはある。いつも通りだ。ドライトマトは生トマトよりも味が強くて、ソースやスープには便利だしね。

では、保存食ばっかりの異世界にうっかり迷いこんでも、おいしく和食を楽しむためのレシピを一品。

たっぷりの水で戻した山くらげを、食べやすい大きさに切る。塩蔵《えんぞう》きゅうりは、しっかり塩抜きして歯ごたえが残るぐらいの薄い輪切りに。

まぐろのリエットは、油を切り、よくほぐしておく。

お酢、醤油《しょうゆ》、砂糖、塩を混ぜ合わせ、ステムレタス、きゅうり、まぐろを和《あ》えれば、「山くらげの酢醤油和え《すじょうゆあ》」のできあがり。あれば切りごまなんか散らしてあげると、香りがぐっといい。

芋がらだとか、戻しても歯ごたえがある乾物ならおいしくできるので、着いた先が戦国時代でも安心だ。大名に取り入って砂糖を分けてもらうとか、駿河でまぐろの地曳《じび》き網漁に参加するとか、その辺は各自でなんとかしていただきたい。

「どれどれ」

ひとつすくって、噛《か》む歯に心地よいくりくりした食感を楽しむ。酢醤油を吸ったツナがはらはらほどけて、いいあんばいだ。

「む！　おいしいやつです！」

榛美さんが一口食べただけで全てを理解し、にっこりしてお酒を飲んだ。

「わーこれなんか、なるほどって味。シーチキンと酢醤油って合うのね、はじめて知った。あたしこれめっちゃ好きだ」

御川さんは、山くらげをことのほか気に入ってくれたみたい。

「ツナと酸味の組み合わせっていいよね。マヨネーズもそうだけど」

「あ！　そっかほんとだ、ツナマヨもそうだ」

僕たちはすっかりくつろいで、あまった食材から適当に生み出した料理を食べたり、だらだらお酒を飲んだり、もはやナバリオーネ議員のことなど完全に忘れていた。

とにかく今日は、仕事はおしまい。やるべきことをやるだけやったら、あとはお任せするのが社会人のあり方だ。

「だからね、僕たちはいくらでもお酒を飲んでいいんだよ」

僕が理にかなったことを言うと、

「ぎろんのよちなくです」

榛美さんがうなずいてくれた。これにより、僕の理論は証明不要な原理のレベルに昇華されたため、もう一杯いっちゃおう。

今日も仕事が楽しくて、お酒はおいしく、すべて世は事もなし。異世界って最高だね。

◇

康太のオマール海老《えび》クリームコロッケは、列席者をいくらかざわつかせた。

長雨が牧草不足を招き、牧畜を営むひとびとの多くが豚や牛を間引いた。市場にあふれた肉は、価格を落としていった。

一方で海産物は不漁が続き、必然的にオマール海老の市場価格も上昇傾向にある。

そんな状況で、海老の殻すら飾ることなく、姿形を留《とど》めない料理がでてきたのだ。高値をつけた海産物を用意しながら、財力を誇示しようともしない。コロッケのそっけなさこそ、かえって意地と気品の現れだった。

自ら聡《さと》いと認ずる者ほど、こうした仕掛けに弱い。ひとびとは料理の意図について、競って語りはじめた。虚栄心は焚《た》き付けだ。誰もが、最初に謎を看破したというトロフィーめがけて走り出す。

「君の策はうまくはまったようですね、ぴーちゃん。このソースも、にんにくの使い方が完璧です」

クリームコロッケをほおばったピスディオは、満足げに笑みを浮かべた。激情に任せて他人の首を絞めた直後とは思えない落ち着きだった。

「みどもはよい剣を佩《は》いておる」

「踏鞴の怪物領主を御したのも、あなたの白神なのですね」

「いや実に、康太君は瞠目《どうもく》すべき料理人ですよ！　私の頑《かたく》なな心も、彼はたやすく解きほぐしてみせたのですからね」

グラスを手にしたナバリオーネが、親子の間に割って入った。

「既知のあらゆる人間のうさんくささを足し合わせても、主《にし》ゃには届かぬな、ナバリオーネ・ラパイヨネ」

「はっはっは！」

こちらはこちらで、首を絞められた直後とは思えないほどへらへらしている。

「懲りん男であるな、あなたは」

「とんでもない、ミリシア・ネイデル。無礼を反省し、心を入れ替えたところですよ！どうかみじめな私の忠心を信じてください！」

いさめる言葉を受け流されたミリシアは、どうでもよさそうに鼻を鳴らした。

「さて、デザートの出てくる頃合いですか。君の白神がどうやって締めくくるか、期待してもいいでしょうね、ぴーちゃん」

ピスディオの問いかけにピスフィはちょっとだけ気圧《けお》され、すぐに首を縦に振った。

「お父さまの臓腑《ぞうふ》にも、ようやく料理が染みてきたようじゃの」

小突くような皮肉に、ピスディオは及第点だと言いたげな笑みを浮かべる。

そのとき、アトリウムに風が吹き込んだ。

パンツスーツ姿の秘書官が、扉を押し開けるなりピスディオに駆け寄ってきた。

「閣下、少々よろしいですか？」

「ええ、トゥーナ」

秘書官からそっと耳打ちされたピスディオは、表情を硬くしたもののただちに平静さを取り戻し、小声でいくつかの指示を与えた。秘書官は一礼すると身を翻し、足早にアトリウムを去って行った。

「なにかあったようですな、閣下」

ナバリオーネの視線には、どこか値踏みするようなものが含まれていた。

「いえなに、王宮に桜が咲いたようです」

ピスディオは笑ったが、底知れない笑みだった。

「それは……」

一瞬、ナバリオーネは絶句した。

「それは実に……実によいお話ですな」

「ええ、まったく。ナバリオーネ君、どうでしょう。花見の日程について、今から共に検討しませんか？」

ナバリオーネは目を見開いた。肩がぴくりと動いた。それは間違いなく、ナバリオーネの心底からの驚きだった。

「王宮で、私と、花見を？　はっはっは、正気とは思えませんぞ、閣下」

「だからこそ面白いでしょう？　君と二人で主催するのならば、多くを楽しませることができますよ」

「なんの話をしておるのじゃ」

ピスフィは問いかけた。ピスディオとナバリオーネの間に走る緊張から、なにかただならないことが起きているのは、彼女にも理解できた。

「なに、姫には関わりのないお話ですよ」

「ア？」

ピスディオはめがねを外した。

「てめーコラ、ぴーちゃんハジくんか？　うちの娘を？」

黒点のようなピスディオの瞳孔《どうこう》に睨《にら》まれて、ナバリオーネの顔から、にやにや笑いが消えた。

「……あなたの勿忘草《わすれなぐさ》を、こんな事態に引き入れるつもりですか」

「あたりめーだろクソガキ。うちのぴーちゃんナメたら庭に植えんぞ」

「絶対にいやじゃ！」

ピスフィは叫びながら、少し安堵《あんど》した。父にはふざける余裕がある、たいした事態ではない、と。

「では、姫も……失礼、ピスフィも同席させるのですね」

ピスディオはめがねをかけなおし、表情を引き締めた。

「いずれぴーちゃんは、責任ある立場でこうした事態に直面することでしょう。心構えぐらいは、親として説いておきたいのです」

「そういうことでしたら、ええ、もちろん。残念ですね。康太君のデザートを食べそこねることになる」

「運んでもらいましょう。ぴーちゃん、あなたの時間をすこしいただけますか」

「なにを、どこに、どうするつもりじゃ。説明を……」

「嬢」

ミリシアは一言だけ、やさしい調子で口にした。

それでピスフィは、我を取り戻した。

「説明は、してくれるのじゃろうな」

「もちろんです、ぴーちゃん。どのみち、いずれはみなの知るところになるでしょうが」

ピスフィの頭を撫《な》でたピスディオは、集まるひとびとに向き直った。

「みなさん！　料理はまだ続くようですが、ここで中座の無礼をお詫《わ》びいたします。ぼくはこれより、ナバリオーネ君に潟派《ラグーナ》の意義を一晩かけて説いてきます」

なにも知らない貴族たちはピスディオの冗談に笑った。

ピスディオとナバリオーネ、それからピスフィは、アトリウムを出ていった。残されたひとびとは談笑に戻った。

「王宮に、桜」

ミリシアは、ピスディオの謎めいた言葉を口の中で転がした。鉛でも呑《の》んだように、胃が重くなるのを感じた。

「あなたの帰参は時宜《じぎ》を得《え》たものであったようだな、ピスディオ・ピーダー」

◇

窓のない私室にろうそくが点《とも》され、三人の影が壁に頼りなく映し出された。

「端的に言いましょう」

ピスディオは切り出した。

「ヘカトンケイルに上陸した感染症が、王宮に到ったようです。ナバリオーネ君、なにかご存じでしょうか」

「詳しいことは分かりませんな。波止場ではじめての感染者が発見され、少しずつ北上していると。ところで、陛下はご無事なのですか？」

「感染したのは陛下御側係《おそばがかり》の者だそうです」

「ソコーリが？」

ピスフィはみぞおちに氷の塊が生じたような気分で、思わず言葉を発した。ソコーリはマナ陛下の御側係にして幼なじみ、真珠色の角を持つノームだ。知らない仲ではない。

「海の言祝《ことほ》ぎ以来、陛下は言祝ぎに精力的ですからな。ことに移民島などの貧しいひとびとの住む場所にばかり足を運んでおられる。そのあたりで拾ってきたのでしょう」

「お父さま、ソコーリは……」

「生きておいでですよ、ぴーちゃん」

今のところは。

父の言葉の含意《がんい》に気づいたピスフィはよろめき、壁にもたれかかった。浅くなりかかる呼吸を、喉に引っ込もうとする舌を御そうと、腹に力を込める。

「この病に感染した者は、肌に徴《しるし》が出るそうです。桜色の発疹《はっしん》が、腕や足にびっしりと生じます。薬や祈祷《きとう》は、今のところ効果を発揮していないようですね」

「王宮に到ったのは、ある意味幸いですな。世界一の治療を受けられるのですから」

ナバリオーネは皮肉っぽく鼻を鳴らした。

「陛下の、言祝《ことほ》ぐ魔述ですか」

ひとびとの望みを身に宿し、ささやかな奇跡を起こす。言祝ぎの魔述は、ヘカトンケイルの王統に代々受け継がれ、正当性を担保してきた。その力があれば、病人を治すことは容易《たやす》いだろう。

「閣下。陛下の魔述の御光で、市民を照らすおつもりですか?」

「分かっていますよ、ナバリオーネ君。ヘカトンケイルの未来を思えば、陛下のお力には頼れません。われわれが、われわれの力で、食い止めるのです」

ピスディオとナバリオーネは、言外の意味が込められた言葉の数々を、長年の友ででもあるかのように素早く交わした。ピスフィは衝撃をこらえながら、黙って立っていた。

扉がノックされた。入ってきたのは秘書官のトゥーナで、手に大荷物を抱えている。

「ありがとうございます、トゥーナ。続報はありますか?」

「王宮は情報を外に出さないつもりです。議員たちに動きは見られません」

フォルダや巻物を机の上に並べながら、トゥーナは淡々と応じた。

「その、そ、ソコーリは」

トゥーナはピスフィをちらりと見て、すぐに視線をピスディオに戻した。ピスフィは自分が信じられないほどなにも理解しておらず、場違いで、ぶざまをさらしたことに気づいた。

「ご無事のようですよ、ピスフィ様。ピーダー閣下、こちらは公的基金の目録、そしてこちらが、租税台帳《ドゥームズデイ・ブック》です」

「感謝します。すみませんが、被害地域をプロットした地図の用意もお願いできますか？」

「はい、閣下。明朝までにには。では、失礼します」

トゥーナが去り、ピスディオは基金目録に目を通した。

「どうされるおつもりで？」

「ねえ、ナバリオーネ君。ひとつ提案があるんですが、ぼくたちで議会を掌握しませんか？」

書類の束をめくりながら、なんでもないような調子でピスディオは言った。

ナバリオーネはというと、正真正銘ぶったまげ、数歩あとずさった。

「なにを……閣下、正気ですか？　武力制圧でもするおつもりで？」

「『十頭会《じゅっとうかい》』ですよ」

かつて中つ国諸国の連合軍は、莫大な戦争債のモラトリアムを求めてヘカトンケイルに侵攻した。世に言う償還戦争である。この際、緊急時の意思決定機関として組織されたのが十頭会だ。十頭会は、百貨迷宮《ひゃっかめいきゅう》で得られた機関銃の使用を決定した。

かくしてヘカトンケイルの誇る美しい潟《ラグーナ》は、音速の銃弾による挽《ひ》き肉《にく》加工場と化した。諸侯の誇る騎士だの従士だの傭兵《ようへい》だのは、ずたずたに引き裂かれて海に撒《ま》かれた。その後、潟は富栄養化に何年も悩まされたという。

債権はまっくろに焦げついたが、ヘカトンケイルはその代わり、この世界から関税という概念を完全に消滅させた。以来この国は世界に君臨している。

いまの十頭会には、各派閥の長老が名を連ねている。政局が潟派にも本土派にも寄りすぎないための調整弁としての機能が大きい。

「十頭会入りを狙っていたんでしょう？」

誘惑するような、ピスディオの声音だった。ナバリオーネは息を呑《の》み、くちびるを無理に吊《つ》り上げた。

「あなたは、まったく……どうかしていますよ、閣下！」

「言ったでしょう。君と二人で花見を主催すれば、多くのひとびとを楽しませることができる、と」

ナバリオーネは、電流でも走ったようにぞくりと震えた。

「やり方は、私に任せていただけるのでしょうな？」

「お好きにどうぞ」

「お父さま？　その……こんなときに、どうして政局の話をしておるのじゃ？」

言葉の途中で、ピスフィはみじめな気分になった。またくだらない横やりを入れてしまったのだ。ピスフィは耳までまっかになってうつむいた。

「もっともな疑問です、ぴーちゃん」

しかし父は、娘の頭にそっと手を置いた。

「帰ってくるまで、ぼくはこの件について何も知りませんでした。どういうことかというと、王宮を襲った感染症は、情報伝達を越える速度でヘカトンケイルを覆いつつある、ということです。ぼくたちは最悪の事態を想定し、素早く、果断な意思決定の準備を整えなければなりません」

「しかし、よりによって……」

ピスフィはナバリオーネを見上げた。ナバリオーネは煽《あお》るようにへらへらしている。

「心配は要りません。ナバリオーネ君は実に有能です。それに、どうとでもなりますから」

そんな言葉を本人の前で、父はぬけぬけと口にするのだった。言われたナバリオーネは、どういうわけかまんざらでもなさそうな顔をしている。

「ええ、ええ、もちろんですとも。閣下に比べれば私など、まったくの小物ですからな！」

「ほら、彼にも自覚があるようです」

ナバリオーネのあからさまな宣戦布告をあえて真に受け、ピスディオは好戦的に笑った。

「最大規模の財政出動が必要になるでしょう。いくつかの基金を取り崩す必要があります。これはそのための目録と、困窮者を把握して迅速《じんそく》に支援するための租税台帳です」

ピスディオは、手を打ち鳴らした。

「さて、はじめましょうか」

◇

酔っぱらってへらへらしていた僕たちは、青ざめた顔のミリシアさんに冷水を浴びせられた。

「我が国は未知の感染症に襲われている」

ミリシアさんの言葉はあまりにも端的で、一瞬、まったく意味が分からなかった。

「特徴は桜色の発疹《はっしん》と高熱だ。康太、心当たりはあるか？」

僕はワイングラスを手にしたまま、しばらくぽかんとしていた。

「康太さん」

榛美さんに声をかけられ、我に返る。感染症。発疹、熱。手がかりが少なすぎる。

「思い当たるのは……なんでしょう、はしか？　腸チフス？　ペスト？　すみません、あんまり無責任なことは言えません」

「そうか」

ミリシアさんは僕からグラスをさっと奪い取り、中身を飲み干した。

「予防策は思いつくか？　一般論でかまわん」

「からだを清潔に保つこと、他人と距離を取ること……それぐらいでしょうか」

言いながら、ばかげた気分になってきた。こまめな手洗いうがいを心がけよう。小学校の廊下に貼ってある啓発ポスターのレベルだ。

ミリシアさんはうさ耳をひねった。

「あなたは土地の病《やまい》を撲滅したことがあるから」

踏鞴家給地には、霧酔病《きりよいびょう》なる風土病が定着していた。これはアセビの花を蜜源としたはちみつによる、グラヤノトキシン中毒だった。

「食べものとか寄生虫とか水とか、その程度だったらまあ、なんとかできないことはないと思います。でも、そういうわけではなさそうですね」

ミリシアさんはうなずきながら、空っぽになったグラスのふちを噛《か》んだ。

「みー姉ちゃん、そんなやばいの？」

「おそらくは」

「え、おそらく？　ふわっふわしてんね？」

ミリシアさんは、あいまいな情報を聞きつけて他人のところに嬉々としてすっ飛んでいくような人ではない。動揺しているのだ。ようやく僕の心に、危機感がじわじわと湧き上がってきた。

「なんだろ……インフルエンザみたいな話？」

衞川さんが、理解の及ぶ範囲のことをおずおずと口にした。

「そうかもしれないね。そしてこの世界には予防接種もタミフルもない。スペインかぜって、衞川さんは聞いたことある？」

衞川さんは首を横に振った。

「だいたい百年前に、世界中ではやったインフルエンザだよ。そのときは、五千万人ぐらい亡くなったらしいんだ」

「ごせっ、え？　国ひとつなくなってるんだけど。だってインフルエンザでしょ」

スペインかぜは日本にもやって来て、当時の人口の一パーセント近くを殺した。飛行機もアイスクリームメーカーも存在する二十世紀のことだ。

「すまない。うかつな話をした」

ミリシアさんは眉をひそめ、うさ耳を指に巻きつけながら長く息を吐いた。

「嬢が巻き込まれてしまったのだ。それで、私もいささか混乱しているようだ」

「ピスフィがですか？　なんでまた」

「ピスディオとナバリオーネに引っぱられていったよ。対応策を話し合うそうだ」

「ナバリオーネ議員が？　なんでまた」

「ピスディオは嬢のことを愛しているのだよ」

なにも伝わってこない説明をされた僕は、とりあえずうなずいた。

「あなたがたに、なにかをしてもらうつもりはない」

ミリシアさんは僕と銜川さんに目を向けた。

「ただ、理解してもらいたい。康太の言葉どおり、この世界は病に対して無力なのだと」

近所の人間が病気でばたばた死んでいくような経験を、多くの白神はしていない。とくに国民皆保険制度があるような国からやってきた僕たちが、感染症に危機感を抱くことはむずかしい。まっしろな顔でワインをぱかぱかあおるミリシアさんを見ていてさえ、なんとなく、たいしたことにはならないんじゃないかと思っている自分がいる。

「……キュネー」

銜川さんが、友達の名前を口にした。

「紺屋さん、お願いがあるんだけど」

移民たちを率いてナバリオーネの前に立っていたときと、銜川さんは同じ目をしていた。

「あたしに教えて。どうしたら、みんなを守れるの？」

◇

おばあちゃんのことを、あたしはすこしだけ思い出す。がんで死ぬ前のこと。絶対に死にたくないって、もがいてあがいて、わめいていたころのこと。

親戚や友達にすすめられて、おばあちゃんはいろんな治療を試していた。どれもこれもびっくりするぐらい値段が高くて、笑っちゃうほどばかげていた。重曹《じゅうそう》とか、変なサプリとかキノコとか砂糖玉とか。血にオゾンを混ぜるとか。

お父さんもお母さんも、好きにさせていた。お父さんは、本人が納得してやってるんだからと言った。お母さんは、他人が善意ですすめてくれたものだからと言った。おばあちゃんは次から次へといろんな治療を試した。そのために家を売って小さなアパートに引っ越した。

おばあちゃんの家が好きだった。畳はいつもいいにおいだったし、花柄のまるっこい水差しに入った麦茶は甘かった。

あたしはもしかしたら、言うべきだったのかもしれない。ぜんぶばかげてるよって。ちゃんと普通の治療を受けなよって。でもなにもしなかった。本人が納得してやってることだったし、他人が善意ですすめてくれたものだったから。

きっと、なにも変わらなかったと思う。おばあちゃんは、なにか言われて考え直すような人じゃなかった。だからお父さんもお母さんも、おばあちゃんが自分で決めたことだからって、どうせ死ぬんだから波風を立てずに送ってやろうって……準備を整えているみたいだった。おばあちゃんは死ぬけど、その死になにか責任を感じたり、後悔したりしなくていいようにって、お父さんもお母さんも備えは万全だった。

きっと、あたしも。

卑怯者《ひきょうもの》。

◇

「はいこれキュネー、これ石けん。あとアルコール。消毒に使って」

本島から帰るなり、あたしはキュネーに山ほどの荷物を押しつけた。荷物というか、荷車を。

キュネーは当然ながら、口を半びらきにした。

「ええと？」

朝の井戸ばたで、キュネーは寝起きだ。でもあたしは、あたしとの長い付き合いであたし自身のことを完璧に理解してるから、タイミングを図ってぐずぐずしていたら、なんか急に怖くなってきてなにもできなくなることが分かっている。

他人の事情をいったん忘れるのがこつだと、紺屋さんは言っていた。あたしはもはや確信している。絶対にあの人は休日に部下をホームパーティに招いていた。このビーフシチュー七時間かけて作ったんだよ、みたいな、くっそどうでもいいうえにえーすごいですね！　とか褒めなきゃなんないような圧を、部下にかけていたはずだ。

「あのねなんかやばい病気がはやってるんだって。だから紺屋さんに聞いて病気にならない方法をいっしょに考えたの。それで石けん。これは手を洗うやつ。なにかとこまめに手を洗って。で、こっちはアルコール消毒。手とか、人が触った場所とかをこれで拭くの。そうすると、病気の菌が死ぬから」

なにか言われる前に、あたしはめっちゃ早口でしゃべった。

「えと、ちがちゃん」

「あたしじゃないわよ、紺屋さんが言ってたの。この石けんも紺屋さんがつくった。そこらへんで拾った海藻燃やしててすごい怖かった。このアルコールも紺屋さんがいいって言ってたから持ってきた。蒸留器ももらっちゃったから、荷車に積んであるあの壺《つぼ》みたいなやつね、それで、干潟に生えてるなんか草の種でお酒つくるやり方も習ったし、あと、あと……」

とうとう言葉に詰まって、あたしはたちまちものすごく怖くなった。

ああそうだったって、あたしは思う。怖かったんだ。おばあちゃんに拒否されるのが。

他人の言葉で傷つきたくなかった。その人が今にも死にそうで、治るはずのない治療法に信じられないぐらいたくさんお金を注いでいる時でさえ。

「そばにいちゃだめって、言わないで」

声はみっともなく震えていて、だけど、ちゃんと言えた。

キュネーは荷車を見て、あたしを見て、それから笑ってあたしの前髪をつまんだ。

「今日は整ってるね」

「え？　あこれミリシアさんにまた椿油《つばきあぶら》もらって……」

そうじゃないだろ、なんでまともに受け応えしてるんだよあたしは。

「ウチの郷《さと》の話、したことあったっけ」

キュネーの話が飛んで、あたしはちょっと理解が追いつかなくなったので、とりあえずうなずいた。

「なんか、あの、そら豆を」

「そう。そら豆をつくってたとこ」

あたしはいつも人と会話をするとき異常な覚悟が必要で、こっちがこう言ったら向こうがこう返してくるからこうつなぐ、みたいなシミュレーションを何度も繰り返してから話しかけるんだけど、生きてて一度たりとも成功したことがない。なんでそら豆の話になったのかも、どうすれば話題をもとに戻せるのかもさっぱり分からなくて、世界一人間に向いてない。来世はチューリップになりたい、球根だけで増殖できるから。

「どうでもいい領主の治めるどうでもいい領地だったよ。住む人は百人ぐらいしかいなかったし、領主のお屋敷にさえ窓ガラスがなかった。布に臭い蝋《ろう》を塗って窓にかけてたの。ウチは覚えてないけどね。それで、ハトも人間もそら豆を食べてた」

「え？　ハト？　ハト出てくる話なの？」

「ハト食べない？」

「いや……なんか気持ち悪いし。色合いが」

なんか気持ちがぼんやりしてきた。ハトの話を急にしないでほしい。

「冬がどんどん寒くなって、畑で穫《と》れるものが減っていって、ペストで八十人ぐらい死んじゃったんだ。それで食い詰めて、ウチらはヘカトンケイルまで逃げて来たの」

ペスト。あたしでも知ってる。黒死病《こくしびょう》。中世ヨーロッパの人間がたくさん死んだ病気。この世界にも、あったんだ。すごく身近なところに。

「本島のみんなが慌ててるってことは、ペストぐらい怖いってことなんだろうね」

「うん、いや、分かんないけどミリシアさんが、パトリト君のお姉ちゃんなんだけど」

「王様の髪をいじってた美人さんだね」

「そうそのミリシアさんが、いつもすごい、めっちゃ仕事できて冷静なんだけど、がちゃがちゃになっちゃってたから」

キュネーは荷車に積まれた荷物を見ながら、しばらく黙っていた。

「ちがちゃん」

「うん」

「ずっとごめんね。いっしょに、がんばってくれる？」

キュネーはいつも、いちばんほしい言葉をあたしにくれる。どうしてそんなことをしてくれるのか、あたしには分からない。だけど、応えたいと思う。あたしはあたしの好きな人に、応えたいって。

だから、あたしはうなずく。

この先たくさんの人が死ぬとして、あたしはひとつひとつの死に責任を感じたり、後悔したりするって決めている。

キュネーと、いっしょに。

◇

水盤に朝陽が差し込んで、アトリウムを照らしはじめたころ、親子は向き合って朝食を摂《と》っていた。

ピスディオは、着丈が合わないぶかぶかのスーツ。ピスフィは、マキシ丈のスウェットワンピースに大きすぎるスリッパ。ふたりとも、髪は無造作にくしゃくしゃだった。

「なぜ、ナバリオーネなのじゃ」

ピスフィは豚ばらのコンフィがたっぷり盛られたカナッペをほおばり、父に問うた。ピスディオは、全粒粉《ぜんりゅうふん》のパンを薄めたワインで飲み下した。

「懐かしいですね。君はいつも、ぼくになんでも訊《たず》ねたものです。なぜじゃ、なぜじゃ」

「覚えておる。ミリシアの講義が終わったあと、内容を反復したの」

「ぼくの商売と冒険の話も、ずいぶんしましたね。君のなぜじゃで、いつも最後まで話しきれませんでした」

ピスディオは目を細めた。ピスフィは食べかけのカナッペを置いて、じっと父を睨《にら》んだ。

「潟《ラグーナ》派の共和制支持者であるぼくと、本土派の大衆主義者のナバリオーネが手を組むのは、そんなにおかしいことですか？」

「意図的に政治的停滞《レームダック》を引き起こしたいのであれば、正しい選択じゃろうな」

ピスディオは声をあげて笑い、ピスフィはますますむくれた。

「ナバリオーネの台頭はここ数年のことじゃ。お父さまがあの男をみども以上に知っておるとは思えぬ」

「実は、知らない仲でもないんですよ。たいした話ではありませんが」

ピスディオは、ナバリオーネとの出会いについて語りはじめた。

◇

ナバリオーネは朝食を摂《と》らない。目覚めるなりしわ一つないシャツとスラックスを身に着け、ネクタイをしめ、熱い茶を飲みながら数々の報告を耳に入れる。
感染症の五割に達する致死率とその広まり方、王宮の対応、議員の動き。部下に夜通し集めさせた情報を聞きながら、彼は一つのことを思い出している。

ナバリオーネがヘカトンケイルモールの執行役員に就任したのは、二十歳になったばかりの頃だ。

ラパイヨネ家は養蚕《ようさん》農家から身を起こした新興貴族だった。家柄に箔《はく》をつけたい父は、息子たちに金をかけた。三男をカンディード・パングロスとのグランドツアーに送り出し、次男をヘカトンケイル大学に入学させた。

長男のナバリオーネは、ロンバルナシエ大学で植物学を修めんとしていた。父に呼び出され、書きかけの論文を放り出して帰ったら、執行役員の椅子が用意されていた。

ナバリオーネは粛々《しゅくしゅく》と拝命し、顔合わせを兼ねたパーティが開かれた。ヘカトンケイルモールの大ホールを借りきったパーティは、貴族と商人でごった返す盛大な会となった。

祖父が政界の汚泥の中を這《は》いずりまわって獲得し、父が必死に広げていったラパイヨネ家の人脈が、眼前でかたちをなしていた。ナバリオーネは困惑とめまいを押し殺し、堂々たる振る舞いで会に臨んだ。

だれもが、ラパイヨネの次期当主におべっかと色目を使った。だれも本気で言っていなかったし、ナバリオーネも真に受けなかった。それでも表面上は笑顔で、くだらない賛辞を投げつけ合った。

参加者に酔いも回ってきたころ、古い家柄の貴族がよたよた近づいてきて、ナバリオーネの肩に気やすく手を置いた。

「君、君はね、君のところは、本土で蚕《かいこ》を育てているそうじゃないか、ええ？」

「その通りですよ、タンジェリア議員」

するとタンジェリアは、なにがおかしいのかげらげら笑った。

「潟《ラグーナ》の向こうで、せっせと蛾《が》を育ててるわけだ！　そうだね？　ねえ、そうだね、ラパイヨネ君！　船出もせずに、蛾を！　ええ？　桑《くわ》の葉っぱなんかを摘《つ》んで！」

純然たる絡み酒だった。ナバリオーネは苦笑を参列者に投げかけようとして、その笑顔は凍った。

ひとびとは、酔って理性をなくした貴族に同調するような嘲笑を浮かべていたのだ。

ナバリオーネは瞬時に悟った。親子三代かけて獲得したのは、本島の家柄よき門閥市民に小ばかにされる権利だったのだと。

「いやまったく、タンジェリア議員！　ラパイヨネの麗しい桑畑にかけて、私たちはみじめな虫に生かされてきたのですよ！」

道化《どうけ》であることを、ナバリオーネは選んだ。身中に深く突き刺さってくるような笑い声が、ホールに響いた。ナバリオーネも同じように笑った。

パーティは何事もなく終わった。父が用意した美酒をどれほどあおっても、ナバリオーネは酔えなかった。

彼は当てもなく本島をほっつき歩いて波止場に出た。帆をたたんだ船がゆったりと揺れる岸壁に膝をつき、飲み食いしたものをぜんぶ吐き出した。よたよた立ち上がって、岸にぴったり寄り添うはしけの横腹を思いきり殴りつけた。

期待したような衝撃も音もなく、痛みも感じられなかった。皮膚が裂けて血が流れるのを、ナバリオーネはぼんやり見つめた。

「ピーダー家のすずがも丸に、なにか恨みでもありますか？」

「うわあ⁉」

はしけから人がひょっこり顔を出して、ナバリオーネは悲鳴を上げた。その人は帽子をかぶり、はしけからのそのそと降りてきた。

男は錦糸を巻いた中折れ帽をかぶり、めがねをかけ、ぶかぶかのスーツに着られていた。言うまでもなく、ピーダー閥のピスディオ・ピーダーだった。

「これは失礼いたしました、ピスディオ・ピーダー議員。あなたのものだとはつゆ知らず」

「いやなに、殴りやすいところにありますからね」

ピスディオは背中と尻を払い、帽子を取って空を見た。

「娘がやっと寝ついたもので、月光浴をと思い立ちまして」

「よい御趣味をお持ちですな」

ナバリオーネは相づちを打ちながら、話題の接ぎ穂を探した。

「なるほど。はじめての夜会で、こっぴどくやられましたか」

ピスディオの言葉に、ナバリオーネは絶句した。

「傷つくのはよく分かりますよ。学者の世界と政治の世界では、使われる言葉が違います。いずれ君も、受けたそしりを誇れるようになるでしょう」

「なに、なにを？　失礼ですが、ピーダー議員」

「ぼくたちは弱く、群れて慰め合うものですからね」

泡を食ったナバリオーネが何も言えないうちに、ピスディオは言葉を続けた。

「もし君を集団でやりこめようとする者たちがいれば、それはラパイヨネの底知れなさに怯《おび》えているからですよ。理由をつけてけなそうとしたり神秘化しようとしたりするひとびとの動きに、君は今後もさらされ続けるでしょう」

ようやく、哀れまれているのだと悟った。見ず知らずの男に、なぐさめの言葉をかけられているのだと。

赤面を、ナバリオーネは手で覆った。ピスディオはちょっと目を見開いた。

「余計な忠言でしたね。お許しください、ナバリオーネ君。どうも人間は、親になると説教したくなる生き物のようでして。自戒の毎日ですよ」

ナバリオーネは幾度か深く呼吸し、手をゆっくりと下ろした。

「はっはっは！　とんでもない、とんでもないことですよ、ピーダー議員！　いずれ元首となる方に慈愛のこもった言葉をいただけて、私がどれほど感激しているか！」

ピスディオは苦笑を浮かべた。

「君と大評議会で出会う日が、楽しみになりましたよ。それではナバリオーネ君、いずれまた」

短い別れの言葉を残し、ピスディオは去っていった。ナバリオーネは嵐に巻き込まれた小舟のような自らの感情を、慎重に舵取《かじと》りしていった。

そこにあるものが憎悪なのか陶酔なのか、殺意なのか尊崇なのか、しかしナバリオーネには分からなかった。

今でも、分からないでいる。

茶を飲み終えたナバリオーネはジャケットを羽織り、自宅を後にした。朝陽が心地よく体に染み入った。

今日はすばらしい日になるだろう。十頭会入りはかねて彼の悲願だった。まして政権がこの手に転がり込んでくるのだ。

合理なきこの世界をヘカトンケイルの倫理で書き換える。凍れる冬に打ち勝ち、世界平和を実現する。

すべてはそのための踏み台だ。ピスディオ・ピーダーもまた同じく。

◇

父の語りはあまりにも短く、ピスフィにとっては、ほとんど謎かけ同然だった。

「よく分かった。船を殴られた礼に、国政を差し出すのじゃな」

「皮肉はヘカトンケイル商人が修めるべき、もっとも重要な性質です。しかし、他人をおとしめる意図で使うなら、それは単なる中傷ですよ、ぴーちゃん」

ピスフィは舌打ちしようとし、うまく上あごから舌が離れなかったので喉の奥がかゆくなった。

「ナバリオーネ君はね、そのときぼくに殺意を向けたんです」

またも謎かけだった。ピスフィは黙って話を聞くことにした。

「彼には、向けられた慰めに怒りを抱く矜持《きょうじ》の高さがあります。そうでありながら、政界の汚濁を泳ぎ回る強《したた》かさも持ち合わせている。まるで氷室《ひむろ》の炎ですよ。しかし火は消えず、氷も溶けないのです。そうした性分が、彼を本土派の首魁《しゅかい》にまで押し上げたのでしょう。大事を為《な》す器です。だからぼくは、彼を相棒に選んだわけです」

そこまで言って、ピスディオは小さく笑った。娘のふくれっつらに一切の変化がないからだ。

「いずれナバリオーネ君は、自ら育てた宿怨《しゅくえん》の報いを受けることでしょう。しかし、ぼくたちが裁く権利を持っているわけではありません。ぼくが言えるのはそこまでです」

「意に沿わぬ慰めを受ける気持ちが、みどもにも理解できるぞ」

「今のはいい皮肉でしたよ、ぴーちゃん」

立ち上がったピスディオに、老使用人が帽子とコートを渡した。

「ありがとう、トニオ」

これから政変を起こそうという男に、しかし気負ったところはなかった。

「中つ海を股にかける鉄人にとっては、潟《ラグーナ》のさざ波といったところでしょうか」

「とんでもないですよ。溺れそうなときでも表情だけは変えないのが商人です」

ピスディオは使用人の冗談に気やすく応じた。古くからピーダーに仕える老使用人はにっこりし、

「いってらっしゃいませ、ピスディオ様」

いつものように深く頭を下げ、主人を見送った。

◇

「陛下、お考え直しください！　どうかこの先は」

「っせーんだよ！」

制止する職員を尾の一撃で壁に叩《たた》きつけ、マナは走った。廊下がやけに長く感じた。最悪の予感に、全身が冷たくなっている。

「どけっ！」

職員を一喝し、扉を押し開ける。泡を食って止めようとした典医を一睨《ひとにら》みで黙らせると、マナはベッドに這《は》い寄った。

陛下御側係《おそばがかり》は、目を閉じていた。マナは息を詰め、掛け布団をじっと見た。胸のあたりがかすかに上下しているのを確かめる。目に涙がにじんだ。安堵《あんど》で、御側係の体の輪郭《りんかく》がぼんやり広がったようにマナは感じた。

「ソコーリ」

幼なじみの名を、呼ぶ。ソコーリはかすかに目を開いた。

「……今すぐ、出て行って、ください」

熱にかすれた声で、ソコーリは言った。

「うぇっへっへ」

マナは笑った。

「ぜってー言うと思ったし。出てくわけねーだろ、ばかかよ」

ソコーリは布団から腕を引き抜いた。それだけの動作で、痛みに顔をしかめた。

「これを」

袖をずり上げる。肌には、散り残る花のような桜斑《おうはん》があった。

「死の、徴《しるし》です」

「望めよ。すぐ治す」

伸ばしたマナの手を、ソコーリは弱々しく押しやった。

「あ？　なにしてんだよテメー。あーしが治すっつってんだよ。治されろよとっとと」

ソコーリは浅く速く息をしながら、首を横に振った。

「陛下、は、治せなかった……のです。この、病を」

「……あ？」

「命、よりも」

今にも綴《と》じ合わされようとするまぶたを震えながら開き、ソコーリはうるんだ瞳をマナに向けた。

「私の、命を超えて……大事なものが」

布団の下でソコーリが身をよじっているのをマナは見る。

「それを、陛下は、お守りください」

「なに……なに言ってんだ、なに言ってんだソコーリ！」

マナの腕に触れているソコーリの手が、布団の上に落ちる。

「テメーの命以上に！　大切なもんがどこにあんだよ！」

叫びながら、マナの尾はきつく丸まった。否定しながら、ソコーリの言葉が含むものを、マナは理解してしまっていた。

「おい聞いてんのか！　あんのかよって聞いてんだよ！」

だからこそなおのこと、マナは激した。まつげを涙で濡らして、ほとんど額をくっつけるような距離で、マナはソコーリの閉じた目と自分の目を合わせようとした。

「なあ、ソコーリ！　返事しろよ白ツノ！」

ソコーリは咳《せき》のような音を立てて笑った。

「差別的、発言、ですよ……マナ様」

それきりソコーリは口をきかなかった。

王室委員会の職員に引きはがされるまで、マナはソコーリの側にいて、消え入りそうな寝息に耳を傾け続けていた。そうすることでソコーリの命がつながると、半ば本気で信じているように。

◇

——王宮に桜が咲いたようです。

元首ピスディオ・ピーダーが口にした言葉だ。この皮肉が効いた言いまわしは、ヘカトンケイル人の好むところだった。

まだ市民感情に余裕があったころ、ひとびとは、

「あの家に桜が咲いたようだ」

だの、

「じき我が家にも桜が咲きますよ」

だの、こぞって元首の真似をした。

全島的にすっかり膾炙《かいしゃ》したピスディオの言葉は、特徴的な発疹《はっしん》と並んで、病名の由来になった。

残桜症《ざんおうしょう》。

ヘカトンケイル全土を襲った悪疫は、いつしかそのように名付けられた。

あるいはもっと単純な呼び方を好む者もいた。そうしたひとびとは、感染症をごく端的にこう呼んだ。

大量死、と。

第十九章　死者の代弁者

眠る前に、僕たちはさいころを一つ振る。
そのさいころが何面体なのか、どんな目を出せば救われるのか、あるいはひどい目に遭うのか、誰にも分からない。
ともかく僕たちは眠る前にさいころを振り、朝起きて、出目を確認する。それがいくつなのか、よい目なのか悪い目なのか、誰にも分からない。

路地を行き交うひとびとは、たいていの場合、帽子をかぶっている。帽子のつばからはぐるりと薄い絹布が垂らされているんだけど、これはどうやら、感染防止のためにやっているらしい。というのも、残桜症《ざんおうしょう》に限らず、病気は視線によって感染すると信じられているのだ。

レーウェンフックが自作の顕微鏡を覗《のぞ》き込むまで、地球人類は微生物の存在を知らなかった。デフォー——ロビンソン・クルーソーの作者だ——が書いた『ペストの記憶』には、大気中の瘴気《しょうき》や臭いがペストを媒介する、とある。ついでに言うと、蛇の毒だの阿片《アヘン》だのを調合したヴェネツィア解毒剤なる予防薬を多くのひとびとが服用していたそうだ。『ペストの記憶』が出版されたのは、一七二二年。産業革命を目前にした十八世紀前半でさえ、僕たちは感染症についてなにも知らなかった。

窓から降ってくる視線を避けようと、ひとびとはできるだけ街路の端っこを、俯《うつむ》き加減で歩いていた。ものすごく奇妙な光景だっただろう。

洋画を見ていると、ちょいちょいマスクをつけた東洋人が登場する。たぶん、日本人であることを示しているんだろう。なるほど、やたらマスクを着けるわれわれは、今の僕が、ヘカトンケイル人に見られるような目で見られていたわけだ。

今日は雨こそ降っていないけれど、ひどく寒い。まるで南半球の八月だ。僕はホットワインの販売所を見つけて、歩み寄った。

販売所の見た目は、漆喰《しっくい》の壁にすぽんとくりぬかれた穴ぼこ、といったところ。酢を満たしたガラスの鉢が置いてあるのでそれと分かる。

この鉢に硬貨を一枚落として、カップを置く。すると穴の奥の暗やみから、ひしゃくを持った手がにゅっと出てきて、あたたかいワインを注いでくれるという寸法だ。

僕はホットワインをすすりながら道を歩いた。甘くて、とろっとしている。どうやらドライフルーツを漬け込んだサングリアらしい。

建物の切れ目から、潟《ラグーナ》が見えた。大小いくつもの舟が、ところ狭しと浮かんでいる。一部は、ヘカトンケイルを逃げ出そうとするもの。大多数は、悪疫を逃れるために船上で生活しているひとびとのものだった。

なにもかもがあっという間に変わってしまった。吸い込む空気は毒になり、外をのこのこ歩いている人間は配慮に欠けたろくでなしだった。庭先に飛ばされてきたぼろきれを、だれも片付けようとはしない。感染者が身に着けていたものかもしれないからだ。

通りには異臭が立ちこめていた。集合住宅の高層階から、白煙が上がっているのを僕は見る。残桜症《ざんおうしょう》を追い払うのに、松脂《まつやに》や硫黄《いおう》による燻蒸《くんじょう》が有効だという話がどこからともなく広がったのだ。

いくつものポスターや、窓に書かれる文字が目に入る。残桜症への効能をうたった画期的な薬や劇的な治療法への誘いだ。世界が変わろうと、伝染病への向き合い方はなにも変わらない。閉じこもること、怯《おび》えること、奇跡の誘惑、奇跡の誘惑への敗北。

一三四八年のヴェネツィアか、一六六五年のロンドンにでも迷いこんだような気分だった。ペストの時代のヨーロッパに。

歩き続けて、大運河にまたがるヘカトンケイルモールまでやって来た。ここばかりは、まだまだ賑《にぎ》わっている。観光客、さしたる危機感を抱いていない市民、必要に迫られて来ざるを得なかったひとびと。いずれにせよ、ウイルスだか細菌にとっての快適なラウンドアバウトとして機能するべく、寄り集まったひとびと。

幸いなことに食料は豊富だったし、穀物価格なんかはむしろ下がっていた。十頭会がありとあらゆる備蓄をかたっぱしから放出し、ありとあらゆる投機家をかたっぱしから投獄したからだ。

この世界にはSNSもグローバルな通信網も存在しない。他国の商人は残桜症のことなどつゆ知らず、品物を次から次へと運んできた。仲買人は病気を怖れず港で仕事をした。日常はそれなりに保たれているといえた。奇妙な帽子と死者数にさえ目をつぶれば。

死亡週報はいま、本島でもっとも注目されるトピックスだった。こうなる前、ひとつの管区では、平均して週に六人ほど亡くなっていた。本島全体では五十人ほどだ。今は管区につき八十人、本島で七百人。あるていど道徳的な人ですら、うしろぐらい興奮と危機感は抑えきれず、死亡週報を肴《さかな》にお酒を飲んでいる。

僕は小麦や乾物のたぐいを買い込み、箱詰めして背負子にくくり付けた。数週間分の買い出しは、まずまず骨の折れる仕事だ。なんでもかんでも拾い食いでは済ませられないからね。

「おう、康太。巻き貝みてえじゃねえかよ」

漁業兄弟会のガスタルドさんが、魚市場の方からぷらぷら歩いてきた。僕は会釈《えしゃく》し、その勢いで前転しそうになった。

「お久しぶりです。先日はありがとうございました」

ガスタルド・マドリエゴラさん。網に追い込んだクロマグロをナイフ一丁で仕留める、海の男。あのばかでかいオマール海老《えび》を捕ってきてくれたのはこの人だ。

だがそのガスタルドさんも、すこしやつれているようだった。いまマグロと切り結んだら、網の底に沈められるのはガスタルドさんだろう。

「いい海老だったろ。とっておきの漁場だ」

「あんなに巨大なオマール海老、見たことがないですよ。百歳ぐらいなんじゃないかなあ」

「向こう三年は網を打てねえ。海老を肥らせなきゃなんねえからな。ま、ちょうどいい機会だ」

ガスタルドさんはやや捨てばちな笑みを浮かべた。

「もともと魚が取れねえところに、雇われの船員が逃げ出しちまったもんでよ。あんたのところもだろ、康太。てめえで買い出しにきてんだからな」

僕はガスタルドさんと同じ笑い方をした。

残桜症《ざんおうしょう》が僕たちの住む管区にやってくるなり、使用人のみんなは目にもとまらぬ速度で離職した。無事に病気から逃げられたなら、それでいいんだけど。

「まいっちまうなあ、まったく」

大荷物を抱えた僕に歩調を合わせながら、ガスタルドさんはしばらく口ごもった。

「移民の嬢ちゃんと、白神の敗血姫は元気かい」

ややあって、もじもじしながら、そんなことを訊《たず》ねてきた。

「よく分からないんです。最近は会えてませんから」

「そうかあ。時勢だなあ」

ガスタルドさんは肩を落とした。移民島とガスタルドさんには、けっこう浅からぬ因縁がある。移民をめちゃくちゃに罵《のの》しりまくったうえ、漁に使っていた網を火にくべちゃったとか、冗談抜きに深刻なやつだ。

ガスタルドさんは、かつてのそうしたふるまいを恥じている。だからといって、やったことが消えるわけじゃない。網を燃やした方も燃やされた方も、忘れられないだろう。

「そんじゃあピスフィはどうだい？　ミリシアは？　おれはパトリトにも会えてねえな」

「すみません、ちょっと分からなくて」

ガスタルドさんは、驚いたような顔で僕の横顔をまじまじ見てきた。僕は進行方向をまっすぐ見ながら、ぐずぐずのろのろ、巻き貝の速度で進んだ。

「平気かい、康太」

「なにがですか？」

口にしてから、自分の言葉の冷たさにびっくりした。だけど、取りつくろう気にはなれなかった。

「一度でも海に一緒に出たんだ、あんたとおれは兄弟だよ。ごくつぶしのパトリトもな」

「ありがとうございます」

ガスタルドさんは立ち止まり、僕は歩き続けた。


肩がこなごなに砕け散る寸前で帰り着いた。

玄関の洗面器にアルコールを補充し、家じゅうあっちこっち消毒し、荷物を整理し、それからようやくお昼ごはんの支度にかかった。

沸かしてから暖炉で一晩じっくり保温したミルクは、ほんのりカラメル色でとろっとしている。ロシアでよくつくられている、トプリョーヌイという飲み物だ。消化吸収がよくなり、カルシウムや鉄分も生乳よりたっぷり。なにより、味のしない粉末ミルクをおいしく飲むための工夫でもある。

ここに、きのう焼いておいた食パンをちぎって投げ入れ、弱火でことことあたためる。パンがミルクを吸ってふわふわのとろとろになったら、お皿に移して梅ジャムをのっけて、トプリョーヌイのパンがゆのできあがり。

甘い香りの湯気をほこほこ立てるお皿を片手に、榛美さんの部屋の扉をノックする。返事はない。例によって寝ているんだろう。僕は扉を開けた。

榛美さんは、起きていた。上半身を起こして、窓の外の海に顔を向けていた。

「ごはんできたよ。食べられそう？」

「あ……康太さん？」

振り向いた榛美さんのほっぺは、高熱でまっかだった。目はうるんで充血して、麦色の髪が額に貼りついていた。

かけ布団の上に投げ出された白い腕には、散り残る桜のような発疹《はっしん》が生じていた。

「いいにおいです」

榛美さんはにっこりした。僕は微笑《ほほえ》みを返して、部屋を横切った。榛美さんの肩が、緊張で持ち上がった。だいじょうぶだよ、とうなずきかける。不用意に触れたり、うかつに近づきすぎたりしないから。それで榛美さんは安心したように背を丸める。

ベッドのサイドボードにお皿を置く。榛美さんは、僕が部屋の端っこに行くまでじっと息を止めている。

残桜症《ざんおうしょう》が流行しはじめたごく初期に、衞川さんを交えて感染症対策についての話をした。清潔にすること。患者に近づかないこと。外出を控えること。榛美さんはできるかぎり忠実に守ったし、今なお守ろうとしている。僕をなるべく遠ざけることで。

榛美さんはパンがゆを一口すすり、さじを置いた。

「これはおいしいやつですから、あとで食べます」

「そっか。あたたかいうちに食べるといいよ。経験上、冷めるとものがなしい味になっちゃうから」

「康太さんのつくったやつならだいじょうぶですよ」

それから榛美さんは、すごくおおげさにあくびをした。今から寝るのでなるべく速やかに部屋を出て行ってください、とでも言いたげに。

「食べたらゆっくり寝るんだよ。夜になったら濡れタオルを持ってくるから。あったかいやつを」

榛美さんはうなずき、体をベッドに横たえた。僕は部屋を出た。

今日もまた、おたがい無事にへらへらすることができたようだ。

僕たちのあいだには、いつの間にか守るべきルールができた。榛美さんは、ごめんなさいを言わない。僕は、みっともなく取り乱したりしない。それが正しいことなのかは分からない。きっと榛美さんは謝りたいだろうし、僕は今すぐに泣きわめきながら榛美さんを抱きしめたい。

心臓がずぐんと音を立てて、手足の先が冷たくなった。このまま……終わるんだろうか。触れることもできずに。

僕は自室に戻った。そこはいまや、この世でもっともばかげた実験室になっている。

ローテーブルにはいくつもガラスの皿が並んでいる。どの皿にも、牛肉のスープを寒天《かんてん》で固めたものが詰まっている。その培地の上には、榛美さんから採った粘液――要するに

鼻水だ——を垂らした。そして、ありとあらゆるカビのたぐいを植えた。

つまるところ僕は、この世界で抗生物質を発明しようとしている。

こんなことに意味なんてない。残桜症《ざんおうしょう》が細菌性かウイルス性かも分かっていないし、僕は単なる居酒屋店主だ。パンの発酵ぐらいならなんとかなっても、抗生物質の精製なんてできるわけがない。ペニシリンが実用化されたのは、とっくに第二次世界大戦がはじまっている一九四二年のことだ。科学がじゅうぶんに発達した世界で、莫大な国力を持つアメリカが、途方もない額のお金を注ぎ込み、ようやく抗生物質は人を救えるようになった。

分かっていながら、僕は柿《かき》だの瓜《うり》だのにせっせとカビを生やし、培地に植えつけている。自分への言い訳を作っているだけだ。できるかぎりのことは、せいいっぱいやったのだと。

僕はもう、準備をはじめている。死への準備を。

一介のヘカトンケイル市民として、僕がすべきことは明白だった。榛美さんを特殊施療院に送り込むことだ。桜斑《おうはん》を酸で焼かれるとか蛇の毒が混ざった薬を飲ませるとか、この世界の尺度における先進的な治療という名の拷問を榛美さんにたっぷり味わわせ、亡くなったので埋葬しましたという行政からの知らせを待つことなく首をくくることだ。倫理的に言って、それ以外の選択はありえない。患者を身内に抱えている以上、僕にも感染リスクがある。そして僕が買い出しだのなんだのであちこち無思慮にふらつくたび、だれかの死ぬ確率が高くなる。即座に首をくれれば二度と外出せずに済むし、榛美さんが先に死んだかどうか分からないまま人生を終えられる。

分かってる。そんなこと分かってる。でももし榛美さんをさっさと墓地までのベルトコンベアに積みこめと命じられたら、それがだれであれ、僕はそいつをいささかの躊躇《ちゅうちょ》もなく殺すだろう。

どこかで鈴の音が鳴った。死体運びのゴンドラが、運河を行き交う時間だった。

死者を運ぶ舟は、夜にひっそりとやってくる。残桜症による死者は、各戸所有のはしけに出しておく決まりだった。死体は夜の間に回収され、墓地として開発されたコルピ島に運ばれていく。ごみの回収と同じ仕組みだ。

僕はオイルランプを手に、榛美さんの部屋へ向かった。ノック。返事なし。入る。榛美さんは眠っていた。一口食べたきりのパンがゆは、表面がかちかちになっていた。

音を立てないよう、そっとお皿を持ち上げた。榛美さんの寝顔は見ないようにしている。きっと触れてしまうから。そうなったら、榛美さんは僕を許さないだろう。

僕は皿に残ったパンがゆをぜんぶ捨てた。さじと皿がこすれて、きいきい不快な音が鳴った。薄茶色の冷えきったかたまりは、皿の上をのろのろ這《は》ってからどさっとごみ入れに落ちていった。僕は厨房《ちゅうぼう》に座り込んだ。壁も床も冷たかった。

なにもかもどうでもいいような気持ちと、全身から冷や汗がどっと吹き出すような焦燥感が、ほとんど一秒おきに入れ替わった。口からは勝手にうめき声が漏れたし、目からは勝手に涙が出てきた。

だれのことも責めるべきじゃない。残桜症《ざんおうしょう》に意志はなく、僕たちの体内にしばらく居座り、通り抜けていくだけだ。それでも僕は、こんなことになった原因をひとつひとつ数えようとしている。だれかを、なにかを憎みたくて、なにかひとつのとんでもない邪悪を責めたくて、だけど最終的に行き着く先は分かっていた。もしも裁かれるべきだれかがいるとすれば、それはもちろん、僕だった。

僕が榛美さんの家に潜り込まなかったら。僕が旅に出ると決めなければ。僕が榛美さんを愛さなければ。過去の仮定にはなんの価値もなくて、だけど自分のしでかしたあやまちをひとつひとつ並べているあいだは、すこしだけ気が楽だった。やがて脳が活動を諦めてくれるまで、僕はずっと、自分がいかに有害な存在で、榛美さんの人生にどれだけくだらない邪魔なものを入れてきたのか、考え続けた。

眠る前に、僕たちはさいころを一つ振る。

◇

ピスディオとナバリオーネの策謀は、以下のように動いた。

ナバリオーネはまず、臨時の大評議会を招集するように元首ピスディオに要求した。ピスディオはナバリオーネの提案を容《い》れ、即座に臨時会を招集した。

ここまではふたりの描いた絵だった。そしてここからが、ナバリオーネの手管《てくだ》だった。

「今！　我らと我らが敬愛する王室、そして素晴らしき市民は、未曾有《みぞう》の危機に晒《さら》されています！」

演壇に立ったナバリオーネは、だしぬけにこう叫んだ。

この一言にぶったまげたのは、ピスディオの意向で大評議会の見学に来ていたピスフィと付き添いのカンディードだ。

「なにを……あの男は」

ピスフィは口をぱくぱくさせた。

「彼はとにかく、そういう人間なんです」

カンディードは比較的すばやく、ショックから立ち直った。そして諦めたように笑った。

王家は感染者の情報を外に出すまいとしている。いずれ公表するとしても、時期は王室委員会に任せるべきだ。それが王家への敬意というものだ。

「私の遠い耳にも届いていますよ、死の徴《しるし》たる桜斑《おうはん》を生じさせる感染症が、陛下のおわす王宮を襲ったと！　ピーダー閣下、これは事実でしょうか！」

ナバリオーネは額に青筋を立て、絶叫した。よくもまあ、とピスフィは思った。

「事実です」

注目を集めたピスディオは、端的に応じた。

混乱の極地が、たちまち生じた。大声でナバリオーネを罵《ののし》る者、秘書官を情報収集に走らせる者、王の身を案じて号泣する者、ざわめきは分解不能な音のかたまりとなって大評議会を満たした。

「どうかお静かに！」

ナバリオーネは握り拳を演壇に叩《たた》きつけ、声の限りに怒鳴った。

「私は……私は、許せません！　疫病がのろのろ歩きで波止場から王室へと向かうあいだ、なんの危機感もなく生きていた私たちのことを許せない！　マナ陛下がお隠れになるようなことがあれば、必ず！　いいですか、必ずです！　私は必ず、自らの胸を突き、熱き血潮を大運河に流すことで殉《じゅん》じてみせましょう！　王家と陛下に敬愛を捧げるあなたがたもまたそうであるように！」

ナバリオーネは涙を流しながら、左胸に爪を突き立てた。ピスフィはだんだん、この男がどんな風に話を転がすつもりなのか、他人事《ひとごと》の気分で楽しみになってきた。

「ピーダー閣下！　私は言いたい！　このような緊急事態を招いた十頭会は、責任を取り解散すべきであると！」

この唐突な提案は、それなりに議員たちの心を打った。というのも、ナバリオーネの涙につられ、自責の念を抱いた貴族がまああいたからだ。ナバリオーネは彼らに、責任の落としどころを提供した。当の十頭会に属する議員でさえ、ちょっとほだされかけた。

もちろん、冷静に考えてこんな提案が通る理屈はない。ナバリオーネの言葉は純然たるなんくせだった。単なる派閥の調整弁に取るべき責任など、実務的にも法的にもない。

「ナバリオーネ君。感染症は、君の権力欲を満たすための武器ではありませんよ」

というわけで、だれかが冷静になるよりはやく、ピスディオが口を開いた。

「なにをおっしゃいます、閣下！　私は王家と市民に忠誠を誓った身！　私心をお疑いであれば、我が頭を今すぐ切り開いてくださってもかまいませんぞ！　閣下はそこに、清らかなる我が脳を見出《みいだ》すでしょうから！」

ナバリオーネは拳で演壇をごつごつ叩いた。

「けっこうです。しかし、君の言葉にもいくらか真理が含まれていますね。ぼくたちは今こそ、償還戦争の古き時代に立ち返るべきなのかもしれません」

興奮するナバリオーネと対照的に、元首は物静かな態度を崩さず、粛々《しゅくしゅく》と語った。

「ひとまず、議論のとば口として提案しましょうか。たとえば……そうですね、感染者の慈善的救済および管理に関する法令とでも名付けましょう。この法令によって、十頭会が本件について条例を定められるようにするのはいかがですか。こうすることで、十頭会は機動力のある意志決定機関として機能します」

このあたりでようやく、十頭会の所属議員は危機感を抱きはじめた。なにがなんだか分からないうちに、権力が集中しようとしている。そして彼らは、長年の経験から、自然災害に対応した貴族がどんな目に遭うかよく知っていた。

どれほどうまく危機を切り抜けてみせたところで、目を覆うほどの不幸が、「ややひどい」から「けっこうひどい」不幸に変わるだけのことだ。対応した政治家は、失われた命や損なわれた財について、有形無形の責任を取らなければならない。

政治家としての信頼を失えば、商人としての信用もまた損なわれる。発行した株券に誰も手を出さなければ、海に出ることもできない。

「あー……その、なんだ、ほれ」

十頭会の長老議員が、おずおずと口を開いた。

「そういえば、そろそろ改選時期じゃなかったかね。十頭会の。ちょっとよく覚えておらんのだけど」

「おや！　そうでしたかな？」

ナバリオーネはすっとぼけた顔で訊《たず》ね返した。長老議員は困ったように笑った。

「うん、ほれ、よく覚えておらんけど、まあその、たぶん」

「ううむ！　そうでしたか！　でしたら私の怒りは早急なものであったかもしれませんな。走りきる直前というものは、どんな高潔な人間であれ、気が抜けてしまうものです」

「そう、そう。そういうその、そういうやつ」

長老議員はものすごい勢いで首を縦に振った。貴族たちは、さすがに失笑した。十頭会は責任を手放すことしか考えていない。

「話を先に進めましょうか」

苦笑しながら、ピスディオが口を開いた。

「どうやらナバリオーネ君とぼくたちのあいだには、落としどころが見つかったようですね。まず、道義上も憲法上も、十頭会の解散はありえません。ですが、委員の改選ということでしたら、これを受け入れることは可能です」

「そのー、ピーダー、その際、われわれは」

なおも長老議員は食い下がった。絶対に責任を取りたくないのだ。ピスディオは穏やかに、敬意を込めてうなずいた。

「任期満了ということで決着しましょう、ハレングス議員。さて、ナバリオーネ君。通例、十頭会の委員は選挙をもって任じられるわけですが」

「未曾有《みぞう》の国難に当たって、そのような時間があるとは思えませんな」

「正論ですね。君の息のかかった者を十頭会に送り込むための言葉でもある……ああ、けっこうです。あなたの頭を切り開いて、脳の清らかなることを確認するつもりはありませんよ」

ナバリオーネがこらえきれず笑みを浮かべたのを、ピスフィは見た。

「信じられぬ。ここで駆け引きを仕掛けるのか、ナバリオーネという男は」

「応じる閣下も、どこか楽しそうに見えますよ」

カンディードが言った。ピスフィは言葉に詰まった。

「ピーダー閣下の誤解を解くためであれば、私はどんなことでもいたしましょう！　なにをお望みで？　どんなことであれ、この哀れで卑小な私にお申し付けください！」

ナバリオーネは握り拳で胸をどんと叩《たた》いた。

「お好きにどうぞ」

「は？」

即座に切り返されて、ナバリオーネは絶句した。

「ですから、委員の選定についてはナバリオーネ議員に一任しますよ。もちろん、そこに私の名前もあるのが第一の条件ではありますが」

「……はっはっは！　ありがたいお言葉を、閣下からいただきました！　みなさま、王家と市民に絶対の忠誠を捧げるみなさま！　閣下のご提案にご賛同であれば、どうぞ、拍手を！」

議員たちはすかさず、視線と言葉で意思を共有し合った。ピスディオがナバリオーネを掣肘《せいちゅう》すれば問題ないと考える潟派《ラグーナ》がいた。あるいはナバリオーネの躍進がヘカトンケイルの未来に繋《つな》がると考える本土派がいた。とにかく任せておけばいいと考える信奉者ないしは日和見《ひよりみ》主義者がいた。いずれにせよ、どうやら意見は統一されていた。

大きな拍手が、大評議会に響き渡った。ピスディオとナバリオーネは、全会一致で議会を掌握した。


十頭会の委員としてピスディオが最初にしたのは、委員たちが座る机と椅子を部屋の外に放り出すことだった。

「これでぼくたちのあいだに、序列はありませんね」

ナバリオーネと、彼が連れてきた議員に向かって、ピスディオは笑みを投げかけた。

「さあ、この国を救いましょう」

気負わないピスディオの声かけから、討議に次ぐ討議、決議に次ぐ決議が始まった。はじめ、ピスディオと向き合ったナバリオーネのうしろに、委員たちは立っていた。元首の案をことごとく封殺し、気力を奪い去り、政権をナバリオーネに預けるためだった。

ピスディオはいちゃもんや人格否定も同然の言葉の嵐をことごとく受け止め、声を荒げることは一度もなかった。

治安維持組織に島じゅうを巡回させるだの、感染源になりかねないペットをみなごろしにするだの、抑圧的な法案が次々に提起された。ピスディオはそのひとつひとつに、理《ことわり》で応じた。

「この悪疫が人畜共通の感染症だったとすれば、島じゅうの犬を殺してまわるというあなたの考え方はいくらか筋が通ったものでしょうね、ソブリン・テンデンテ」

ピスディオは、否定から入るようなことはしなかった。

「しかし、この病気についてわれわれはなにも分かっていません。犬や猫の命を、予防の名のもとに意味もなく奪っていいと、ぼくは思いませんよ。その考え方は、やがてわれわれのあいだに敵を生みます。この場合の敵とは、ソブリン議員、なんだと思いますか？」

これがピスディオのやり方だった。相手に問いを投げかけ、考えるための時間をむりやり作り出すのだ。ソブリン議員は、応じる必要などないとでも言いたげに鼻を鳴らした。しかし彼の頭は意識と無関係に、答えを知りたいと考えはじめているのだ。

「感染者ですよ。われわれは死を待つ哀れなひとびとを、気の毒な病人ではなく排除すべき敵だと考えてしまう。ひとびとから家畜を意味もなく取り上げる権力は、同じような気安さでひとびとの命も取り上げるでしょう」

「どうやら閣下は、私たちの理性を信頼していないようですな」

ナバリオーネが言葉で斬りかかった。

「私たちには、市民と家畜の区別もつかないと？」

委員たちは、こぞってナバリオーネに賛同した。ピスディオはたっぷり時間を取り、食

ってかかる連中をおおいに騒がせてから、

「つきませんよ」

あっさり答え、その場の全員を絶句させた。

「市街の様子を、みなさんはご覧になりましたか？　聡明でわけへだてしない個人が、居酒屋に集まるなり、陰謀論を口にしています。彼らによれば、この疫病は移民島の移民たちが本島にばらまいたものだそうです。愚にもつかないと言って差し支えないでしょう」

ピスディオは射るような視線をナバリオーネに向けた。

「ぼくたちは弱く――」

「群れて慰め合うもの、でしたかな」

ナバリオーネに言葉を奪われ、ピスディオは笑った。

「覚えていましたか」

「もちろんですとも、閣下！　真心のこもったお声がけは、今なおこの胸に刻まれておりますよ！」

ナバリオーネは拳で胸をどんと叩《たた》いた。

「個人はいくらでも賢くなれますが、大衆は愚かです。今こうして寄り集まったわれわれが、そうであるように。あなたはそのことを分かっているのではありませんか、ナバリオーネ・ラパイヨネ」

「さて……」

ナバリオーネがとぼけるような一言を置いて沈黙すると、ピスディオが言う。

「改正移民法を強力に推し進めていたあなたが、今では移民島に寄付しているようですね。匿名《とくめい》ながら、お金の出どころをしっかり匂わせるかたちで」

「それは」

「なぜですか、とは問いません。あなたの回答に興味はありませんから。君はそういう人間です」

ピスディオに屈辱的な一言を投げかけられたナバリオーネは俯《うつむ》き、口元を手で覆った。指の隙間から、うめくような笑い声がどろりとこぼれ落ちた。分かちようがなく、憎悪と思慕のまざった音だった。本土派の領袖《りょうしゅう》が元首の挑発をどのように受けるのか、委員たちは声を殺して見守った。

「はっはっは！」

やがてナバリオーネは、背を反らして大笑いしてみせた。

「閣下、ねえ、ピーダー閣下！　あなたは本当に……どうかしていますよ！　最高です！」

「ありがとうございます、ナバリオーネ君」

ピスディオはにっこりした。

「ではそろそろ、ヘカトンケイルを救う算段に戻りましょうか」

はじめての会合が終わるころ、委員たちは輪になって立っていた。他の議員と同じ立場のような顔で円周をつくりながら、ピスディオは、まちがいなくその中心だった。

検疫の実施。各管区長への必要な人員の任命権付与。庁舎として開発中だったダレーガ島の特殊施療院への転用。コルピ島を墓地として運用。王立鋳造所《おうりつちゅうぞうしょ》へ貨幣の流通を増やすよう要請──考えつくかぎりの政策が、すさまじい速度で決定し、実行されていった。

おおかたの予想を裏切り、十頭会は建設的に機能した。ナバリオーネは、信じがたいことにほとんど誠実と言えるような態度で勤務した。しばらくは顔色をうかがっていたナバリオーネ派の議員たちも、やがてナバリオーネとピスディオに感化され、真剣な表情で討議に臨んだ。

このときだれもが、ヘカトンケイルを病魔から救おうと懸命だった。寄せる波を前にした盛り砂のように、なにもかも無力であることを理解しながら。

◇

敵意を運ぶ舟が潟《ラグーナ》にいくつも浮いている。あたしはそれを見る。堤防に立てかけられたたくさんの木の、こんがらがった枝のすきまから。

元首が帰ってきてから一か月。あたしたちはいつもどおり憎まれていて、いつも以上に殺されかけている。もう慣れたよ。役に立たないどころか立ってるだけで邪魔だから、今すぐ消えろって思われるのは。

あたしたちは夜中にこっそり本土に上陸して、ありったけの木を切って集めて堤防に並べて、逆茂木《さかもぎ》にした。あたしたちを殺そうとする連中が這《は》い上がってこられないように。それから、とがった丸太を潟《ラグーナ》の底にたくさん打った。満ち潮のときは舟が通れるけど、潮が引くとこの丸太が船底に刺さる。丸太のないところには目印をつけた。なにかあったとき、舟で逃げ出せるように。どこに逃げるんだろう？　そんなのあたしには分かんないけど、とにかく。

櫓《やぐら》も、あたしたちは建てた。強い風が吹くとみしみし揺れるし、夜じゅう火を焚《た》いてるから、なんかの拍子に丸焼けになりそうでめちゃくちゃ怖い。でもだれかが見張っていないと、あたしたちを憎んでる本島のやつらが殺しに来るかもしれない。

スピカラを殺した本島の男を、みんなで殺した。

死体はしばらく井戸のある広場に吊《つる》されていた。投げつけるための石が、死体の脇に積んであった。あたしも、石を投げた。気が晴れると思ったから。

でも気が晴れることはなかった。石は死体の足に当たって、死体がぐるっと半回転して、ねじれた縄がゆっくり戻って腫れた顔がこっちを向いた。

目が合った、と、思った。

もう戻れない。あたしは荷担した。殺人の手助けをした。

感染者が少ないのは、あたしたちが努力したからだ。人の集まる娼館《しょうかん》を閉鎖して、手を洗って、あちこち消毒して、ごみを捨てまくって、だれかが亡くなったらすぐコルピ島に運んだ。死体運びのゴンドラは移民島まで来てくれなかったから、あたしたちは自分でやった。

だから残桜症《ざんおうしょう》はあたしたちが本島にばらまいたんじゃない。あたしとキュネーはがんばったんだよ、できるだけ死なないようにって、だれか死んじゃったらその責任を感じられるようにって。

なのにあんたたちは、あたしたちがあんたたちを呪ったんだと思い込んだ。だから移民島の感染者が少ないんだって言った。どうして呪われるだけの価値があるって思えたの？あたしたちはただ放っておいてほしかった、善意も悪意も要らなかった。給料が安くて臭くて汚い仕事だろうと、とにかくお金がもらえて必要な物が買えて、生きていければそれでよかった。

なのに本島のやつらはあたしたちがあんたたちを恨んでるんだって勝手に思って先回りの復讐《ふくしゅう》をした。それでスピカラは殺された。そいつはスピカラを一晩じゅう抱いてからナイフで何度も刺した。あたしには信じられない。病気をばらまく悪魔で殺したいほど憎んでる女でも抱けるんだね。どういう感覚なのか想像もつかない。ペストをばらまくねずみだって見ようによってはかわいいし、なんなら飼える、とかそういうこと？　なんでもいいか別に。どっちみちそいつは死んだ。

「姫さま。出丸《でまる》に顔見せてあげて」

メノーレに後ろから声をかけられた。あたしは背を向けたまままうなずいて歩き出した。メノーレはあたしのすこし後ろを付き従うように歩いた。

本島と移民島をつなぐ砂州《さす》に、あたしたちは土塁《どるい》を積んだ。大河《たいが》ドラマで観たことあるやつだ。真田丸《さなだまる》だっけ、なんかそういう、襲ってくるやつらを食い止めるための出城《でじろ》というか拠点。櫓《やぐら》もそこに建てた。

移民島はもう要塞《ようさい》だったし、あたしたちは籠城《ろうじょう》していた。でも籠城ってたしか、援軍が来なきゃ全滅するんじゃなかったっけな。おなか空《す》きすぎて壁まで食べて飢え死にしたとか、そういう話を聞いたことがある。

異世界の真田丸には武装した男たちが常駐していた。武装っていっても木を削った槍《やり》とか棍棒《こんぼう》とか、敵が来たときにぶつけるための大きい石とか、あたしたちに用意できるのはその程度のものだけだった。それでもみんな、敵が来たらみなごろしにできる気でいた。

あたしが出丸に足を運ぶと、作業中だった人たちがわあって集まってきた。

「姫さま！　ようやっと門構えも立派になってきましたぜ！」

「ありがと」

あたしは笑う。なんか多分めちゃくちゃ引きつってるだろうけど、とにかく。そうすればみんな喜んで働くから。

「いつでも本島のクソどもをぶっ殺せますよ。姫さまのお手をわずらわせたりしやしませんから」

「うん」

みんなあたしを姫とか姫さまとか呼びはじめた。士気を高めるのにあたしはちょうどいい存在だった。白神で敗血姫で女だから。いざとなったら魔述で本島を沈めてくれるとみんな思ってる。実際あたしには前科があるから否定できないけど。

だからだれもが戦争したがっていたし、勝つつもりでいた。たぶんもともとそうしたかったんだろう。スピカラのことも残桜症《ざんおうしょう》のこともちょうどいいきっかけだった。あたしはその手伝いをした。

「それじゃがんばってね」

「そりゃあもう。姫さまが見てますから」

あたしはメノーレに、もうすこしみんなと話してくれるようお願いして、出丸からそそくさと立ち去った。向かう先は決まっていた。

娼館《しょうかん》のすえた臭いで、あたしはなつかしい日のことを思い出す。〝教室〟で、やっかいな生徒を相手にいっしょうけんめい文字を教えていたキュネー。もうイストリアもスピカラもいない。本島に殺されたから。

キュネーはたいていの時間、教室で過ごしていた。寄付の関係でつながった本島の有力者に、たくさん手紙を書いていた。移民島と本島のばかげた対立を終わらせたいとか、差別撤廃のための運動を起こしてほしいとか、とにかくそういう感じの手紙を。

返事は一通たりともなかった。有力者はなにしろ有力者なのでお金をたくさん持っていて、残桜症《ざんおうしょう》に汚染されたヘカトンケイルからとっくに逃げ出していた。

あたしが入っていっても、キュネーは手紙を書く手を止めなかった。あたしは座った。この椅子に座って、文字を習っていた。ずっと昔のことだ。たぶんまだアンモナイトぐらい存在してたと思う。

羽ペンが紙に当たってこつこつ鳴った。春に降る雨みたいな音だった。ほっとしている自分に、あたしは苛立《いらだ》った。

「意味ないよ」

あたしは口を開いた。キュネーはあたしを見て困ったように笑って、それからまた手紙を書きはじめた。

「もう無駄でしょそんなの。だって殺すつもりでいるんだもんどっちも」

「そうかもね」

キュネーは言った。でも書き続けた。

「だからみんなに無視されるんだよ」

「ウチはもともとそうだったって、ちがちゃん知ってるでしょ。移民に文字を教えてたんだから」

あたしとキュネーは残桜症で人が死なないようにっていっぱい努力して、スピカラが殺されても、キュネーはそれでも本島と対立しちゃだめだって頑固に言い張って、だれもキュネーの言葉に耳を貸さなくなった。

キュネーはずっとそうだった。イストリアが死んだときもナバリオーネを前にしたときも、暴れちゃだめだって言い続けた。せんせいの……カンディードの影響だ。不可能な花束。そんなん無理でしょ、みたいな理想論を、キュネーは信じている。

「あたしたちが許せば、向こうもあたしたちを許すの？　まだそんなこと本気で思ってるの？」

「殴って、強い力で殴り返されて、もっと強い力で殴り返して、そんなことしてたらどっちも死んじゃうからね。ウチはいやなの。殴るのも、殴られるのも」

「書くのやめてよ！」

あたしは叫んだ。キュネーは音を立てないように息を吐いて、羽ペンを置いて、あたしを見た。

「ちがちゃんのせいじゃないよ」

短く、そう言った。

あたしは一瞬にして弱いあたしに戻って、ぜんぶの強がりが溶けた。

石けんを持って来なかったら、アルコール消毒しろってみんなにしつこく言わなかったら、残桜症《ざんおうしょう》が本土と同じように移民島でも普通に人を殺したら、だれもあたしたちのことを恨まなかったかもしれない。あたしががんばろうって思わなかったら、紺屋さんやキュネーみたいになりたいって、あたしがこの世界で知り合った人みたいに、だれかを助けたいなんて余計なことを思わなかったら、スピカラは殺されなかったかもしれない。

あたしが敗血姫じゃなかったら、今にも倒れそうな櫓《やぐら》と泥を積み上げただけの要塞《ようさい》と木の槍《やり》で戦争しようなんて、みんな思わなかったかもしれない。

いなければよかった。あたしなんかいなければよかったんだ。なにもしなければ役立たずで、なにかすれば邪魔で、だから最初からいらなかったんだよ。死んじゃえばよかった。すぐに死ねばよかったのにそんな勇気もなくてみっともなく生きてきた。あたしの代わりにスピカラが死んだ、イストリアが死んだ。これからたくさん死んで、あたしだけが墓場の外を呑気《のんき》にうろついている。

「あたしのせいだよ」

でももうとっくにあたしは死ねなくなっていた。あたしは自分のやったことを引き受けなきゃいけなかった。あたしは本島を沈めかけた敗血姫で、あたしがいれば殺し合いになってても勝てて、だからあたしはここにいてみんなに向かってがんばれって言ったり笑顔を向けたりしなきゃいけない、そうしないとみんながばらばらになっちゃう。あたしのせいで。ぜんぶあたしのせいで。

「返事があったんだよ。一通だけ。誰からだと思う？」

キュネーが笑いながら、ぜんぜん関係ないことを言った。あたしは首を横に振った。

「ナバリオーネ」

「うそでしょ」

キュネーは一通の封筒をこっちに向かって滑らせた。あたしはもちろん受け止めそこね、部屋の端まで飛んでいった封筒を泣きべそで追いかけた。なんでいつもことがきれいに進まないんだろう。自分のださ全てがむなしくなってきた。

「封蝋《ふうろう》見た瞬間、笑っちゃったよね」

口の中の肉を奥歯でもごもご甘嚙《あまが》みしていると、キュネーがそう言った。いつもキュネーだけはあたしのくだらない失敗を笑わない。

椅子に座りなおして、封筒から手紙を取り出した。びっくりするぐらいきれいな字で、なんかいろいろ、ごちゃごちゃ書いてあった。とにかく一文が長くて、どこがどこにかかってるのかさっぱり分からない。百四十字ぐらいにまとめてほしい。

「かんたんに言うと、移民も市民だから差別撤廃のために戦うよ、って書いてある」

「信じてるの？　本気で？」

「ちがちゃん本島の行政なんて気にしたことないでしょ。十頭会は孤児救済基金を取り崩したんだよ。それで穀物を買い入れて、配給先には移民島も含まれてる」

十頭会の話はなんかぼんやり聞いたことがある。ピスフィのお父さんとナバリオーネの、内閣みたいな国会みたいな、漠然とそういう感じのとこだ。そこが移民島への配給を決めた。つまりナバリオーネが決めたということ、なのかもしれない。

「絶対なんかある。絶対」

「なんかはあるだろうね。でもヘカトンケイルは、ウチらも市民だと思ってるんだよ。今のところ。だから、諦めたくないの」

せんせいの理想を。

「できたらみんなにも武装を解いてもらいたいけど、口で言ってもみんな聞かないから。なんでもそうだよね。こつこつやっていくしかないの」

あたしはようやく、キュネーの言葉をまともに受け止められるようになる。

こつこつやっていく。口にするとばかみたいに単純な考え方だ。でもキュネーは本当にずっとそれだけやってきた。いつか良い仕事につけるようにって、ごみをあさってインクをつくってみんなに文字を教えた。あたしはこの世界に召喚されてから赤ちゃんぐらい無限にむずかり、ふっきれたかと思えばいきなり暴動を起こしてその結果キュネーが撃たれ、今は世界一卑屈なジャンヌダルクみたくなっている。

キュネーが机に手をついて体を傾けて、腕を伸ばした。あたしは顔を前に差し出した。キュネーはチョキにした人差し指と中指であたしの前髪をはさんだ。

「きしきしくしてる。潮風浴びすぎた?」

「もうあたしよりあたしの前髪に詳しいんだけど」

あたしたちは笑った。

「ありがと、キュネー」

「しんどかったよね」

「ずっとしんどい。やばいほんとに。なんか戦女神みたいなやつあたしに一番向いてない。無理でしょ、普通に。引きつり笑いしかできないのに。歯並び悪いから口開けたくない」

「そう?　ウチは思ったことない」

「歯列矯正したんだけど、なんか犬歯《けんし》だけ前にじわじわ出てきてるのよ。年々出てきてる。あんな痛い思いしたのに。ほら見てこれ、この犬歯」

「分かんない。ちがちゃんの気のせいだと思うけど」

「いや絶対そう。しかも気になって舌で触っちゃうからもう悪循環よね。八重歯アピールできるようなキャラでもないし、ただ単に歯並びの悪いやつじゃんこんなの」

たぶんキュネーはあたしの言葉の半分も分かってないんだろうなって、そう思いながらもあたしは心のままにふわふわしゃべっている。それはふたりきりの沈黙と同じぐらい居心地がいい。

無遠慮な足音が近づいてきて、あたしたちのおしゃべりは止まった。扉が開き、メノーレが立っていた。肩で息をして、青ざめた顔で、あたしは悪い予感に喉がぎゅっと詰まるのを感じる。

「いた！　あの、大変、あの」

「かいつまんでね」

キュネーが苦笑を浮かべた。メノーレは一瞬、ほっとしたような顔をキュネーに向け、それから気まずそうにうつむいた。メノーレもキュネーを無視しているからだ。

「ナバリオーネと、元首が、来て……きゅ、キュネーに、その、話を聞きたいって」

「うん、分かった」

キュネーは立ち上がった。

「メノーレ、何人か連れてきてくれる？　準備したいから」

「あ、うん、あの……私、キュネーのこと無視して」

「いいよ。そういうの、後でね。ナバリオーネはどうでもいいけど、国家元首をお待たせ

するのは怖いでしょ？」

メノーレは何度もうなずき、すっ飛んでいった。

キュネーは、あたしに微笑《ほほえ》みかけた。

「ほらね、ちがちゃん。こつこつやるものでしょ？」

あたしは口を全びらきにしていたので返事できなかった。


ピスフィのお父さんとナバリオーネは、新しく決まった条例について市民の前で話したり、配給を手伝ったり、とにかくあっちこっち顔を出すことに努めているらしい。けっこうたくさんの貴族が逃げ出して政治不信みたいなことになっている中、そうやってアピールしているわけだ。総理が被災地を視察するようなものだと思う。

だけどまさか、移民島にまでやって来るとは思わなかった。

「はっはっは！　敗血姫、お元気そうでなによりですな！」

「ぴーちゃんがお世話になっています。先日の料理、たいへんすばらしいものでしたよ」

急ごしらえの饗宴《きょうえん》に、あたしまで参加することになるなんて、もっと思わなかった。

移民島に、えらい人を呼べるような施設なんてない。しょうがないから、木の棒とぼろ布でつくったタープの下に、机と椅子を並べてみた。掘っ立て小屋ですらない。野ざらしで、しかも棍棒《こんぼう》とかで武装した怒り丸出しのひとびとに囲まれ、ピスフィのお父さんもナバリオーネも平然としていた。

「ここじゃこんなものしか出せないけどね」

キュネーが机の上にでっかいお皿をどんと置いた。

「さや大根とそら豆と塩漬け肉の豆鼓《トウチ》炒め。よかったらお酒もどうぞ。そこらの草の種でつくったものだけど」

汚いお椀に、汚い色のお酒が注がれた。これがかなり挑戦的な演出であることは、あたしにも分かる。ピスフィが言うところの、食卓外交をキュネーはやろうとしているのだ。

「これはありがたい。いやなに、最近では佳《よ》い酒をたしなむ時間もないものでして。失礼！」

ナバリオーネは椀をつかみ、躊躇《ちゅうちょ》なくいっぺんに飲み干した。

「うん、素晴らしい味ですな！　はるか古代の篤実たるヘカトンケイル市民も、このような味わいを夜ごとに楽しんだことでしょう！」

「これはぴーちゃんの黒豆を発酵させたものですね。なるほど、味わい深いものです」

ピスフィのお父さんは、炒め物をばくばく食べている。たぶんろくな肉を使った料理じゃないだろうに、たいしたものだ。

「どうもね」

キュネーは納得したようにうなずき、あたしの隣に腰を下ろした。

「それで、なにしに来たの？」

「もちろん、ぬかずきに参ったのですよ。キュネー、移民島の女王陛下に」

「ナバリオーネ君、君は人を怒らせてからでないと話に入れないのですか？」

「ピーダー閣下、ご冗談をおっしゃいますな！　私は真心を語っているまでですぞ！」

「二点あります」

　ピスフィのお父さんはナバリオーネを無視した。ナバリオーネは嬉《うれ》しそうにへらへらした。なんかエモい関係性の予感が頭をよぎったんだけど、あたしは腐でも夢でもなく、美しければ男子でも女子でも好きになる単推し勢なので可能性をすぐに捨てた。

「まずは一点。残桜症《ざんおうしょう》感染者の慈善的救済および管理に関する法令の適用のため、移民島を正式にヘカトンケイルの管区として編入します」

　単刀直入すぎる。ピスフィのお父さんだなとあたしは思った。直後、周囲がめっちゃざわついていることに気づき、遅れて、いまなんの話をしているのか理解した。謎の移民島が『移民島市』になる話だ。あたしはキュネーを見た。口を半びらきにしていた。

「あなたがたへの不当な扱いについて、ヘカトンケイル大評議会を代表し、深く謝罪します。また今回の決定に際しみなさんの深い反発があるだろうことも、よく理解していますす。緊急時、憲法上のやむを得ない措置だとご理解ください。移民島の所在を確定させなければ、もろもろの手続きが処理能力を超えるほど煩雑化してしまうのです」

「あっ、あー……はい」

キュネーはあうあうした。ダッシュで来た知らない人にいきなり背中を蹴られるみたいな勢いで、ことが進んでいる。

「今のお返事を、とりあえずの同意とみなします。事態が落ち着いたら、ゆっくりお話ししましょう。キュネー、ヘカトンケイル元首ピスディオ・ピーダーは、偉大なるマナ陛下に代わり、あなたを管区長に任命します。トゥーナ」

「はい、閣下」

褐色《かっしょく》の美人のお姉さんが、キュネーの前に分厚い書類を置いた。

「キュネー様、こちらをご確認ください。調査員、検死人、付添人など各職員の人事権が、キュネー様には与えられます」

「あっ、えあっ、えあっ、はい」

キュネーはめっちゃ汗をかいていた。なんか見てるだけで腸がものすごく痛くなってくる。ちょっといくらなんでもスピード決裁すぎない？

「私の申し上げた通りでしょう！　キュネー、あなたは移民島の女王陛下なのですよ！」

「ナバリオーネ君。軽口を叩《たた》きたいのであれば、かつての蛮行を深く謝罪してからにしませんか」

「はっはっは！」

キュネーは呆然《ぼうぜん》と書類の束をぺらぺらめくり、めいっぱい息を吸い込み、めいっぱい吐いた。

「謹んでお受けします、閣下。それで、二つ目は？」

「これはぼくたち商人にとって最大級の賛辞なのですが、あなたには大商人の素質がありますね。つまり、とうてい噛《か》みくだけない話を、いったん脇に置いておく力を持っている、ということなのですが」

ピスフィのお父さんはにっこりした。

「ナバリオーネ君が、あなたからの手紙を見せてくれましてね。移民島では、残桜症《ざんおうしょう》が本島ほど猛威をふるっていないと聞きました。事実ですか？」

「ちがちゃんのおかげでね」

「や、その、それ、あっあっ」

やめろ。横にいるだけで腸がやばいんだぞおまえ。みたいなことを言おうとしたんだけど、あたしの口から漏れたのはあっあっみたいな音だった。

「あなたが」

ピスフィのお父さんがこっちを見た。今すぐはじけ飛んで消え去りたい。そういう草の種あったよね、触るとぱーんてはじけるやつ、来世はあれがいい。

「やっその、せっ、石けんを……あ、消毒も、いやキュネーが、あたしじゃなくて、その、言うこと、そう、言うことときいてくれて」

　だれか翻訳してくれあたしのたわごとを。五秒しゃべっただけでもう泣きそうだし死ぬほど腸が痛いし冷や汗出すぎてブラウスべっちゃべちゃなんだけど。

「なるほど」

　ピスフィのお父さんはなにがなるほどなのかうなずいた。なんだそれ皮肉か？

「実際に、あきらかに感染者数の少ない管区がいくつか存在します。白茅さんのように地域の信頼を得た白神が、市民に知恵を授けたのでしょう」

　なにひとつ得てないし授けてない。その場その場でめっちゃ罵倒されたりジャンヌダルク扱いされてるだけで、あたしはなんもしてない。キュネーがやれっつってみんながはいっつって、それでことが済んだのであたしがなんらか働きかけたわけじゃない。

「行政があれやこれやとお願いしても、市民のすべてにご理解いただけるわけではありません。ですから、あなたがたが築いた信用にただ乗りした方が効率的なわけです。そうした仕組みを、『移民島モデル』として広げていきたいと、ぼくたち十頭会は考えています。それが二つ目のお話ですね。あなたがたにご不快な思いをさせてしまうかもしれませんが、これはナバリオーネ君の考えです」

「移民も市民、ですよ。私は陛下に誓った身です。差別撤廃のため、断固として戦うと。これは我が生涯の大いなるテーマとなるでしょう！」

まじでこいつだれかぶん殴れよ一発といわず死ぬ寸前まで。

「ナバリオーネ君はこの通り、どうしても他人へのいやがらせをやめられない性分ではありますが、だれが提案しようと政策は政策ですから」

キュネーは渋い顔で書類に目を通しながら、べつに文字を追ってるわけじゃなかった。なんかこう、かいつまんだ完璧な一言を探しているのだ。あたしだったらどうするだろう。いますぐナバリオーネを土下座させろとか？　想像しただけでおなか痛い、腸と胃がばかのぞうきん絞りみたいに、力いっぱいツイストされてる。

「……あたしたちに、どうなってほしいの？」

ものすごく時間をかけて、迷いながら、キュネーはそう口にした。ピスフィのお父さんはお酒を口にしてカップを置くまでの短い時間だけ黙った。

「望んだ教育を受け、望んだ仕事に就き、望まざる納税に悩み……このヘカトンケイルで、麗しき陛下のご威光のもと、そこそこ望んだ通りの人生を送っていただきたく思います」

それから笑って、こう付け加えた。

「理想論ですが」

「いま、殺されてもおかしくないこと言ったね、元首さん」

キュネーは冷たく言った。あたしたちの周囲には、棒で武装したひとびとがいる。

「ぼくの生きている間に達成できるかどうかは、分かりません。しかし、理想は相続できますから」

「あの子に？」

「ぴーちゃんに。ぼくのかわいい勿忘草《わすれなぐさ》に」

「はっはっは」

「ア？　テメエ今コラ、ぴーちゃん笑ったか？　そこらじゅうに棒あんぞ？」

ピスフィのお父さんがいきなりナバリオーネに食ってかかって、なんかしばらくがちゃがちゃした。そのあいだ、キュネーはなんだかあれこれ考えていた。

「あの子……ウチらのことなんてなんにも知らないのにね」

キュネーはちょっと笑った。呆《あき》れたように。

「ウチのかわりに、あの子が撃たれてたかもしれない。それも、元首さんが教えたこと？　困ってる人を見かけたら、とにかく飛び出せって？」

「だれかの代わりに死ぬことを教えてはいませんよ」

ナバリオーネのネクタイを引っぱりながら、ピスフィのお父さんは言った。

「ピーダーの家系に、ああまで無鉄砲な子が生じたのはとてもふしぎなことです。ぴーちゃんが社会に挽《ひ》き潰されて一般的なヘカトンケイル商人になるのか、理想とともに前進を続けられるのか、ぼくは楽しみで仕方ありません」

ナバリオーネが、ピスフィのお父さんの手首をぽんぽんとタップした。ピスフィのお父さんはネクタイから手をはなした。キュネーは髪をがさっと雑にかきあげ、細くした口から息を吐いた。

「ウチは……元首さんのことも、ナバリオーネのことも、ピスフィさんのことも、まだ信じられないよ」

ピスフィのお父さんはうなずいた。

「でも、ちがちゃんのことは知ってる。ちがちゃんがパトリトと白神さんを信じてて、そのふたりがピスフィさんを信じてて、ピスフィさんが元首さんのことを信じてるのは、知ってる」

「ぴーちゃんは友人に恵まれましたね」

「だから……あんたたちを許せるように、努力する。ウチに言えるのはそれだけ」

「ありがとうございます、キュネー。ぼくたちも力を尽くします」

こうして、ピスフィのお父さんとキュネーの話は終わった。あたしは、こいつ混ぜ返すだろ、と思ってナバリオーネを見た。ナバリオーネはへらへらしていたが、口を挟むつもりはないようだった。

「どうか今だけは、ヘカトンケイル市民としてご協力ください。あなたの生活を奪っておいて、こんなお願いをすることを心から申し訳なく思います」

ピスフィのお父さんがなんか言った。あたしはちょっと疲れてぼーっとしていて、キュネーに脇腹を突っつかれてびくんってなった。

「ちがちゃん」

「え、なにあたし？」

「他にいる？」

悪いことしてなくても常に加害者な気がして生きてるので、生活を奪われたって言われてもなんの実感もなかった。ピスフィのお父さんはたしかにあたしを見ていた。ぜんぜん気づかなかった。

「え、ええと、なんだろその、なんか」

あたしは口の中の肉を奥歯でもご甘噛《あまが》みした。

「こっこっ、こかっ、こっ……こつこつ、やります」

なんだよそれ、ふざけてんのか？　なんでいつも思ってることの千分の一しか口にできないんだおまえ。

「ありがとうございます」

ピスフィのお父さんは、深く頭を下げた。びっくりすることに、ナバリオーネも、そうした。

「本日はこれで失礼します。なにかある際はこちらのトゥーナを使いに出したいのですが、問題ありませんか？」

で、なんかあたしを見てきた。しばらくきょとんとしてから、そういえばあたし今あれじゃんと思い出した。ほらあれ、なんか、三色の旗持ったおっぱい丸出しの女が銃持った人たちを率いてるドラクエみたいな名前の絵のやつ、あれの落書きバージョンじゃんって。あたしがいいよって返事して、みんなに言い聞かせないといけないのか。無理そう。

「あっふぁっ、か、噛《か》んで含めます」

はいでいいんだよはいで。返事を工夫しようとすんなどうせこうなるんだから毎度毎度。ちょっとでも面白いこと言わないと自分の発言には価値がないみたいな被害妄想どうやったらなくなるの？

死にたくなってるうちにナバリオーネとピスフィのお父さんは帰っていった。キュネーはしばらく書類をめくっていたけど、うめいて机につっぷした。そして、

「やばい」

とだけ言った。

「やばいよね」

「やばい」

あたしたちはどん底まで下がりきった語彙《ごい》で、かつてないぐらい分かり合えた。やばい。それ以上のことは今なにも言えなかった。

◇

ピスディオとナバリオーネを乗せた小舟が、移民島の港を離れた。元首と議員は差し向かいに座って、それぞれ視線を移民島に向けた。

「損な役回りを、よく引き受けてくれましたね」

「なんのことでしょう？」

ピスディオが言って、ナバリオーネがとぼけた。

「大評議会で、十頭会で、移民島で、君はぼくに叩《たた》きのめされる悪役を演じきりました。ぼくはどうも、君の性分を見誤っていたようです」

「いえ、いえ、勘違いですよ、閣下！　ラパイヨネの熱き血潮が、私を常に駆り立てるのです！　それが負け戦であれね！」

ピスディオはうんうんとうなずいて、

「移民島の扱いについて、どういう腹づもりかぐらいは本音を聞かせてください」

ナバリオーネのたわごとを聞き流した。

「改正移民法、匿名《とくめい》の寄付、ここまでは分かります。君のやることは常に行き当たりばったりで、一瞬の人気を得るために最適化されたものですからね」

「では、この度の行いには一貫性を感じないと？　なるほど、ようやく私は閣下に白旗を挙げさせたのですな！」

「必要であれば、いくらでも降伏しますよ。それで、答えていただけるんですか?」

「蚕《かいこ》が……」

言いかけて、ナバリオーネは口をつぐんだ。ピスディオは黙ってにやついた。

「いえ、なに、どうでもいい話ですよ。実家で蚕をやっていたんですが、彼女らを見ているとそのことを思い出す、というだけです」

「君にしては歯切れの悪い話しぶりですね」

ナバリオーネはへらへらした。

「閣下もご存じでしょうが、成虫となった蚕は飛ぶこともできず、食事も摂《と》れず、卵を産んで朽ちるだけの生き物です。実にあわれな存在ですな」

「ええ、知っていますよ。ピーダーの分家筋には養蚕家《ようさんか》もいますから」

「幼かった私は一匹の蚕の成虫を外に連れ出して、桑《くわ》の木に止まらせてみました。どうなったと思いますか? 葉にしがみつくこともできず、ぽとりと落ちたのです! ひっくりかえって、飛べもしない羽根をばたつかせて、しばらくもがいていましたよ! まったく、あんなにぶざまな生き物というのも他にいないでしょう!」

「つまり?」

「……つまり、私たち政治家というものは、蚕の世話係なのです。給餌《きゅうじ》し、繁殖させ、引き換えに絹を得る。すばらしい隠喩《いんゆ》ですな! 愚かなる蚕のつむぐ絹こそ、繁栄というわけですよ！」

ピスディオは昏《くら》い瞳をナバリオーネに向けた。にわかに始まった根比べは、ナバリオーネがわずかに目を伏せることで終わった。

「きっとその蚕というのは、君のことでもあるのでしょうね」

赤面を、ナバリオーネは手で覆った。ピスディオはちょっと目を見開いた。

「余計なひとことでしたね、いつかと同じく。失礼しました。まったく愚者の反省は、行いの変化を伴わないものです」

ナバリオーネは幾度か深く呼吸し、手をゆっくりと下ろした。

「はっはっは！　とんでもない、とんでもないことですよ、閣下！　あのとき同様、私の胸は歓喜に打ち震えております！　元首となったあなたに、このようなお言葉をかけていただけてね！」

ピスディオは苦笑を浮かべた。

「君にとっては、本音を隠すことがなにより重要なのでしょう。今になってそれを咎《とが》めようとは思いませんよ、ナバリオーネ・ラパイヨネ」

小舟が港に入り、ふたりの会話は中断した。病と陰謀論と憎悪が蔓延《まんえん》する本島に、二人は上陸した。

王宮前に人が集まり、祈りを捧げていた。ヘカトンケイルモールには買い物客がうろついていた。にせ医療の宣伝ちらしが、街路を風に吹き散らされていた。大評議会前の広場では、移民の漁船から強奪した漁網を燃やすパフォーマンスが行われていた。油をかけられて燃える網を前に、集団は甲高く攻撃的な笑い声をあげていた。

「残桜症《ざんおうしょう》に喉と口がついていれば、彼らに感謝の言葉を告げるでしょうな」

ナバリオーネは集まったひとびとに辛辣《しんらつ》な一瞥《いちべつ》を投げかけ、嘲笑の言葉を口にした。

「閣下のおっしゃる通りですよ。人は弱く、群れて慰め合う。私たちが最善手を打ち続けても、市民の数は減っていくことでしょうな」

「それゆえ、ひとびとが無思慮にうろつくのを禁じ、家畜のように閉じ込めるべきなのでしょうね、君に言わせれば」

「いよいよご理解いただけましたかな?」

「君の理想が専制君主制であることを、そう何度も確認するつもりはありませんよ」

ピスディオは、ナバリオーネの挑発的な言い方を切って捨てた。彼は手近なベンチに腰掛けると、深くため息をつき、めがねを外してこめかみを揉《も》んだ。

「歳ですね。どうも目がかすんで……」

「閣下はヘカトンケイルのため、まさに身《み》を粉《こ》にして働いておいでですからな。どうでしょう、しばらくお休みされては?」

「そのすきに、君が国政を壟断《ろうだん》するわけですね」

「はっは!」

「どうぞ、先にお帰りください。ぼくはすこし風に当たりますよ」

ナバリオーネはうなずき、世界をまたぐような大股でさっそうと歩いて行った。

ピスディオはベンチに深くもたれ、親指でまぶたを強く押した。サイズの合わないスーツとシャツがもろともに滑り落ちてむきだしになった腕に、ピスディオは目を留めた。

「なるほど」

ピスディオは、ごく静かに衝撃を受け止めた。指で肌に触れ、こすり、すぐにそうした行いを無駄だと断じた。

彼は立ち上がり、歩き出した。

◇

あたしとキュネーは完全に疲れ果てて、ふたりして机に突っ伏していた。なんかいろいろやらなきゃいけないってことは分かっていたけど、あと十分ぐらいなにも考えずうだうだしなければ動けそうになかった。

「おつかれー」

パトリト君が突如として生じた。

「見事にやりおおせましたね、キュネー」

「せんせい⁉」

カンディードがねぎらう感じの声をかけて、キュネーが跳ね起きた。

「見ていましたよ」

「えっまっ、なんで、え？　せんせい？　え？」

キュネーはわたわたし、顔をまっかにし、さっきおおざっぱにかきあげたせいでぐちゃぐちゃになった前髪を作り直そうと、手でいっしょうけんめい撫《な》でつけた。

かわいい。恋してるキュネー無条件に推せる。相手がカンディードなのは百パーセントの解釈違いだけど口に出してないからあたしは厄介勢じゃない。

「いま険悪じゃん？　んでピスディオに頼まれた」

「要約しすぎですよ、パトリト君」

カンディードは苦笑した。

「パトリト君は、本島と移民島の橋渡しを頼まれたんですよ。ピスディオ閣下も、短い時間でよくよくお調べになったものです」

「えー……あー、そういうこと。教えてくれたらよかったのに」

キュネーがぷくっとほっぺをふくらませた。女子になるんだよね急に。こう、すっごい甘え声になるの、猫がよその人にはオアアア……って低音で鳴くのに家族にはにゃーん！って高音で鳴くでしょ、それどころか声を出さない鳴き方するでしょ、ああいう感じで、なんだろうね、いいよね……。

「たしかにパトリトとせんせいだったら、こっち来てもおかしくないね。でもいきなりすぎるよ」

「ああやっていちいち人の度肝を抜くのが、閣下のやり方なんですよ」

「たしかに手玉に取られちゃったけど……なんか納得いかない」

　めっちゃぐずるじゃんキュネー。

「ごめんて。お詫《わ》びってわけじゃないけどめし食おうよ。すぐ作るから。俺らいいの持ってきたよね」

「本土の知り合いが、長雨に負けて牛をずいぶん潰しましてね。その話をパトリト君にしたら、ぜひ分けてもらいたい部位があると」

「ふたりとも、本土にいたの？」

「そだよ。ネイデルの家の者はみんな本土の別荘に避難してる。俺はピスディオから手紙もらって、じゃーちょっと本土行ってくるわっつったらだれもなんも言わなかったからさ、すーって来れたよ。みー姉ちゃんはいっしょに行くって軽く暴れてたけど」

　それって、ミリシアさんはむりやり引き留められたってことだろうか。パトリト君、ちょいちょい家庭の闇をすっごい朗らかにしゃべるからどう反応したらいいかぜんぜん分かんない。

「私は仕事の都合ですね。パトリト君とは今朝、本土の港で偶然会いまして。私も移民島に縁がないわけではありませんから、同行させてくれと無理に頼んだのです」

カンディードは、なんか湿った感じの包みを取り出してほどいた。血まみれの肉塊がごろっと出てきて鉄っぽいにおいがした。

「これねー、舌！　いい食い方知ってっから俺。一番いいやつだから」

「あこれ牛タン？　うわ、見えてきた見えてきた、舌だこれ怖」

かたまりのままの牛タンは、もうなんていうか完全にでかい舌だった。灰色で、あちこちぶつぶつしててすごく気持ち悪いし血生ぐさい。

「採れたてだよ。朝採れ」

「卵みたいに言う……」

今朝殺されたってことでしょ牛が、すくなくとも一頭。

「んでこれねー、本土の牧場で働いてるときに教えてもらった食い方するから今日。一番いいやつだよ」

パトリト君は、牛の舌を横に倒した。なんか白くてぐちゃぐちゃしてておぞましすぎる。皿の上で平たくなっていてほしい。

ナイフで白っぽいところをそいでいく。なんか、なんだろ、刃が入るたびにこう、筋膜？　よく分からないけど、白いところと肉の境目にある膜みたいのがべりべり裂けていって、見た目えぐい。

「舌って食う人あんまいないからさー、酪農家の特権だよね。めっちゃうまいんだよ実は」

白いところを剥《は》がしたら、舌の先端にナイフを入れ、灰色の皮をべりべり剥いでいく。自分がそうされるのを想像して身ぶるいした。

「これほら付け根んとこ、すっごい白いでしょ。これ脂、めっちゃうまいよここ」

いやもう、血で染まっちゃってるんだけどその付け根んとこ。

「あーでも口内炎あんなー。かわいそうに」

パトリト君は肉をぺちぺちした。命への冒涜《ぼうとく》にしか見えないし、口内炎って言われると生前を想像して辛《つら》くなってくるからやめてほしい。

「じゃあこれ洗うから」

パトリト君は井戸から水を汲《く》んできて、桶《おけ》にどぼんと肉を沈め、服を手でもみ洗いするみたいにぎゅむぎゅむしだした。ふざけてるとしか思えない。

「おー、いいじゃん」

引き揚げられたタンは、血が抜けたのか不健康そうな色になり、ぐったりしてびしょびしょだった。で、パトリト君はこの肉をどうしたかというと、ぎゅうぎゅう絞ったのだ。

「ばかのぞうきん絞りだ」

おいしくなるビジョンがまったく見えない。

「まーあまあまあまあまあ」

パトリト君は適当なことを言って、肉を机にでんと置いた。ナイフを入れたんだけど、切るというより刃をぎこぎこやって引っぺがすって感じだった。紺屋さんがいかにちゃんと料理しているか、あたしは思い知った。

で、なんか、肉の残骸みたいなやつを木の板に並べ終わったころには、キュネーが火鉢に火をおこし、平たい石を熱している。

「助かりました、キュネー。普段やらないもので」

「いいよ、ウチ慣れてるから」

とかなんか、そういうやり取りをしてる。キュネーよかったね、せんせいにかっこいいとこ見せられたじゃん。

「一番いい食べ方だから」

パトリト君はそれ一本で通すことに決めたらしい。塩とこしょうを乳鉢に突っ込んで潰しながら、あたしの疑いをいっさい気に留めていない。

塩とこしょうを肉にどさどさぶっかけて、わっしわっしとまた揉《も》んで、熱された石の上にのせる。ぢいいいいいって鳴きながら、肉が丸まっていく。

「あこれ、わー……焼き肉のにおいだ」

滴《したた》り落ちた脂が炭に触れ、煙がもくもく立ち上って、肉が焼けていくときの胸につっかえるようなにおいがした。肉はじわじわと灰色になりながら、表面にぷつぷつと、血と脂を浮かび上がらせていく。

「おーいーじゃん、どれどれ」

パトリト君はナイフを肉に刺し、石から剥《は》がした。裏返したタンは、ふちのところが金色で、全体的に焦げ茶色で、脂がぱちぱち爆《は》ぜていた。

「やば！　牛タンなんだけど！」

すごい、異世界で石焼き牛タン出てきちゃった。これはやばい、もう間違いなくおいしい。牛タン好きじゃないやつ人生で会ったことない。

パトリト君は焼けたタンをひょいひょいとお皿に移した。あたしはもう、一秒でもはやく食べたくて完全に牛タンの口だった。レモンびしゃびしゃにして食べたい、かために炊いたごはんといっしょにわふわふほおばりたい。

「でもちがちゃん、こっからだよ一番いいの」

「いやもう完全体でしょこれ、こっから先なにもないわよ牛タン、進化の終わり」

「いや一番いいから絶対」

「言い張るじゃん」

パトリト君は、地面に置いてあった木の箱のふたをあけ、黒っぽいかたまりを取り出した。やたらとげとげしていて、そのとげとげがゆっくりうねうね動いている。

「うに！　うにいんのこの世界！」

「いるよーめっちゃいる。そのへんで拾ってきた。ほら、今年は寒いからさ、ほんとはもう遅いんだけど、今ちょうど旬《しゅん》になってるみたい」

パトリト君はうにを裏返し、ナイフでまっぷたつに割った。黒紫色のでろでろしたものがどろーっと流れ出た。

「はずれ」

まっぷたつにされたうにを、パトリト君は海めがけてぶん投げた。

「えっかわいそすぎる」

「外れちゃったから。あ、これも駄目だわ。見た目じゃ分かんないよなー」

パトリト君は次々にうにを割り、次々に捨てた。地面がかなりでろでろになった。

「人権ない低レア引いたときだこれ」

うにとソシャゲ近い説出てきた。

「お！　来た来た！　ほら見てちがちゃん！　ぱんっぱん！」

うにの内側には、黄色くてぷっくりした、どういう器官か知らないけど、お寿司の軍艦巻きにのってるところがぎっしりだった。

「わー！　うに！」

もう知ってる食べもの出てきただけでめちゃくちゃ興奮しちゃうよね。うにだように。

しかも採れたて……採れたて？　割りたて？　とにかく新鮮なやつ、あの緑がかった安くて苦いうにじゃないちゃんとしたうに。これは人権キャラだわ。

「んで、はいこれ。舌ね。付け根のまっしろいとこ」

「え、うそでしょパトリト君」

「ここにうにをのせまーす」

「やば！」

海老茶色《えびちゃいろ》の牛タンに、きらきらまぶしいうに。え、なんだろう想像したことない、どうなるんだろうこの組み合わせ。

「キュネーも！　ほらこれ、付け根だから、一番良いとこ。ちがちゃんと食べて」

「ありがとね、パトリト」

パトリト君にずいっとお皿を突き出され、キュネーは素直に受け取った。キュネーは、あたしとセットだと遠慮しない。キュネーが遠慮すると、あたしがその百倍ちぢこまるからだ。

「どう食べるの？」

「肉でうにを巻いて一口で」

パトリト君に言われた通り、あたしたちは牛タンでうにを巻き、せーの、で口に入れた。

「あっわっあははははは！」

噛《か》んだ瞬間、あたしたちはめちゃくちゃ笑った。

タンがざくっと切れて、うにがとろっとつぶれた。

しょっぱい脂が舌にでろっと広がって、焼けた肉とこしょうのにおいがして、ほんのり苦くて、ひんやりしたうにのねっとりした甘じょっぱさがくる。

「うっあああ！　やっぱい！　一番だこれ！」

あたしは瞬時に認めた。パトリト君の言った通りだ。うに牛タン、一番いいやつだった。

「でしょー？」

「やば……」

最初の衝撃が通り抜けたあと、キュネーは口を覆って絶句した。

「ううん！　これはたしかに、酪農家の特権ですね。ブレゼにしたものをいただいたことはありますが、あれは悪食のたぐいでしたから」

カンディードがかなり知的な感想を言った。

「リーリちゃんのとこっしょ、それ。舌まるごとでーん！　て出てくる悪趣味なやつ」

「ええ、そうですね。スミラキナ家の夜会です。磨いた頭骨を器にして」

「そうそうそう。あれはねー、ちょっとね。なんかこう牛への尊敬が足りなく見えちゃうよねああいうの」

　あたしは牛タンにうにをのせ、巻き、食べるだけの存在と化した。滴《したた》り落ちた脂で手首までべったべただった。何枚食べてもおいしい。付け根のところはたしかに脂たっぷりでおいしかったけど、赤いところは鳥ハツみたいにくっきり血の味。蒸《む》れたような臭いがあるっちゃあるんだけど、そこにうにがのるとおいしい。おいしいしか言ってないな、いやもうおいしいんだよこれ、もっとはやく知りたかったし紺屋さんに作ってもらおうこれ絶対。榛美さんふにゃふにゃになりすぎて死ぬまで立てなくなるんじゃないかな。

「やば、やばい、これはやばい、どうしようやばいもう、あるだけ食べちゃうこれやばい」

「食べな食べなー」

「おふたりの食べっぷりを聞かせたら、本土の知人も救われるでしょうね」

「やめて！」

　あたしとキュネーは息ぴったりで叫んだ。くちびるも指も、それどころか肘までぎとぎとになってる。みっともなさすぎる。

「舌先も一番いいやつやるから待っててな！」

　パトリト君はひとかたまりのにんにくを掌底《しょうてい》でぐしゃっとつぶし、皮をぺりぺりむいて、焼き石に転がした。タンから出た油で、にんにくが揚げ焼きになっていく。ミルク色の表面がきつね色になって、ぽこっとあぶくが立ってそれがはじけて、いいにおいの煙がもくもくする。

舌先は、包丁で粗《あら》く叩《たた》いて塩とこしょうをすりこみ、焼き石に落とす。ぢいいいいって、耳に気持ちいい音。

あんまりいじらず、火が通ったらひっくり返して両面焼いたら、なんか刻んだタンとにんにくを焼いたののできあがり。なんだろうこの料理、まだ名付けられてないものができあがっちゃった。

「これ一番いいから」

あたしはもうパトリト君に全面降伏していたので、一番いいのか！　と思ってほおばり、一番よかった。

「一番いい……」

奥歯でぎゅむぎゅむ噛《か》みしめたくなる、ごりんごりんの食感。強めにきかせたこしょうが辛くて、にんにくが香って、血の臭いと味。

「分かったこれ。醤油《しょうゆ》だ」

あたしは蔵まで走って紺屋さんに分けてもらった醤油を手にして戻り、びしゃーっとかけてほおばった。

「はい花丸」

醤油が強すぎる。甘い香りとしょっぱさと苦さがこの雑な肉によすぎる。

けっきょくあたしとキュネーだけで、タンを一本平らげてしまった。パトリット君とカンディードはがっつくあたしたちをにこにこしながら眺めてた。それお母さんがやるやつじゃんって思ったけど、食べて眠かったからしゃべんなくていいやって気持ちだった。

「やー食べたね。ありがとね」

パトリット君がお礼を言った。あたしも最近は、ちょっと分かるよ。なんかして喜んでもらったとき、こっちがありがとうって言いたくなるの。

「しんどくても、おいしいとほがらかだしね」

パトリット君がすごい素朴なことを言ってにっこりした。

「そうだね。ほがらかだ」

キュネーはちょっと笑って同意した。

「大変だろうけどさ、ふたりとも。なんかあったら俺も顔出したりすっから。役に立つかは知らないけど」

「ありがとね、パトリット。せんせいも」

カンディードは控えめに首を振った。

「パトリット君に相乗りしてきただけですよ。できればこのまま、仕事をさせていただきたいのですが……キュネー、かまいませんか？」

「教師の？　だったら今は難しいかな」

「いえ、『公証人』です」

その単語はぼんやり聞いたことはあるけど、何をするか知らない仕事だった。キュネーは眉をひそめた。

「どうしてせんせいが？」

「知識のある者が多く逃げ出してしまいましてね。それに、大評議会は実権を十頭会に差し出しました。まあつまり、人手不足の折、ひまな年寄りが余っていたというだけのことですよ」

「うん、分かった。助かるよ。案内するね」

「え、なに？　あたしも行く」

「ちがちゃんは……」

キュネーはなにか言いかけて、あたしはすばやくキュネーを睨《にら》んだ。

「ごめん、ちがちゃん。いっしょに来てくれる？」

「当たり前でしょ」

そばにいちゃだめなんて、二度とキュネーには言わせない。

キュネーはカンディードを、病棟に案内した。病棟っていうのは、そこそこでっかい集合住宅をあたしたちが勝手に呼んでるだけだ。移民島のひとたちは、特殊施療院とかいう病院に入れないから。

そこでは、残桜症《ざんおうしょう》の患者が死を待っている。

カンディードが患者の遺言を聞いているあいだ、あたしたちは部屋の外、扉の横で待っていた。廊下には、病室から漏れ出すいろんな臭いが漂っている。膿《うみ》の臭い、血の臭い、死の臭い、消毒用アルコールの臭い。空気は粘っこく淀んでいて、呼吸するたび、あたしは目に見えないウイルスが体に入ってくるような気がする。

「公証人って、遺言を聞く人だったんだね」

あたしはキュネーにささやきかけた。

「ウチらには遺すものなんてないけどね」

キュネーは自虐的に笑った。

「あるんじゃゃん？　多分。網とか畑とか、最後に伝えたいこととか」

パトリト君はなだめるようないさめるような、そんな口調でキュネーに答えた。キュネーはちょっと迷って、うなずいた。

それからあたしたちは黙って待った。部屋の中からすすり泣きの声がした。カンディードはおだやかに声をかけていたけど、なんて言っているのかまでは分からなかった。

やがて扉が開き、ぬるくて臭い風といっしょにカンディードが出てきた。手には一枚の紙があった。紙いっぱいに、文字がびっちり書いてあった。これから死ぬ人の言葉なんだってあたしは思った。

「終わりました」

カンディードは紙ばさみに遺言状と油性ペンをはさんだ。

「次だね」

キュネーは短く言って、あたしたちの先を歩いた。

ひとりひとりに、カンディードはものすごく時間をかけた。扉の向こうからは泣き声がした。怒鳴り声もした。長い沈黙もあったし、へんに明るい声もあった。

おばあちゃんの遺言も、あったんだろう。あたしはそのことを知らないけど、お父さんとお母さんが話していたことを覚えている。山なんてもらってもしょうがないみたいなことをお父さんが言っていた。みんなでたけのこでも掘りに行こうとお母さんが言っていた。でもあたしたちは山に一度も行かなかった。

どんな思いであたしたちに山を遺したんだろう。治るはずもない治療のため、家まで売ったのに。どうやっても知ることはできない。そのことを、はじめて哀《かな》しく思った。

夕方近くになって、カンディードは病棟を回り終えた。紙ばさみの遺言状はずいぶん厚くなっていた。一枚一枚がひとつひとつの死だった。

「おつかれ、せんせい。ありがとね」

「いえ、仕事ですから。ああ、潮風が心地よいですね」

「あの……せんせい、なにか食べてく？」

キュネーがおずおずと切り出した。カンディードはびっくりしたような顔をした。おまえそういうとこだぞ。即答しろ。夢を見せてやれ。

「ありがとうございます。でも、パケットとキャンディが待っていますから。この聞き書きから、公正証書を作らないといけませんし」

「ああ、うん、そっか。そうだね」

キュネーはショックを受けたような、でもなんだかほっとしたような顔。カンディードには奥さんも娘さんもいる。もしかしたらキュネーの気持ちを察していて、あっこれお誘いじゃん、と思って家族の名前を出したのかもしれない。

キュネーがカンディードを好きなこと、完全に解釈違いではあるんだけど、最近はなんかちょっと分からないでもなくなってきた。たぶんカンディードは、ただひとり、キュネーに絶対に手を出さない男の人なんだろう。

じゃあキュネーはカンディードとどうなりたいの？　って疑問は相当ばかでかいけど、とにかく、だからキュネーはカンディードのことを好きだ。好き？　憧れ？　尊敬？　よく分からないけどそういういろんな感じが混ざってるのかも。いいよね……。

「キュネー、白茅君、時間はありますか？　公証人について、すこし授業をしましょう」

カンディードはキュネーに微笑《ほほえ》みかけた。

「できたら私の遺言状は、あなたに書いていただきたいですからね」

「本島っぽい冗談だ」

キュネーとカンディードは笑った。

これ察してんな？　察した上でせんせいとして振る舞おうとしてんな？　キュネーポイント千点です。

「こんな世界になってから、私はよく、死者の権利について考えるようになりました」

カンディードはそんなふうに切り出した。

「もちろん、死者に法的権利はありません。なにしろ死んでいて、なんの主張もできませんからね。もしもそんなものがあるとしたら、遺言状だけでしょう。遺言状は、被相続人が亡くなってから効力を発揮する書類です」

山は死ぬまでおばあちゃんのものだった。死んでから、あたしたち家族のものになった。

「コルピ島がどうなっているか、キュネーはきっとご存じでしょうね」

キュネーはうなずいた。

「もちろん、やむを得ない処置でしょう。ですが、我らへカトンケイル人の奇妙な風習は、死者がそのように扱われないためのものだったはずです」

「あー、弔慰金《ちょういきん》ね」

パトリト君が言った。

「そういうのあんの、本島。家の前に棺《ひつぎ》を置いとくと、みんなそこに集まってお金を置いてくんだよね」

すごい葬式だ。

「でそこでこう、こいつ死ぬ前はさー、みたいな話になんじゃん。今は禁止になっちゃったけど」

ああ、お通夜かな？　いろんな人たちがわらわら集まって寿司食べたりお酒飲んだり。そんで、いいだけ故人について話す。軒先でやるか家の中でやるか、火葬されるか土葬されるかの違いだけ。

「弔鐘《ちょうしょう》もですね。いま死者を悼《いた》むのは、死体運びのゴンドラが鳴らすささやかな鈴の音だけです」

今は残桜症《ざんおうしょう》のせいで、お通夜も葬式もない。死体から感染するかもしれないから。死んだら、集団墓地のコルピ島まで一直線に運ばれていく。

「法とは関係なく、それらもまた、死者の権利だったように思えるのです。われわれ生き残る者に、敬意を払われる権利ですね。その敬意の集まりこそが、歴史や社会や倫理を作ってきたのではないでしょうか」

あたしはカンディードの言葉を考えようとして、かなり難しかったのですぐ諦めた。もっとたくさん勉強しとけばよかったって、こっちに来てからあたしはいつも後悔している。

「そだね。牛の頭の骨に、舌まるごと蒸《む》し煮にしたの乗っけて遊んだり、ああいうの尊敬が足りないもんね」

「スミラキナ家自慢のブレゼですね。みな気味悪がって、近づこうともしませんでしたが」

「ちゃんと料理すればうまいのに、舌」

パトリト君の言ったことは、すごく分かりやすかった。死んだ牛に敬意を払わなければ、だれも食べないようなふざけた料理だって作れてしまう。おいしくしようって気持ちは、材料への尊敬だ。

「増え続ける死者を、これまで通り埋葬しろとは、もちろん言えません。土地も時間も有限ですから」

「だからせんせいは、公証人をはじめたんだね」

カンディードは照れ笑いを浮かべた。

「人文学者というのは、とても面倒な種族なんですよ。これあげた理論を基にしか行動できないのですから。私ひとりにできることと言えば、貧しくて軽んじられた死者の権利を、なるべく守ることだけです。死者の代弁者として」

「うん、そっか……そっか」

キュネーはカンディードの言葉をからだに染み渡らせるみたいに、ゆっくり、何度かまばたきした。

海をきらきらさせていた残照が消えて冷たい風がびゅっと吹き付けた。それを合図に、カンディードは両手をぱんと叩《たた》いた。

「本日の授業はこれまでです。今日もすばらしい授業態度でしたよ、みなさん」

パトリト君とカンディードが本島に帰って、やることが山積みだった。あたしたちはふたりで教室にこもって、なんかToDo的なあれを作りはじめた。

「まずはウチが管区長だって、みんなに認めさせないとだね」

「あたし、みんなに話してみる」

「よろしくね、ちがちゃん。それから調査員……なにするんだろ、これ」

キュネーはピスフィのお父さんにもらった書類をめくった。

「残桜症《ざんおうしょう》患者の数を調べる仕事だね。予算がこれぐらいだと、わあすごい、移民島の全員雇ってもまだ余っちゃうよこれ」

「もともとめっちゃ低賃金で働いてるしね、みんな」

「管区になるってこういうことなんだね。これなら納税もできるな。ああそう、ナバリオーネの言ってた『移民島モデル』。これも文書化しないと。ちがちゃん、頼める?」

「がんばる」

あたしのつくった文書をキュネーがピスフィのお父さんのところに持っていってそれが政策になるとか、なんかもう怖くて吐き気がする。でも、やる。だれか死んだときに、あたしは、責任を感じたい。

「管区長か」

キュネーはため息をついた。

「しんどい?」

「しんどいよ。でも、辛《つら》くはない。やっとがんばれるようになったんだから」

勉強したいって、望んだ仕事をしたいって、いつかどこかでキュネーは泣いた。だからあたしは大暴れして、本島をまっぷたつに引き裂きかけた。今はもう、ちがう。別のやり方を、あたしたちは手にしている。

「こつこつだね」

あたしは言った。キュネーは笑った。

「こつこつやるの」

笑って、静かに泣いた。

どういう涙なのか、あたしにはなんとなくしか分からない。

もっとはやくこうなっていれば、イストリアもスピカラもきっと死なずに済んだ。泥を積んだ出丸《でまる》も枯れ木の逆茂木《さかもぎ》も棍棒《こんぼう》も必要なかった。死体を吊《つる》さなくてもよかった、吊された死体に石を投げなくてもよかった。もっともっと遡《さかのぼ》れば、キュネーのお父さんは死ななくてよかった、お母さんだっていなくならなくてよかった。

だから悔しかったのかもしれない、ほっとしたのかもしれない、その両方なのかもしれない。なんにせよキュネーは泣いていた。

あたしは椅子ごとキュネーにぴったりくっついた。キュネーはあたしの肩におでこを乗せた。ブレザーとブラウスを越えてキュネーの涙はあたしの肌に触れた。

「いるから。ここに。そばにいるから」

あたしはわけの分かんないことを言った。でもその言葉を届けたかった。考えるより先にあたしの口は開いていた。

「ありがと」

キュネーはありがとって言ってくれた。だからきっとあたしたちには、これだけでよかった。

◇

気だるい体を引きずって、ピスディオは歩いた。途中で市民に幾度も声をかけられ、その度に立ち止まり、やくたいもない愚痴だの陰謀論だのを聞かされた。ピスディオはそのひとつひとつに耳を傾け、返事をした。そうこうしている間にも、彼の時間はすり減っていった。

家にたどり着くころ、ピスディオは凍えるような寒さを感じていた。発熱は桜斑《おうはん》とともに、あるいはやや遅れて現れる最初期の症状だ。全身を煮立たせ、譫妄《せんもう》を招く。数十年かけて組み上げた理性を、病熱はわずか数日で不可逆に砕き散らすだろう。

屋敷に残った数少ない使用人が彼の帰宅に気付き、扉を開けた。老使用人はピスディオの様子を見るなり、彼の肉体に何が起きているのかを悟った。

「中つ海を股にかける鉄人も、さすがにお疲れですか」

老使用人は、たちまちこみあげた涙をまばたきで押し込め、冗談を言った。

「肩をお貸ししましょう、ピスディオ様」

「あなたの足腰よりは、ぼくのからだの方がまだ信用できますよ、トニオ」

ピスディオは本島流の皮肉で使用人を気づかった。

「ぴーちゃんを、アトリウムに呼んで来てくれますか。それと……ふたりきりにしてください」

使用人は、ただ命令に従った。それまでの歳月、ずっとそうしてきたように。

用意された寝椅子に横たわり、ピスディオは水を何度も飲んだ。喉を通り過ぎる前に体

温で蒸発したようで、渇きの収まる気配はなかった。

　こんなにもあっという間に、こんなにも脈絡なく、すべては終わるのだ。ピスディオは他人事《ひとごと》のように驚きを感じた。

「君を国政の壟断者《ろうだんしゃ》にしてしまいますね、ナバリオーネ」

　ひとりで冗談を言って、ひとりで笑った。

　しばらくして、ピスフィがアトリウムに下りてきた。万事整えてくれるミリシアがいないせいか、青い長髪はぼさぼさだった。

「ただいま、ぴーちゃん」

「お父さま」

　声の響きで、娘が察しているのだと、ピスディオには分かった。

「座ってください。すこしお話をしましょう」

　ピスフィは向かいの寝椅子に腰掛けた。瞳はうるんでいた。娘にそんな顔をさせてしまう自分を、ピスディオは情けなく思った。

「ぼくは近いうちに、五割の確率で死にます。残桜症《ざんおうしょう》に感染してしまいましたから」

　持って回らない切り出し方だった。座ったピスフィの、ももの上に置かれた手が、ぎゅっと握り込まれた。手の甲に腱《けん》が盛り上がって、まっしろだった。小さな手だった。

「三割の確率で、重い後遺症が残ります。二割の確率で、もとに戻ります。最後の可能性にかけてお別れを後回しにするのは、ちょっと分の悪い考え方ですね」

ピスフィはうなずいた。まなじりの涙をぬぐい、鼻をすすった。

「実務的な話を、先にしましょう。遺言状はこうなる前に作成済みですし、会社は精算しました。死後、権利関係で揉《も》めることはありません」

「はい」

ピスフィの、しぼり出すような声だった。ピスディオは湧き上がってきた感傷を、とりわけ、娘を抱きしめて背中を撫《な》でて安心させてやりたい気持ちを、深い呼吸で散らした。触れることも、もう許されないのだ。ピスディオには、それがなによりも辛《つら》かった。

「次に、ぴーちゃんの事業について、ひとつ助言をしましょう。ナバリオーネ君と話した際、特許の取得を勧められたそうですね」

「踏鞴家給地の黒豆について、ナバリオーネはそう言っておった。種苗《しゅびょう》の特許を取り、みどもらで育てればよいと。ばかげた考えじゃ」

「いえ、特許は取るべきでしょう」

ピスフィは目を丸くして、けっこうしっかりのけぞった。ピスディオは笑った。

「お父さまが収奪を推奨しておるとは知らなかった」

「そんなつもりでないことは、ぴーちゃんも分かっていますね。ぼくが言いたいのは、ぴーちゃんの取るべき責任についてです」

「たしかに、植民地からむしり取れるだけむしり取るのは宗主国《そうしゅこく》の責任じゃろうな」

「いい皮肉ですね。洗練されたヘカトンケイル商人に必須の技術を、ぴーちゃんはついに身につけました」

　ピスフィは泣きべそをかきながら、照れ笑いを浮かべた。

「ぼくたちに必要なのはね、ぴーちゃん。力を持ちながら、それを決して支配のためにふるわないという誓いです」

「それがどうして、特許の話につながるのじゃ」

「ぼくたちはいくつもの誘惑にさらされます。資金繰りが悪化したとき、周囲の人間がのきなみ非効率なまぬけに見えたとき。自分の持つ力で今をねじ曲げれば、たやすく解決できると思わせるような誘惑です」

「それは……みどもにも、分かる気がする」

「ええ、そうでしょうね」

　吐く息に、熱がこもっているのをピスディオは感じた。脳を煮たたせる熱だった。

「その力を、ぴーちゃんは、健やかに使わなければなりません。よく聞き、よく話し、守るために発揮するのです」

　ピスフィはぼさぼさの髪を撫《な》でつけながら、自分だけの言葉を探していた。こんなふうに、アトリウムでよく話した。家庭教師のミリシアが帰ったあと、ふたりで食事を摂《と》りながら。ピスディオには、あらゆることが懐かしく、愛《いと》おしく思えた。

「人は弱く、群れて慰め合うものです。愚かさはそこから生じます。ぼくたちはそのことをよくよく自覚し、常に戒《いまし》めなければなりません」

「黒豆についての特許を取り、みどもは、踏鞴家給地を守る。しかし、特許を振りかざし、みなを苦しめてはいけない。そういうことじゃな」

「すばらしい。完璧な回答です、ぴーちゃん。それが、取るべき責任です」

「難しいの」

「支配は協調よりもずっと容易《たやす》いものです。だからぼくたちは、ぼくたちを常に試練にさらさなければなりません。これが、ぴーちゃんの事業に対する助言です」

ピスフィはおとがいを上げ、天窓を見た。ピスディオも、そうした。月明かりに取って代わられる直前の残照が、水盤めがけて橙色《だいだいいろ》のかすかな光を投げかけていた。

「愛していますよ。ぴーちゃん、ぼくのかわいい勿忘草《わすれなぐさ》」

ピスディオは立ち上がった。語るべきは語り終えた。謝罪も慟哭《どうこく》も、ピスフィの心を深く傷つけるだけだ。ピスディオはただ、消えてしまいたかった。だれの記憶にも残らず、だから、苦しませず。

「いやじゃ」

ピスフィの、涙にぬれた声。ピスディオはピスフィを見た。口にした本人が、もっとも驚いていた。

「ぴーちゃん」

突き放すように、ピスディオはピスフィの名を呼んだ。

「いやじゃ、お父さま、行かないで」

ピスフィはピスディオを見上げた。

娘にくだらない選択肢を与えて迷わせるようなことだけはすまいと、ピスディオは思った。今にも駆け寄ろうとするピスフィを、ピスディオは拒絶しなければならなかった。

「今までありがとう、ぴーちゃん。君は、ぼくの誇りです」

ピスディオは娘に背を向け、歩き出した。扉がゆっくりと開いた。

「行ってらっしゃいませ、ピスディオ様」

老使用人は、いつもどおり頭を下げ、ピスディオを見送った。

「行ってきます、トニオ」

主人もいつもどおり、使用人に微笑《ほほえ》みを投げかけて歩き出した。

ピスディオが屋敷に戻ることは二度となかった。

いくらか経《た》って、彼は特殊施療院で生涯を終えた。遺体はコルピ島に埋葬された。お屋敷には一通の弔文《ちょうぶん》が、その死からずいぶん遅れて届いた。

◇

踏鞴家給地から持ってきた最後のもち米を、僕はきれいな水でゆっくり研《と》いだ。たっぷり吸水させてまっしろになったお米を、つきっきりで炊《た》いた。

お鍋からしゅんしゅんと湯気が噴《ふ》き出した。甘くてどこかほろ苦い香りだった。踏鞴家給地の、榛美さん家《ち》のにおいだった。

炊き上がったお米に水を加えて温度を下げ、米麹《こめこうじ》を投じた。これもまた、給地から持ってきた最後の麹だ。長持ちするよう、からっからに干しておいたのを、お湯で戻した。

麹が入ると、炊けてふくれたお米はさらっと崩れた。長旅と乾燥によく耐えたコウジカビが、お米のでんぷんを糖化しはじめたのだ。

お米と麹の混ざったものを土鍋にあけ、とろ火でゆっくりゆっくりあたためる。あまずっぱいにおい。春の宮を僕は思い出す。途方もない手違いか間の悪い偶然で、僕が最初に迷いこんだ場所。榛美さんと出会った場所。

お湯に小指をひたし、がまんならないぐらいになったら、お鍋を火から外し、タオルでくるむ。百貨迷宮《ひゃっかめいきゅう》から得られた、いかにもしっかり保温してくれそうなふかふかのやつだ。思えばピスフィと出会ってからこっち、タオルにはやたら世話になった。湖葉《このは》さんの出産に立ち会ったときだとか、衞川さんがパーティも自分もめちゃくちゃにしてしまったときだとか。

タオルでくるんだ土鍋とともに、僕は厨房《ちゅうぼう》で時間を過ごした。朝が昼になった。輻射熱《ふくしゃねつ》を垂れ流していた鋳鉄《ちゅうてつ》のレンジが、かんかん鳴きながら冷めていった。

昼が夕方になった。厨房《ちゅうぼう》の温度はみるみる下がっていった。

そろそろ、頃合いだった。僕はタオルを外し、土鍋のふたを開けた。ふわりと、甘いにおいがした。米と米麹《こめこうじ》と水だけの料理は、味見するとほっこり甘く、きゅんきゅん酸《す》っぱかった。

僕は鋳鉄のレンジに再び火を入れるため、けっこう真剣に努力した。火を保っておけばよかったんだけど、そこまで考えが回らなかったのだ。まあいい。もとから効率的にやるつもりはなかった。

とにかくどうにかこうにか火を起こした僕は、お鍋を温めた。沸騰しないぐらいに熱して発酵を止めたら、甘酒《あまざけ》のできあがり。

お椀に注《つ》いで木さじを添えて、僕は榛美さんの部屋に向かった。扉を開けると、部屋はなまぬるく、まっくらだった。最近では、窓に鎧戸《よろいど》を下ろしている。陽の光がまぶしくて頭が痛くなると榛美さんは言った。

「康太さん?」

くらやみの中から、榛美さんの声がした。

「知ってるにおいです」

今日はなんだか、声に張りがある。

「ちょっと待っててくださいね。開けますから」

「ああ、いいよいいよ。だいぶ暗順応してきたから」

「んしょ」

榛美さんは鎧戸をがらがらっと開け、

「ふへえ」

と言った。

「夜でした」

僕たちは笑った。

「今日は甘酒をつくったよ。食べられそう？」

「なんでも食べちゃいますよ。だって康太さんのおいしいやつですからね」

僕はお盆を手に近づいた。汗と、洗っていない髪のにおいがした。

「あ！　開けます！　窓を開けますよ！　待ってください！」

榛美さんはベッドの上でちょっとじたばたしたし、窓を押し開け、つっかい棒をした。涼やかな風が、よどんだ空気を部屋の外に追い出していった。

「ふいー、なんかがなんとかなりました」

「そうだねえ、空気の入れ替えもしなくちゃね」

サイドテーブルのお椀を、榛美さんは手に取った。顔に近づけてにおいを嗅いで、木さじですくってついばんで、にっこりした。すぐ見抜いちゃいましたよ」

「やっぱりおいしいやつでした。すぐ見抜くからなあ」

「榛美さんはすぐ見抜くからなあ」

　一口が二口に、二口が三口に。榛美さんは、お椀の甘酒《あまざけ》をぺろりと平らげた。

「はー、すぐなくなっちゃいました」

「おかわりもあるよ。欲しくなったら言ってね」

「ください」

　即答だった。僕はお盆を手に厨房《ちゅうぼう》に戻り、今度はふたつのお椀を運んだ。

「あ、いっしょに食べますか？」

「うん、いいかな」

「んふふ、ひさしぶりにですね」

　榛美さんはベッドの上で、僕は部屋の隅っこで。用意した甘酒はきれいさっぱりなくなった。八割は榛美さんのおなかの中に消えた。

「甘酒はいいからね。飲む点滴って言われているんだよ」

「なんかすごいんですね」

「うん、栄養がすごいんだ。夏場なんか、疲れたときは冷やしたのがいいよね。レモンでもしぼって」

「今度やってみるよ。うるち米も手に入ったし、このへんにも麹菌《こうじきん》ぐらいいるだろうし」

「おいしそうです」

「わあぁ……」

風が雲を払って、まぶしい月明かりが部屋に差し込んだ。桜斑《おうはん》が、榛美さんの鎖骨《さこつ》のあたりまで勢力を広げているのを、僕は見た。

調子の良い日と悪い日を、榛美さんは交互に繰り返した。こんな風に食べて喋《しゃべ》れる日はどんどん減っていた。残桜症《ざんおうしょう》はいつまでも宿主《しゅくしゅ》の中に留《とど》まった。この個体を殺すべきか殺さざるべきか、ぐずぐずと考え込んでいるように。

「はー……」

榛美さんは満足したように横たわり、両目を腕で覆った。

「まぶしい？」

「だいじょうぶです。あとで閉めます」

制されて、僕は浮かした腰を下ろした。

「みんなどうしてるかなあ。なんだか思い出しちゃいました」

榛美さんはくちびるを笑みのかたちに持ち上げた。追慕の笑いだった。

「きっと元気にやってるよ」

「ユウと鷹根《たかね》ちゃん、けんかしてるでしょうね」

「鉄じいさんは呆《あき》れてるかも」

「それで樫葉《かしば》ちゃんがびっくりするんですよ。鷹根ちゃんがユウのことを嫌いになっちゃったって」

「樫葉にはまだちょっと、ふたりのことがよく分からないかもね」

「けんかするようになったら分かります。わたしとユウもけんかばっかりでした」

僕たちは思い出についていくらか話した。どれもあまり長い話にはならなかった。榛美さんの熱っぽいため息で会話はたびたび中断した。

僕たちに遺された時間のことを僕は考えようとする。からだじゅうが痺《しび》れたようになって、僕の頭は思考を止める。これはなにかのまちがいだ、と、いまなお僕は心のどこかで思っている。致死の感染症なんかじゃない。アレルギーかなにかで湿疹《しっしん》ができているだけだと、食習慣の改善とかその程度のことですぐ治るんだと。

「あのね、康太さん」

「うん」

「わたしが死んだら、連れて帰ってくれますか?」

僕は言葉を失った。

「灰になるんです。きれいな灰に」

ひとつの風景を、僕は思い出す。稲嘗祭《いななめさい》のあと。その年に出た死者の灰を、ため池から棚田に向かって、月旬《げっく》さんと樫葉が撒《ま》いていた。灰は稲刈りが終わったあとの田に落ちて、秋まきの黒豆を育《はぐく》む。踏鞴家給地はそんな風に死者を遇していた。

「約束するよ」

僕は言った。言えていなかったかもしれないな。とにかく返事だけはした。

「でも、むりだったらいいですよ」

「約束する」

「ありがとうございます」

僕は黙って座っていた。榛美さんが身を起こし、窓を閉め、鎧戸《よろいど》を下ろした。どこか緊張したような吐息が、だんだん穏やかに、規則正しくなっていった。

僕は米粒ひとつ残っていないきれいなお椀を手に、厨房《ちゅうぼう》に戻った。洗いものをしながら、灰になることについて考えた。死ぬことについて。死んだあとのことについて。

◇

コルピ島は潟《ラグーナ》の南側、そそり立つ岬を見上げる位置にぽつんと浮いていた。行政はこのなんでもない小島をなんとか利用できないかと、中つ国諸国の渡神教《としんきょう》における伝説をでっち上げた。さる聖人がこの地で殉教《じゅんきょう》を遂げたとかなんとか、そのたぐいのものだ。

島を堤防で囲い、船着き場をつくり、聖遺物を運び込んだところに残桜症《ざんおうしょう》がやってきて、開発は中断された。十頭会を率いるピスディオ・ピーダーの号令一下、コルピ島は共同墓地として再開発された。

月明かりのまぶしい夜、自ら舟を漕《こ》いでコルピ島にやって来たナバリオーネは、錬鉄の門を見上げてこの島の経緯を思った。宗教的な意匠《いしょう》がふんだんに用いられている。皮肉なことだ。神なきヘカトンケイル人の行き着く先が、聖遺物に見守られた墓地なのだから。

「ラパイヨネ閣下！　お待ちしておりました！」

汚い身なりの小男が、門の向こうから、転がるように走ってきた。

「急なことで申し訳ありませんな。お出迎え、感謝します」

その男はコルピ島共同墓地の墓守だ。それ以上のことをナバリオーネは知らないし、知るつもりもない。ナバリオーネはただ、コルピ島の視察に来ただけだ。

「いや実に、実に光栄です、閣下！　そのう、つまり……おれなんか、実にちっぽけな存在ですから！」

墓守はぺなぺなの帽子を脱いで、両手でぐしゃぐしゃ揉《も》みはじめた。

「おれの家は代々、墓守をやってまして。死んでいく人はみいんな、おれたちを通り過ぎていくもんで。いやなに、そんなのはたいしたことじゃありませんから！　閣下のようなえらい人にお会いしたのは、はじめてのことですよ！」

「とんでもない。このヘカトンケイルにおいて今、あなたほど偉大な人物はおりませんぞ」

ナバリオーネは苛立《いらだ》ちを抑え、そう言った。墓守は雷にでも打たれたようにびいんと硬直し、ぶるぶる震え、涙まで流しはじめた。

「それは……それは、もう、閣下のようなえらい方に、そう言っていただけて……はじめてのことです、はじめてのことなんですよ！　いやなに、死人のそばに毎日おったら、おれなんてもう死んでるようなものですから！」

「ええ、ええ、そうでしょうとも。ところで——」

「ですから、閣下！　おれなんて死んでるようなものなのに、閣下は褒めてくださる！　それがねえ、おれは心からうれしいんです！」

ナバリオーネはそうそうに諦め、喋《しゃべ》りたいように喋らせた。墓守はおよそ十五分ほど、父がどうしていたのか、祖父がどうしていたのかについて語った。墓守の家系がいかに誇り高い歴史をヘカトンケイルに刻んできたのか、未曾有《みぞう》の国難に当たって共同墓地の管理人に命じられたことがいかに光栄であるのか、長々と話してみせた。墓守は喋りながらどんどん感極まっていき、最後に、

「そうはいっても、閣下に比べればおれなんて、死んでいるようなものなんですよ！」

絶叫した。

「すばらしいお話をお聞かせいただきました」

ナバリオーネは余計なことを言わなかった。なにがきっかけで長話がまた始まるか分か

らなかったからだ。

気をよくした墓守に案内され、ナバリオーネは門をくぐった。

広がっているのは、だだっぴろい荒れ地だった。草木の一本もなく、硬そうな土が月に照らされていた。なにより、ひどい臭いだった。腐敗しつつある死者が放つ、ひとたび嗅げば二度と忘れられない臭いだった。

「そっちの畝《うね》は、閣下、どうか踏まねえようにお願いします」

「畝？」

よくよく見ると、硬い土の合間に、ふかふかして柔らかそうな盛り上がりがあった。おそらくこの下に死人が埋まっているのだ。

ナバリオーネは笑いたくなる気持ちを抑えた。言い得て妙だ。ここは命の行き着く先であって、育まれる場所ではない。だというのに、ここが畑に見えてくるのだった。

「こっちが、新しい墓です」

墓守はランタンで地面を照らした。飾り気のない、単なる穴だった。飛び込めば、ナバリオーネの胸ほどの深さだろう。

「やけに浅く思えますな」

「これより深くはね、どうしたって水が入っちまうもんで。いやなに、死んじまえば土だろうと水だろうと関係ねえんでしょうがね！　それに、自分で自分を葬っちまうようなあほうも、この浅さなら引っ張り上げられるもんで」

「自分を葬る？」

墓守は一度うなずき、なにか考え直し、またうなずいた。自分の話に箔《はく》を付けようとでもするような、重々しいうなずきかただった。

「いやなに、あの忌々《いまいま》しい病気にかかっちまったまだ元気なもんが、毛布なんかに包《くる》まってね、そのまま飛び込んじまうんですよ！　こんなことはじいちゃんの頃にも父ちゃんの頃にもなかった！　とんでもねえあほうがいたもんです！」

「柵《さく》で囲うよう、手配いたしましょう」

「ああ、いえ、いえ！、閣下！　おれがなにか望んでるなんて、とんでもねえ勘違いですよ！　おれはただありのままを伝えただけで、墓守をさせてもらえてるってだけでじゅうぶん光栄なんですから！」

墓守は気の毒なぐらい恐縮し、体を振り子のように揺らした。手の中で揉《も》まれつづけた帽子は、もうそろそろフェルトの端切れに戻りつつあった。

「鈴が聞こえてきました！　閣下、さあ、来ましたよ！　死人です！」

墓守が叫んだ。自分の仕事ぶりを政治家に見せつける機会だと、発奮しているのだ。ナバリオーネはその稚気《ちき》への苛立《いらだ》ちを笑みで隠した。

二頭だてのカピバラ車が、のろのろ歩きで門をくぐった。カピバラが引っぱっているのは粗末な荷車だった。リネンでぐるぐる巻きにされた荷物が、いくつも積まれていた。

「ほら、こっちだ！　畜生が、とっとと来やがれ！　ぐず！　のろま！」

墓守にありったけの罵声を投げかけられながら、カピバラはまったく聞いていないようなそぶりでのそのそやって来た。墓守は荷車とカピバラをつなぐロープを手早く外した。

墓守は荷車をくるりと反転させ、持ち手を高く掲げた。傾いた荷台の上で、死体がずずっと滑った。

「なっ⁉」

ナバリオーネは叫び、思わず手を伸ばした。最初の死体が穴めがけて落下し、ごろりと転がった。その上に、次の死体が落ちてきた。荷車の亡骸《なきがら》はすべて数秒で穴の中に収まった。

なんでもないことのように、墓守はカピバラと荷車を繋《つな》ぎなおした。

「さあ畜生！　帰っちまえ、この性悪！　おれをあんまり怒らせると大変だぞ！」

墓守はカピバラの尻をぴしゃっと叩《たた》いた。カピバラは分厚い脂肪で墓守の殴打をたやすく受け止め、来たとき同様のろのろ歩きで戻っていった。

いま起きたことのすべてが、ナバリオーネには信じられなかった。すくなくとも、ひとつひとつの遺体を並べるぐらいはすると思っていた。

「これでは……」

ナバリオーネは適切な言葉を見つけられず、絶句した。

「いかがです、閣下！　慣れたもんでしょう！」

「ええ、実に、まったく……たいした手際です」

ナバリオーネは吐き気をこらえ、墓守に微笑《ほほえ》みかけた。墓守はそれだけで、感動にぶるりと震え上がった。

「いえ、いえ、ここからですよ、おれの仕事は！」

墓守はどこかにすっとんでいき、やわらかそうな土の積まれた台車を引っぱってきた。穴の底に無造作に転がる死体めがけて、墓守は、すりへった木のシャベルで土をかけた。小石だの草の根だの虫だののへどろだのが混ざった、ひどい土だった。

大きな石が遺体の上に落ち、遺体を包んだ布がずれた。見知った顔があった。ピスディオだった。

うすく開かれたままの目は灰色に濁っていた。唇は乾き、割れていた。痩せて突き出した頬骨の上で、桜斑《おうはん》だけが生気を帯び、鮮やかだった。

へどろ混じりの土がどさっと落ちて、ピスディオの顔を覆った。ナバリオーネは一瞬、まぬけな墓守の首を掴《つか》んでへし折り、墓穴に叩き込みたい衝動に身を灼《や》かれた。

「それで……それで、終わりですか」

すっかり覆い隠された亡骸に向かって、ナバリオーネは呼びかけた。

「ええ、台車一杯分の土で。いやなに、厚くしすぎると、あっという間に埋まっちまうもんで」

墓守の説明をナバリオーネは無視した。

「あなたは愚か者でしたよ、ピスディオ。私を理想に引っ張り込んでおいて、こんな終わり方をしたのですから」

「そのう、ラパイヨネ閣下」

土をかぶせる手を止めて、墓守が、口を開いた。

「親しい人が、おったのですか」

ナバリオーネは目を見開いた。

「はっはっは!」

それから、笑い飛ばした。

「親しい? とんでもない。単なる政敵ですよ! 私の信念をことごとく邪魔した理想主義の愚か者です! これが末路とはね! 実に清々《すがすが》しい思いですな!」

「いやなに、閣下が……」

墓守は言いよどんだ。

「閣下が、泣いてらっしゃるものですから」

ナバリオーネは頬に手を当てた。

親指で両まぶたをこすって、手を振り、水気を払った。

「今日はありがとうございました。あなたの働きは必ずや報われることでしょう！　どうぞ仕事を続けてください！」

墓守が恐縮しているすきに、ナバリオーネは共同墓地を立ち去った。彼にとって、今やすべてははっきりしていた。

第二十章　非の打ちどころのない殺人

あたしは今日、ピスフィのお父さんが死んだことを知った。秘書官のトゥーナさんが、わざわざ知らせに来てくれた。

「キュネー様、たびたび恐縮ではありますが、本島にお越しいただけますか」

トゥーナさんは事務的に言った。

「ピスフィさんは、だいじょうぶ?」

キュネーがそう言うと、トゥーナさんは一分ぐらい沈黙してしまった。

「ごめん、訊《き》かなきゃよかったね。うん、行くよ」

「ありがとうございます」

「いいよ、もう慣れちゃったし」

キュネーは、短いあいだに何度も本島に行った。管区長としての打ち合わせとか、なんかよく分からないけどそういう政治のやつ。あたしが書いた移民島モデルについての話も、キュネーは持っていった。

そういえば紺屋さんはどうしているんだろう。あれからいろいろあって、ぜんぜん会えてない。パトリト君はいちど家まで行ったんだけど、外出中だったのか会えなかったらしい。

きっとうまいことやってると思う。

あの休日ホームパーティお兄さんはあたしの七億倍ぐらい要領いいし、榛美さんもいるし。もしかしたら管区まるごと救うぐらいのことはしてるかもしれない。

そしたら移民島モデルじゃなくて紺屋モデルになってくれてあたしが楽なんだけど。

「それじゃあ、行ってくるね」

キュネーが言った。

「行ってらっしゃい」

「うん。あ……もしかしたら、長くなるかも。そのときはみんなのことお願いね」

「えー？　きついんだけど」

あたしたちは無理して笑った。

「ちがちゃんなら平気だよ。なにがあっても平気」

「なにそれ、めっちゃ断言するじゃん」

「ウチはね、ちがちゃんよりちがちゃんのこと知ってるんだよ」

「前髪はね」

キュネーはにっこりして、でもあたしの髪には触れず、トゥーナさんといっしょに舟に乗った。

急に不安になって、でもキュネーの乗った舟はどんどん港を離れていって。あたしは堤防によじのぼって舟をじっと見た。

心臓が変な音を立てて全身が冷たくなった。目を離さなければ大丈夫だって、なんの意味もないのに、あたしは本島を見続けた。

◇

大評議会に、貴族や管区長が集まっていた。元首の死に際して、十頭会が彼らを緊急招集したのだ。ナバリオーネの持ち出した議題は、国葬の是非についてだった。

呼び出した当の本人であるナバリオーネは、遅れていた。不安げなざわめきが、すり鉢状の議場に満ちていた。

恥知らずの資産家たちは潟《ラグーナ》から逃げだし、流れ着いた先で残桜症《ざんおうしょう》を振りまいた。ヘカトンケイルの商船は各国各港で追い出されるか、火矢を放たれて焼き沈められた。

王であるマナは王宮に残ったが、叔父《おじ》のユクはヘカトンケイルを離れ、ロンバルナシエで立太子の儀式を執り行った。王統を保つための措置ではあったが、市民の王家に対する不満はふくらんだ。

死者数はコルピ島の収容限界を超えようとしていた。感染者は特殊施療院から溢《あふ》れかえり、病人は家の中や軒先、あるいは路地で死んだ。

そうした状況下で、元首ピスディオ・ピーダーの死が報じられたのだ。政権はレームダック化し、本島に横たわる恐怖と憎悪はすさまじい勢いでふくらんだ。

ひとりでぽつんと座っていたキュネーに、声をかける者がいた。

「失礼」

「せんせい」

「赤い髪ですぐに気づきましたよ」

「やめてよ、今ごわごわなの。椿油《つばきあぶら》つけ忘れて寝ちゃった」

キュネーはふくらんだ髪を手で押さえ、顔をまっかにした。

カンディードはキュネーの隣に腰を落ち着けた。キュネーは座り直すふりをして椅子を引き、カンディードから距離を取った。

「君がここに座っているのを見られて、嬉《うれ》しく思いますよ」

「そんなこと言っていいの？」

「どんなときでも、ひとつぐらいは明るい話題があるべきですから」

「元首さん、いい人だったね」

カンディードは眉根をひそめて控えめに笑い、弔意《ちょうい》を示した。

「彼は無類の才人でした。友愛を基調としながら、泥臭い根回しも大胆な謀略もやってみせた。残念なことです」

ナバリオーネはなかなか姿を現さなかった。

「ばかばかしい。国葬なんぞやれるわけないだろう」

焦《じ》れた議員のひとりが叫んだ。

「なにが国葬だ！　こんな状況で！」

彼は立ち上がり、敢然《かんぜん》と議場を飛び出し、たちまち回れ右して戻ってきた。紅潮していた顔は、まっさおになっていた。

「どうぞお席にお戻りください、ジョバンニ・タレンティ議員。ええ、そして願わくば、余計な口を利かないように！」

議員は転がるように駆け、着座するなり顔を両手で覆った。

「ヘカトンケイルをぶっ正す！　ヘカトンケイルをぶっ正す！」

よく響く声とともに、ナバリオーネが議場に現れた。揃《そろ》いのジャケットを着た国営造船所の職員を、彼は引き連れていた。

キュネーは、鎖骨《さこつ》のあたりを手でぎゅっと押さえた。撃たれたときの痛みと恐怖が、彼女の心を凍らせた。

「お集まりいただき、どうもありがとう！　なに、それほどお時間は取らせませんよ！　一つの施策をご承認いただきたいのです！」

ナバリオーネはゆったりと階段を下りていった。造船所の職員たちは議場の扉の前に立ち、銃器を威圧的にちらつかせた。

「さて、諸君！　私たちは不世出《ふせいしゅつ》の政治家を失いました！　ピスディオ・ピーダー閣下の死を、私たちは心から悼《いた》みましょう！」

演壇に立って、ナバリオーネは声を張り上げた。

「しかし、ヘカトンケイルを覆う残桜症《ざんおうしょう》は、我々に立ち止まることを許しません！　ゆえに、私は提案したい！　私がこれより護民官として、この国の舵取《かじと》りを担うことを！」

ナバリオーネは演壇に拳を叩《たた》きつけた。

「私は、必ずや！　必ずや、憎むべき残桜症をヘカトンケイル全土から撲滅してみせましょう！　そのためには、何をすべきか？　これは明白です！　今こそ宣言しましょう、共和制は終わったのだと！　ピスディオ・ピーダー閣下の見た夢は、未遂に終わるべきなのだと！　ただ一人が、己《おのれ》の信念を懸けて、最悪の敵と戦うべきなのだと！　閣下は怖れておいでだった。ひとびとの自由を奪うことを、最後までしなかった！　しかし、私はあえてその汚名を被《こうむ》りたい！　邪悪なる感染症を封じるために、私もまた一つの邪悪として戦いたい！　しかしそれは、今こそ真に必要な悪なのです！」

ナバリオーネは拳を突き上げ、胸を張り、力強い言葉を議員たちに浴びせかけた。

「市民の外出禁止を、私は約束しましょう！　感染者を出した家屋の封鎖を、私は躊躇《ちゅうちょ》なく実行しましょう！　発症者の移送を、私は涙ながらに禁じましょう！　私は集会を禁止し、あらゆる居酒屋の戸に板を打ちつけましょう！　市民は護民官たる私を心より憎むでしょう！　そして私は憎悪をただひとり、甘受するのです！　ヘカトンケイル史に残る悪として！」

演壇から身を乗り出し、ナバリオーネは議場をぐるりと一睨《ひとにら》みした。

「さあ、議員諸君！　この私を護民官に選出してくださるのならば、拍手を！　さあ！」

答えを求める圧迫的な沈黙の仲で、がちゃりと、不吉な金属音が響いた。いまやナバリオーネの私兵となった国営造船所の職員が、銃の撃鉄を起こしたのだ。

最初の拍手までに、それほど時間はかからなかった。まずはナバリオーネの信奉者が。次に本土派が。日和見《ひよりみ》主義者が。潟派《ラグーナ》までも、命惜しさに必死で手を打ち鳴らした。

ただひとりキュネーだけが、退屈しきった表情でナバリオーネを一瞥《いちべつ》し、立ち上がった。

「おや、キュネー！　移民島の女王陛下！　ご賛同いただけないのですか？」

ナバリオーネは演壇から呼びかけた。キュネーは鼻を鳴らし、ナバリオーネに背を向けた。

扉の前に立ったキュネーに、私兵が銃口を向けた。

「通してくれる？」

私兵は無言で、ナバリオーネに視線を送った。ナバリオーネは苦笑して肩をすくめ、階段をゆったりと上っていった。

「ご不満がありましたか、女王様。ぜひともおっしゃってください」

「ウチは帰るよ。付き合いきれない」

「なぜです？　これは市民の命を守るための聖戦ですぞ！」

「いつもそうやってあんたは、命とか、世界平和とか……反論したらこっちが悪くなる言葉を使うね」

ナバリオーネは笑みを顔に貼りつけたまま黙った。

「いいよ、もう。好きにして。ウチはゆっくり過ごすから」

「そうですか。残念なことです。しかし、拍手だけはどうしてもいただかなければなりませんよ。どのような状況であれ、私は手続きを大事にする男ですからな」

キュネーはため息をつき、両腕を持ち上げた。手は、しかし、拍手のかたちを取らなかった。キュネーの指先はかわりに服をつかみ、前をはだけた。

ナバリオーネは息を呑《の》み、数歩、後退した。

鎖骨《さこつ》に走るひきつったような銃創のすぐ下に、あざやかな桜斑《おうはん》が現れていた。

「今朝ね、起きたらこうだった」

キュネーは服の前を戻した。

「だから、期待してたんだよ。あんたがどんなことを言ってくれるのか。ウチが死んでもみんなはだいじょうぶだって思えるようなこと、ひとつでも喋《しゃべ》ってくれるのかって。無駄だったね」

「キュネー……」

ナバリオーネはなんの意味もなくキュネーの名を呼んだ。

「あんたはずっとそうやっていればいいよ。ウチはもう、疲れちゃった」

それからキュネーは視線をさまよわせた。議場を駆け上がるカンディードと目が合って、キュネーは力なく笑った。

「ごめんね。せんせいの遺言、聞けなくなっちゃった」

「キュネー……！」

カンディードは階段の半ばで膝をつき、絶望に顔を歪《ゆが》めた。

「ばいばい」

小さく手を振って、キュネーは議場を後にした。吹き抜けの天窓から光が降りてくるホールにも、ナバリオーネの私兵がたむろしていた。みな浮ついた表情で、ナバリオーネへの賛辞を口にしていた。

不意に誰かがキュネーの肩を掴《つか》んだ。

「せんせい？」

振り返ると、そこに立っていたのはナバリオーネだった。キュネーは瞬間的に飛《と》び退《の》き、触れられた箇所を手で払ってナバリオーネを睨《にら》んだ。

ナバリオーネは自分がしたことが分かっていないように、ぼんやり突っ立っていた。

「正気なの？」

問いかけると、ナバリオーネは怯《ひる》んだようにいくらか後ずさった。それから、両腕を大げさに広げ、笑い声を無理に絞り出した。

「はっはっは！　なに、誠意ですよ、キュネー！　立ち止まっていただくのに、誠意を示したまでですとも！」

「死体に向かってもとぼけるんだね、あんたは」

キュネーの皮肉は、ナバリオーネの笑顔を凍りつかせるのに十分だった。浮ついた笑みが剥《は》がれ落ち、冴えた怜悧《れいり》な表情がキュネーの前にあらわれた。

「何がご不満なのですか、キュネー？　私の政策は、必ずやヘカトンケイル全土を救いますよ」

「そうだろうね」

キュネーはどうでもよさそうに応じた。

「そのかわり、ヘカトンケイル全土を移民島にしてね」

ナバリオーネは眉根をひそめた。茫洋《ぼうよう》とした無理解の表情だった。キュネーは熱っぽい息を深く吐き、壁に肩を押し当てた。

「ときどきあんたが、可哀想なのか幸せなのか分からなくなるよ。たぶん、幸せだから可哀想なんだろうね。でももう、いいんだ。好きにしなよって、さっき言ったよね？　ウチは、ゆっくり休むから」

キュネーはよろよろと歩き出した。ナバリオーネはぶたれた犬のように、悄然《しょうぜん》と、しかし答えを待つような顔でキュネーを追った。

半分開いた扉から外に出ると、広場には、期待に満ちた表情の民衆が集まっていた。

「ナバリオーネ・ラパイヨネ！」

キュネーに続いて大評議会から現れたナバリオーネを見つけ、誰かが叫んだ。

救世主の到来を心から嘉《よみ》する、歓喜と祝賀の声がそれに続いた。キュネーは群衆を避け、薄暗がりの小路に向かっていた。ナバリオーネはキュネーを見て、群れ集う市民を見て、踏みとどまった。

「ヘカトンケイルをぶっ正す！」

彼は高く掲げた腕の人差し指をぴんと立て、よく透る声で叫んだ。ひとびとは熱狂した。絹布を垂らした帽子を投げ捨てる者がいた。多くがそれに続いた。護民官の存在が、今この瞬間ただちに病を吹き払いでもしたかのように。

「篤厚《とっこう》なる市民諸君！　この私、ナバリオーネ・ラパイヨネは、みなさまの忠実な奴隷である私は、みなさまに約束します！　護民官として、奸悪《かんあく》たる感染症を必ずや討ち滅ぼしてみせると！」

キュネーは本島を後にして、砂州《さす》に下りた。ナバリオーネを称える声はここまで届いていた。

粗末な櫓《やぐら》の上で、だれかが手を振った。キュネーは片手を上げて応じ、出丸《でまる》に這《は》い登った。

「どうでしたか？」

木の槍《やり》を手にした移民が、話しかけてきた。コルネーはまだ十一歳の少年だ。おとなにはやされ、武器を手にしたりキュネーを疎《うと》んじたり、かと思えば管区長に選ばれたキュネーをあっさり尊敬する。

「ま、いろいろあったよ。あとでね」

コルネーに適当な返事をすると、島を歩いた。娼館《しょうかん》の前に、白茅が立っていた。キュネーを見ると、ほっとしたような顔で駆け寄ってきた。

ふと、キュネーは笑った。たちの悪い冗談を思いついたような笑い方だったが、それは実際、彼女がたちの悪い冗談を思いついたからだった。

キュネーは口を開いた。

「そばに来ちゃだめだよ、ちがちゃん」

彼女は白茅を置き去りにして、病棟まで歩いていった。

◇

あたしはきっとまだ、自分が主人公にでもなったような気がしていた。魔法みたいな力を持って異世界に来て、ミリシアさんがくれたかっこいいマントを着てて、現代日本の知識で病気から人を救って、向こうにはひとりもいなかった大事な友達ができて、だからこれはそういうお話なんだって。

でもあたしの知ってる主人公はいつもトロッコ問題に直面して、いっしょうけんめい努力するとなんだかものすごい奇跡が起きて、二股に分かれた線路のどっちにいる人も助かるか、あるいは死ぬよりひどい目に遭った。助かるにせよひどい目に遭うにせよ、とにかく奇跡が起きた。

あたしたちに、奇跡は起こらない。

トロッコは闇の中から急に飛び出してきて、あたしがあーとか言って追いかけ始めたころには、とっくに順当に片方の線路に転がった人を轢《ひ》き殺《ころ》していた。

キュネーは何度も本島に行って、そこで残桜症《ざんおうしょう》に感染した。当たり前に。普通に。なんの奇跡でもなく。

あたしがあのとき本島を沈めていれば、キュネーは残桜症にかからなかった。でもきっとあたしを永久に許さなかった。でもキュネーは生きていた。夢を叶《かな》える方法を失って、それでも生きていた。

生きていてほしい、キュネーに死んでほしくない、でも、じゃあ、どうすればよかったの？　答えは分かってる、単にどうしようもなかった、普通のことしか起きなかった。お願い、お願いです、キュネーを殺さないで。かわりにあたしを殺して。それでキュネーが生きてくれるんだったら、どうか、あたしを殺してください。だれかキュネーを助けて。あたしなんか生き残らなくていいから、お願い、お願いだから。

◇

「出てきてください！　ご協力ください！」

扉を叩《たた》く音は次第に激しくなっていった。だけど僕にとってはもはや、なにもかもがどうでもよかった。

「デフォーの『ペストの記憶』にね、さすらい三人衆っていうエピソードがあるんだ」

僕は荷造りしながら、眠る榛美さんに話しかけた。

「ペストで無職になって落ちぶれた三人の男が、ロンドンからの脱出を試みるんだよ。でも行くあてはないし、街道は封鎖されてるし、そのへんにいる人たちはもうぜんぜんまったく三人を通してくれないんだ。ペスト連れてきてんじゃねえよぐらいの感じで、びっくりするぐらいけんもほろろなんだよ」

「我々は扉をぶち破ってもいいんですからね！　ああ！　顔を出して話すだけのことがどうしてできねえんだ！」

神経質な絶叫に、僕の話はたびたび中断を余儀なくされた。

「そこで三人は、マスケット銃で武装した騎兵隊のふりをしたり、逃げてきた別の集団と合流したり、気のやさしい紳士に助けられたり……まあとにかくいろいろあって、最終的には捨てられた農場で楽しく暮らしはじめる」

ひときわ激しい音がした。調査員が、斧《おの》かなんかで扉をぶち破ろうとしているのだ。

「そのうちペストが過ぎ去って、みんな仲良くロンドンに戻りましたとさ。めでたしめでたし。全体的に悲惨な小説なんだけど、ここだけ急にいい話で面白いんだ。ロビンソン・クルーソー書いただけあるなあって感心しちゃったよ」

護民官に就任したナバリオーネは、あれよあれよという間に強固な独裁体制を築き上げた。どうやら私兵を率いた軍事パレードなんかしているらしく、今も鼓笛隊《こてきたい》の勇壮なマーチが聞こえてきてうるさい。そしてひとびとは、ナバリオーネ護民官の登場に大はしゃぎしている。彼が打って出たからには、残桜症《ざんおうしょう》などびっくりして逃げ出すだろう、というわけだ。

僕たちの家の扉をぶち破ろうとしている彼らは、調査員だ。残桜症の感染者がいないか、各戸を斧でけっこう無遠慮にノックして回っている。

感染者が見つかった家屋は閉鎖される。あらゆる戸口と窓に板を打ちつけ、旗竿《はたざお》を立てているようだ。おまけに脱走防止のため、昼夜交替の監視員までつけてくれる。

こうしてナバリオーネは、ヘカトンケイルにほとんど無尽蔵の雇用を生んだ。いや、まったく、見事な手際だね。

まあとにかく、そのへんは別に、たいしたことじゃない。僕は約束を果たすだけだ。さすらい三人衆ほどうまくはいかないかもしれないけど。

「帰ったらどうしようか。あのごった煮が食べたいよね。だれかつくってくれるといいんだけど。きっと辿《たど》り着くころには、僕もどろっどろに疲れちゃってるからね」

榛美さんは規則正しく寝息を立てている。僕はかすかで熱っぽく、弱々しい命の音に耳を傾けながら、服だの保存食だのを籐編《とうあ》みの長持ちに詰め込んでいる。

挽《ひ》き割りにして炒《い》った小麦を荷物に押し込んだところで、はたと気づいた。荒っぽく扉を打つ音が、すっかり止まっている。

かんにさわるマーチも、ひとびとの歓声も、風の音でさえ、やんでいた。耳鳴りするほどの静寂が、僕たちを包んでいた。

そしてそれが、そこに立っていた。

魔法使いみたいなフード付きローブに、見覚えがあった。

移民島のひとびとをそそのかし、銜川さんを暴動に駆り立てた扇動者。

エイリアス・ヌル。

「やかましい連中には、すこし黙ってもらった」

エイリアスが言った。聞いたことのある声だなと、一瞬、思った。全身から冷や汗が噴き出して、僕はその考えをただちに打ち消した。ありえないからだ。

「娘に……榛美によくしてくれて、ありがとう」

エイリアスが、フードを後ろに払った。知っている顔だった。

ありえない。そんなはずはない。

だってもういいかげん、十分にひどい目に遭ったじゃないか。これ以上のことが起きるなんてどうかしている。

この初老の男は榛美さんのお父さんで、穀斗《こくと》さんで、榛美さんが旅に出た理由で、だから、つまり、こんなことがあっていいはずがない。

「アノン・イーマス。鷹嘴《たかのはし》穀斗。虎杖《いたどり》燈《とう》。エイリアス・ヌル。多くの名前を、この世界に来てから使ったものだ」

でも僕はきっと、うすうす分かっていた。声を聞いたその瞬間に、なにが起きているのか理解してしまった。僕がこの世界に迷いこんだ理由はそこにあるのだと。

「だが、おまえが知っているのは――」

それこそがすべてのはじまりで、僕はそのちょっとした付属物か、あるいはこの世界に落とされたごくごく小さなしみにすぎないんだと。

「紺屋《こうや》大《だい》。久しぶりだな、康太」

その男は、僕の義父だった。

踏鞴家給地にいた頃、悠太君には話したっけ。

僕の義父は詐欺師だった。防音補強工事と偽って老人からお金を巻き上げ、それで僕と母を食わせていた。

いま考えれば、義父は使い走りのちんぴらだったんだろう。当時の僕にとっては、だからどうしたという話なんだけど。

父さんの遺したマンションにずかずか上がり込んできた義父は、そうすることが当然といった顔つきで僕たちの家庭を支配した。母は、そうされるのが当然といった顔つきでそれを受け入れた。

お互いそういうことに慣れていたのだろう。もちろん、僕も慣れるべきだった。でも、当然そんなふうにはできなかった。

義父は、父さんの書斎にある本をひとつ残らず捨てておくよう母に命じた。それはきっと、一種の征服欲だったのだろう。

ともあれ、カルタゴ滅ぶべし。

紙紐《かみひも》でくくられていく本を眺めていたら、手伝えと母に怒鳴られた。僕は、一冊一冊にどれほどの価値が詰め込まれているのか説明しようとしたけど、一切合切理解されないだろうことをただちに悟って、部屋に戻った。無造作にくくられた本の中には、父さんの書いた文芸評論も混ざっていたのだ。

僕はその本を、ずいぶん後になってから読んだ。どの文章も素朴であたたかく、取り上げた小説に対する敬意がめいっぱい込められた、誠実な評論だった。

ところで僕はこのとき、部屋に鍵をかけるなという母の教えをいじらしくも忠実に守っていた。

「鍵をかけたら変なことをするから」

というのが母の言い分で、しかし、東京都の端っこに住んでいるあんまり友達のいない中学一年生にできる変なこととは、いったいなんだったんだろう?

今となっても、どんなことを母が想定していたのか、そして鍵をかけないことの抑止力をどの程度と見積もっていたのか、理解できない——というのは単なる皮肉だ。母が僕を支配下に置きたかっただけなのは分かっている。

母が考えていた変なこととは、大麻《たいま》の水耕栽培やらインターネットを通じた犯罪予告やらではなく、せいぜいポルノ鑑賞だろう。

まあ、昨日まで天使みたいだった生き物が、自分より大きくなったり毛むくじゃらになったり生殖行為に興味を示しはじめたりしたら、抑圧したくなるのも無理はないのかもしれない——もちろん、これも皮肉だ。

なにが言いたいかというと、鍵をかけなかったばかりに、義父は僕の部屋にやすやすと乗り込んできたのだ。

「いいか、康太」

義父は、ずいぶん練習を重ねてきたんだろうなとちょっと感心するぐらい、見事に威圧的な声を出した。怒りと愉悦を器用に同居させた表情で、僕を見下ろした。

「おまえも、おまえの父親も本が好きだった。おれにとってはくだらない。時間の無駄だ」

まあ、その通りだろうなと僕は思った。義父も母も可処分時間をまるごとパチンコに注ぎ込んでいるのだ。本を読むひまはないだろう。

「母さんから聞いている。おまえは地頭が悪いんだ」

義父は父さんと違って、母を名前で呼ばなかった。母さんと、人称代名詞で呼んだ。僕にとってそれはとても奇妙なことだった。

「地頭が悪いから本なんかに頼る。そんなもの、どこかの誰かが適当に書いた役に立たない知識だ。おれはおれの地頭だけでおまえと母さんを食わせてやる。おまえにもそうなってほしいからやるんだ」

黙っていると、いきなり胸ぐらを掴《つか》まれた。

「聞いてるのか」

耳元で怒鳴られて、服が肌に食い込んで、僕の頭はまっしろになった。暴力は突風のように急激で情け容赦なく、僕はとっさにうなずいてしまった。

義父は手を離して、仏頂面にかすかな——しかし、他人にきちんと届く程度にははっきりと——満足の色を浮かべた。

「ばかなんだよ。根本的に。だから挨拶ができない。要領が悪い。分かってればできるはずだ。おまえをこれから生かすのは、おれだ」

手足の末端が、さあっと冷えていった。

「反抗するな。はっきりさせるぞ。おれはおまえのために本を捨てさせるんだ。本じゃない、大事なのは経験なんだ。いいな」

僕はこのときのことを永久に忘れられない。

思い出すだけで全身が灼熱《しゃくねつ》して同時に凍って、心臓がばくばく不吉な音を立てる。

僕はただ一言、「はい」と言った。

義父はうなずいた。

「母さんを手伝え」

僕は再び、「はい」と言って書斎に向かった。

なにもかもが無価値な一つづりの紙束になって消えた。書斎には中古で買ったパチンコの実機が並べられ、義父と母は、その部屋に入り浸った。廊下まで漂い出た煙草《たばこ》の甘ったるい臭いを、僕は今でも吐き気とともに思い出せる。

あのときの「はい」が、今になってまた僕の全身を完全に凍らせていた。義父は僕の反応をじっくりと観察していた。

義父はサイドボードに、ふところから取り出したものを置いた。アルミとオレンジ色の、プラスチックで錠剤を挟んだ、つまり、ごく一般的な薬の包装シートに見えた。

「一日一回、一錠ずつ飲ませろ」

「え、あ……は？」

「リネゾリド。抗生物質だ」

義父は榛美さんの前髪をかきわけ、額に手の甲を当てた。

「大きくなったな、榛美。でも、一目で分かったよ」

慈《いつく》しむような仕草と眼差《まなざ》しだった。かつて義父がそんな目を僕に向けたことは一度もなかった。

「うあ……」

榛美さんがかすれ声でうめいて、目を開けた。

「……お父さん？」

「ああ、そうだよ」

「んふふ」

榛美さんは笑った。

「ずっと見たい夢だったよ」

「ああ、夢だ。だから忘れて、ゆっくりお休み」

「うん」

榛美さんは枕に頭を乗せたままうなずき、目を閉じた。寝息はおだやかだった。

「早くに感染したのは、幸いだったな。今の残桜症《ざんおうしょう》は強毒化している。ペスト菌の突然変異が、腺ペストよりもはるかに高い致死率で感染力の強い肺ペストをもたらしたように。もしも感染したのがここ数日のことであれば、この子はとっくに死んでいた」

僕は……僕はただ、突っ立っていた。なにか意味のあることはひとつもできなかった。

「すこし話そうか」

義父が言った。僕はなにひとつ事態を呑《の》み込めないままうなずいて、ふらふらと自室に向かった。

僕の部屋は相変わらず実験室だった。腐った柿《かき》だの小麦だのが、甘ったるく埃《ほこり》っぽいすさまじい異臭を放っていた。

「惜しかったな」

義父は惨状を一目見るなりそう言った。そして床に散らかる服だの本だのを足で無造作によけ、腰を下ろした。

　僕は部屋の入り口で立ったまま、身じろぎひとつできなかった。

「どこから話すべきか……まず、そうだな。古典的な方法で行われた白神の召喚は、被召喚者に近しい者を巻き込むことがある。おまえがこの場にいるのは、そのためだろう」

　直感は間違っていなかった。僕は単なる、義父の付属物だった。なんの意味もなくこの世界に転がり落ちただけの、小さなしみだった。

「おまえが榛美と出会っていたのは、私にとっても埒外《らちがい》のことではある。だからこうして、私はおまえたちの前に姿を現した」

　榛美さん。

　あまりに遅すぎるけれど、僕は我に返った。僕と義父の関係なんて、そもそも些事《さじ》だ。僕は義父と母に見切りをつけてさっさと逃げ出したし、その選択はなにひとつ間違っていなかった。だから目の前にいるのは、榛美さんのお父さん、鷹嘴穀斗さんだった。すくなくとも、そうあるべきだった。

「榛美さんは、あなたに会いたがっていますよ。ずっと」

「だから、あの子は旅に出たのか」

　僕はうなずいた。穀斗さんはかすかに眉根をひそめた。娘に対する情愛のこもった表情だった。

「あなたはアノン・イーマスでもあるんですよね。夫婦神《めおとがみ》と聞きました。榛美さんのお母さんは、今どこでどうしているんですか？」

聞き出さなくてはならない。今この場は僕と僕を虐待した義父の再会ではなく、榛美さんの旅の終着点だ。榛美さんに代わって、僕が知らなければならない。

「死んだよ」

あっけない答えだった。僕はぐらつく体を壁に押しつけた。

穀斗さんの留《とど》める魔述と、榛美さんのお母さんの包み込む魔述。

この二つがふたりの不老を実現していたと、かつて鉄じいさんは語った。だとしたら、自然死のわけがない。

「ピーダー家は、新大陸への航路を切り開いた。魔大陸と呼ばれるその地に、私と家内は上陸した。他ならぬピーダーの商船に潜り込んで。そこで、家内は未知の細菌症に感染した。常在菌への遺伝子移入か、突然変異か……いずれにせよ彼らはうまく、病原性を水平《すいへい》伝播《でんぱ》したわけだ」

冗談のつもりなのだろうか、義父はくすくす笑った。

「細菌は皮膚下に繁殖し、異世界人が桜斑《おうはん》と呼ぶ症状を生む。全身に広がった細菌が髄膜《ずいまく》炎《えん》や骨髄炎《こつずいえん》、心膜炎《しんまくえん》を引き起こす。こうしたことを、私たちは実験によって突き止めていった。子育てにも似て、気づきと勉強の素晴らしい日々だった」

実験という単語の持つおぞましい響きが、僕の心をあっさりひしいだ。実験。意図的な感染と、観察。義父は残桜症《ざんおうしょう》で、すでに多くの人間を殺している。

「家内は喜んでいたよ。あの笑顔を、私は終生忘れまい。こう言ったんだ。『この子が、世界を変えるのね』と。どんな子どもよりも、あれは残桜症を愛《いと》おしんだ」

「世界を、変える？」

僕にできるのは、まぬけなおうむ返しだけだった。

「私は家内を殺し、その遺体が腐敗しないよう、留める魔術をかけた。時到れば、残桜症をまき散らせるように、と。そしてそのときが来た。そういうことだ」

「なん、で」

息ができない。考えられないことを、義父は淡々と語っている。

「ナバリオーネに敗血姫を預けたのは、失敗だった。敗血姫はおまえたちに与《くみ》し、ナバリオーネもそれをよしとした。とはいえ、ささいなことだ。時間はいくらでもある。私は、何度でも立ち向かえる。諦めないかぎり、いずれこの世界を無数の泡に分断できる」

義父はあきらかに、僕の反応を楽しんでいた。笑顔に滲《にじ》む品性のなさは隠しきれていなかった。僕をいたぶったときと同じ笑みだった。

その笑みが、かえって僕を正気づかせた。僕はあのときの「はい」を、取り返さなくてはならない。あのときたやすく砕けた尊厳をかき集めて、立ち向かわなくちゃならない。

「つまり、あんたは……端的に言って、世界を滅ぼそうとしているんだね」

義父は虚《きょ》をつかれたように黙った。僕の発言を想定していなかったんだろう。だが、ちょっと考えてみてほしい。僕はそろそろ中年に差し掛かろうかという成人男性だ。自分はもうおっさんなのだと言い聞かせることによって、本当におっさん呼ばわりされたときのダメージを軽減しようと考えるけなげな年ごろだ。

自己資本のみで居酒屋を開業し、数年ほど経営してきた実績もある。そんないいおとなが、なんでいまさら、十代の僕を虐待していた義理の父親に怯《おび》えなければならないのか。むしろ僕がすべきは、ある日いきなり父親になってしまうことへの覚悟とかじゃないだろうか？

今のところそういう気配は一切ないけど、なんかうっかりそういう雰囲気になって、そこはまあおとな同士だし、合意の上ならお互いやぶさかでないいんじゃないかなーと思うんだけど、そのへんどうだろうか、いや分かんないけどまあとにかく。

「崇高な使命感に駆られて、榛美さんを捨てたりパートナーの自殺を手伝ったり、しかも榛美さんを殺しかけたわけだ。そういう理解でいいかな」

父が手を持ち上げて、僕の体はすくんだ。父はその手で白いものが混ざった自分の髪を撫《な》であげた。怯えるな、へらへらしろ。

「息子に誤解されるのは悲しいことだ」

「嘘《うそ》つけ、思ってないだろすこしも。あんたはどうやって僕をなぶるか、どうすればまた支配できるか考えてる。だからわざわざ僕の前に姿を現したんだろ？　あんたはいつもそういう言い回しで、自分を被害者にしようとしてたよな。さすが本職だね、僕も悪いのは自分だとすっかり思い込んでいたよ」

「口が回るようになったな」

「客商売だからね。詳細を語って聞かせるつもりはないけど。薬のことは、本当に感謝しているよ。ありがとうございます。あんたにとっては他人同然で救う義理なんてなにひとつないだろう榛美さんを、わざわざ助けに来てくれて感謝します。それで、あんたの野望についてはもうぜんぜんまったくこれっぽっちも興味がないからそれは置いとこうか。どうせ病気をばらまいて何万人殺しても、悪いことをしたなんてこれっぽっちも思ってないんだろ？　だから罪を償えとか死んで詫《わ》びろとか、死ねとは心から思ってるけど裁くつもりはないよ。とにかく、後日また来てくれないかな。榛美さんに謝って、もう二度と、僕たちの前に姿を現すな」

　僕は一方的に喋《しゃべ》りつづけた。そうすることで、義父が僕の心にやすやすと入ってくるのを食い止めようとしていた。鍵をかけなくてはならない。僕は僕の心を守らなくちゃならない。

「またおまえと、殺せると思ったんだがな」

息継ぎの合間のたった一言で、父は鍵のかかった部屋にたやすく入りこんだ。

「息子と仕事をするのは、あらゆる父親にとって、たいていは叶《かな》わぬ夢だ。だが、私たちは一度うまくやり遂げた。そうだろう、康太。もう一度、私たちはやれるはずだ」

義父は笑みを浮かべた。

「いや、違うか。私たちはもう、うまくやっている。分かるな、康太」

息をしようとした。うまくいかなかった。空気は喉のあたりで遮断されていた。

「おまえには知識があった。消毒や手洗いの重要性、飛沫《ひまつ》感染や空気感染をどのように防ぐか、おまえは知っていた。だというのに、知識を振る舞おうとしなかったな。そのせいで何人死んだ？　この管区の死者数はごく平均的な数だ。つまり、数千人ということだが」

僕は、そう、家にこもって、そうだ、義父の言う通り、僕は見棄てた。助かるはずの命を。いつだったかそうしたように、いつもそうしてきたように。

「おまえはもう殺している。非の打ちどころのない殺人だ。誇らしいよ」

義父は立ち上がった。

「小さく完璧な世界を。幾千年のはるか先にある、私の夢だ。おまえと共有できて、うれしく思う」

僕の横をすり抜けて、去り際、

「また来る。榛美への投薬は忘れるな」

そう言い残した。

一瞬だか永遠だかが経過して、僕はけたたましい鉦《かね》の音と刺すような異臭に気づいた。かすかに開いた窓から、生木を燃やすような臭いが漂い込んでいた。僕は床に転がるありとあらゆるものを蹴飛ばしながらのそのそと窓に寄った。

夕闇に、不吉な明るさがあった。低空にかかった分厚い雲のようなものが、地面から生じるオレンジ色の光を照り返していた。どこかでけっこうばかでかい火事が起きているようだった。

硫黄《いおう》だの松脂《まつやに》だので部屋を燻蒸《くんじょう》消毒しているのだ。いずれ大火は起きただろう。幸い、ここからは遠いようだった。

僕は窓を閉じて、部屋から出た。煙の臭いを扉で閉ざして、榛美さんのところに向かった。

◇

戸口も窓も板に閉ざされ、どこもかしこもまっくらだったから、ピスフィはアトリウムで過ごしていた。監視員もさすがに天窓までは塞がなかったからだ。

朝食を摂《と》り、水盤に映じた自分を見て髪を梳《と》かし、溜《た》まりに溜まっていた読むべき本を集中力が切れるまで読み、すると、やることはひとつとして残らなかった。

昼過ぎになって、扉がノックされた。監視員だ。彼らは感染者が出た家屋から人や物が移動しないよう見張ると同時に、残された家族――それはたいてい遺族でもあった――の生活に必要なものを手配した。

「お姫ちゃん、いる？」

意外な人物の声がして、ピスフィは扉に駆け寄った。

「パトリト？　なにをしておるのじゃ」

「ぷらぷらしてたんだけどさ、監視員に選ばれちゃった」

「主《にし》ゃはこの近くに住んでおったのか？」

「こっからは遠いけど、まあ同じ管区だよ。きったないアパートで」

いつもどおりの、どこか舌足らずな話し方だった。

「だいじょうぶ？」

「なにがじゃ」

「そのなんか、いろいろ」

「唯一の肉親があっけなく死んだうえに無思慮なやり口で軟禁されておるが、その点を除けばおおむね問題ないの」

扉越しに聞こえるパトリトの笑い声が、ピスフィをほっとさせた。

「外はどうなっておる？」

「やばいよ。ナバリオーネがやばい。むちゃくちゃやってる」

「勇壮なマーチはここまで聞こえておる」

「うっさいよねあれ。じゃあ銃声は？」

言われてピスフィは思い当たった。幾度か、口を結んだ紙袋が割れるような音を聞いた。あれは発砲音だったのだ。

「仕事なくしたり、大家に追い出されたり、まーいろいろあんじゃん今。で、そういう浮浪者をひっとらえてんだけど、抵抗したら容赦なく撃ってるからね。捕まえてどこに収監すんだよって話だけど、そもそも」

「……愚かすぎる」

ピスフィは義憤に奥歯を強く噛《か》み合わせた。

「お姫ちゃんみたいに閉じ込められちゃって、やってらんねーって逃げた人たちもだよ。いや、そりゃ逃げるっしょ、病人といっしょに閉じ込めらたら普通。家族でもぎりっつーか俺が親で自分が病気なったら子ども逃がすよね絶対。ほんともう終わりって感じ」

ピスフィは扉に拳を叩《たた》きつけた。

「お姫ちゃん？　いまなんかすっごい音しなかった？」

「あの男にとって、お父さまの死は単なる好機でしかなかったのじゃな」

二度三度と、小さな拳で扉を打った。駆け寄った老使用人に向かって乱暴に手を振った。

「ピスフィ様……」

「踏みにじられたのじゃ。父の死を、あざ笑われておるのじゃ」

ピスフィは頭を反らせると、今度は扉に額を力いっぱい叩《たた》きつけた。分厚い木と骨に挟まれた皮膚が鈍く裂け、血が流れ落ちた。

「パトリト、頼みがある」

「……一応言っとくけど、やめよ？」

「最近では身に帯びる貴石に退屈を感じておっての。みどもの拳ほどある砂漠ガラスが欲しいのじゃ。遠くタタナシエでしか産さぬような逸品を」

「あーあーあーあーもぉー」

「監視員はみどもらの生活を用立ててくれるのじゃろう？　みどもは宝石なしには生きておられぬ性《さが》ゆえ、これは主《にし》ゃの責務じゃ」

パトリトの深いため息が、はっきりと聞こえた。

「まーお姫ちゃん、そのへんの市民じゃないし撃ち殺されたりはしないと思うけどさー」

「ああ、胸に虚無《きょむ》の穴が開いたようじゃ。このむなしさは、無可有《むがう》たる砂漠に天が生じさせた美々しい石でしか埋められぬ」

「うそでしょ、俺がうんって言うまでそれ続けんの？　怖」

「では、無辺の砂原に赴いてくれるじゃろうな？」

「探してくるわ。千年ぐらいかけて」

「心底《しんてい》より感謝するぞ、パトリト・ネイデル」

ピスフィは厨房《ちゅうぼう》に向かい、身長ほどある斧《おの》を引きずりながら戻ってきた。老使用人はピスフィの蛮行に絶句していた。

「どうしたのじゃ、トニオ。主人が出かけるぞ」

斧の背を蹴り上げて浮かせ、振りかぶり、扉に叩きつける。刃が分厚い木材にふかぶかと食い込んだ。

「死にに行くお父さまは見送れても、ばかをさらしに行くみどもは送り出せぬか？」

トニオは我に返り、苦笑した。

「いってらっしゃいませ、ご主人さま」

「うむ。行ってくる」

ピスフィはアトリウムのなかば、水盤あたりまで後退すると、全力疾走した。床を蹴って跳んだ。慣性と体重を全て乗せ、斧めがけ蹴り込んだ。

扉がたわんだ。打ちつけられた木板がゆがみ、情けない音を立てて裂けた。開いた扉から、ピスフィは弾丸のように飛び出していった。

ナバリオーネ率いる軍事パレードは、間《ま》を置かず繰り返し行われた。彼らは百貨迷宮《ひゃっかめいきゅう》から得られた銃器で武装し、ちぐはぐな歩幅で行進した。鼓笛隊《こてきたい》のマーチは勇壮だが単純なコード進行をだらだらと繰り返した。まともな常備軍を有する国から見れば、冗談としか思えないようなパレードだった。

集合住宅の扉には板が打ちつけられ、黒く染められた旗が風に揺れていた。居酒屋も劇場も同様に封鎖されていた。人気《ひとけ》の失せた街路を、パレードは不釣り合いな陽気さで進んでいった。

島を一巡りした行進は、王宮前の広場で停止した。

「広く豊かな世界へ！　清らかな大地へ！」

ナバリオーネは王宮めがけて叫んだ。

護民官となった彼は、それまでひっこめていた主張を再び展開しはじめた。本土拡張だ。それは今、狭い島に閉じ込められて悪疫に苦しむひとびとにとって、かけがえのない希望となりつつあった。

「中原《ちゅうげん》を追い立てられたわれわれが、今こそ帰るべき場所へ！」

声は前庭にむなしく吸い込まれていった。王宮は悪疫のはじまりからずっとそうであったように、深い沈黙の中にあった。

「たいそうな示威行為じゃな」

「おや、お久しぶりですね、姫」

物陰からうっそりと姿を現したピスフィに対して、ナバリオーネはどうでもよさそうな笑顔を向けた。

「ピーダー家は隔離されていたはずですが、すすんで災禍をばらまきに来たのですか？」

「ここで武器をちらつかせれば、マナ陛下が主《にし》ゃをお認めになるとでも思ったか」

ざれごとに付き合わず、ピスフィは言った。ナバリオーネはとぼけた表情を浮かべた。

ナバリオーネは護民官任命に関する書類を奏上し、マナに署名を拒否された。これは当然の成り行きだった。ヘカトンケイル憲法に、突如として出現した護民官なる行政官についての言及は存在しないのだから。

「主ゃは憲政史上最悪のまぬけとして、国の潰《つい》える日まで語り継がれるじゃろう」

「私を嘲笑しに来たのであれば、もう目的は果たしましたね。どうぞお帰りください、姫。あなたを穴だらけにしたくはありませんからな」

国営造船所の職員たちは職業軍人としてのアイデンティティを確立しつつあり、比類無き門閥家の女主人に銃口を向けることも躊躇《ちゅうちょ》しなかった。

ピスフィは殺意のこもった無数の暗い孔《あな》と向き合いながら、その視線をナバリオーネから外さなかった。

「あなたはあぜ道のスベリヒユですな、姫」

先に口を開いたのは、ナバリオーネだった。

「あの雑草はラパイヨネの麗しい桑畑《くわばたけ》にはびこり、どれだけ踏み倒そうと遠慮なく茂ったものです」

彼は退屈と苛立《いらだ》ちに均《なら》された無表情な顔をピスフィに向けた。

「だれもかれもが、いったいなんの文句があって私の前に立つのですか？　真実下らないことですよ」

「逆じゃ、ナバリオーネ。主《にし》ゃがみどもの前に突っ立ってどかぬのじゃ。主ゃはお父さまの死を踏みにじった。健やかに使うべき力を、ねじ伏せるのに使った。それがゆえにみどもは――」

「……何が、分かる」

射殺すような視線と這《は》うような低い声が、ピスフィの言葉を遮った。

「ねえ、姫。あなたは開かれた貿易によって結ばれる、健全な国際社会を目指しているそうですね。そこらの潟派《ラグーナ》と同じく」

唐突な話題の切り替えに、ピスフィは警戒的な沈黙で応じた。

「そしてひとびとの平等たるを願っている。これもまた潟派の主張でしょう」

抑揚のない声だった。大げさな身ぶり手ぶりも、間《ま》を取るようなゆったりした話し方も、大仰な言葉づかいも、消え失せていた。

「……そうじゃ。それはお父さまの願いでもあった」

「であれば、あなたがすべきは私と対峙《たいじ》することではない。残桜症《ざんおうしょう》をばらまいて、一人でも多く感染させることですよ」

ピスフィは瞬間的な激昂《げきこう》に任せて反論しかけ、たちまち言葉に詰まった。聡明な貴種《ノーブル》は、ナバリオーネが何を言いたいのかすぐに理解していた。

「未知の感染症は、異なる文化圏の接触によって引き起こされるものです。あなたのお好きな異世界史を引用しましょうか？　ローマはシルクロードを通じて漢に天然痘《てんねんとう》はしかを輸出し、漢はローマにペストをもたらした。スペインは天然痘とはしかを新大陸にばらまき、アステカを滅ぼした」

ナバリオーネは淡々と畳みかけた。午後深い陽光を背負って、彼の表情には陰惨な影が落ちていた。

「そういえば、ピーダー家は魔大陸の開拓事業に投資していましたな」

「ピーダーが、この病をヘカトンケイルに持ち込んだとでも言いたいのか？」

「そうだとすれば、あなたがたはヘカトンケイル史上最大の虐殺者となりますね」

ナバリオーネは、彼を飾り立てるものを脱ぎ捨て、抜き身の酷薄さでピスフィに向き合っていた。ピスフィは圧《お》されながら、怒りに満ちたナバリオーネの視線を浴び続けた。

「ですが、そうだとしても筋は通っていますよ。大量死はあなたがたの夢を叶《かな》えてくれるでしょうから。なぜ？　お分かりでしょう。あなたの言い回しに従えば、むずかしい話ではありません」

ナバリオーネは待ったが、ピスフィは返事をしなかった。額に汗を滲《にじ》ませ、口をきつく結び、やっとの思いで立っていた。

「地主が死に、小作人はもっと死ぬ。病魔は決して平等ではなく、貧しい者の命から刈り取っていきますからね。そしてある日、小作人たちは気づくのです。人が減ることで、自分たちの価値が相対的に向上したことを。ゆえに彼らは地主に対し、地代の引き下げや土地の私的所有を要求するでしょう。地主は要求を呑《の》む他ありません。応じなければ小作人は逃散し、けっきょくは高い給金で労働者を雇い入れなければなりませんからね」

「……それまでに失われる命はどうなる」

苦しまぎれの一言だった。ナバリオーネは、刺々《とげとげ》しく笑った。

「あのねえ、姫。私がつい最近、言われたことでもあるのですが……かけがえのないものを人質に取るような言葉は、口にすると実に気持ちがいいものですね。戦術的勝利を得るための、堅実な一手です。私も大好きですよ」

ピスフィは拳を強く握った。屈辱と自責が、彼女の顔を耳朶《じだ》まで赤く染めた。

「話を戻しましょう。このような構造は、どの産業にも当てはまります。政府が歯止めをかけない限り、賃金上昇は続くでしょう。労働に対する適正な給金によって、ひとびとは真に豊かな生活を獲得する。さあ、どうでしょうか。あなたの望む平等の達成ですよ。ねえ、姫、世界平和を唱えるのは、おおいにけっこう。私も志を同じくする者です。でも、いいかげん分かっているんじゃないですか？　あなたのやり方では、あなたの望みは永久に叶《かな》いませんよ」

彼女は奥歯を強く噛《か》みしめ、こぼれ落ちようとする涙を力ずくで押しとどめた。ナバリオーネはとどめの言葉をすばやく練り上げた。

「哀《かな》しみから目を逸《そ》らすために、見ず知らずの他人を救いたがっているのでしょう？　それとも、死ねなかった罪の意識を、死ぬことで濯《すす》ぎたいのですか？　いずれにせよ、あなたの自死に協力するつもりはありませんよ」

内臓をすっぽりくりぬかれたような無力感が、ピスフィに膝をつかせようとしていた。

「本当はね、姫。あなたのことなんてどうでもよかったんですよ、最初から。だって無力ですからね。ただ、あなたとほどほどに遊んであげたら、ピスディオが相手をしてくれると思ったんです。ピスディオと私のふたりであれば、ヘカトンケイルをより強く鍛えられた。そしてもう、彼はいません」

ナバリオーネは言葉を切り、ピスフィを観察するように間《ま》を取った。それから首を振り、ため息をついた。

「ただのあなたには、踏みにじる価値もないのですよ。どこか遠くの梢《こずえ》で、持論をさえずっていなさい。その美しき鳴き声に耳を傾ける者もいることでしょう」

最後に彼は、とびきりの嘲笑をピスフィめがけて投げつけた。

「人は弱く、群れて慰め合うものです。家に閉じこもって、私の悪口でも言い合っていればいい。次にうろついているのを見かけたら、投獄しなければなりませんからね。でもどうか、ご安心ください。ここから先は、私ひとりでやりますよ」

ナバリオーネはピスフィに背を向け、歩き出した。ぎこちない行進と退屈なマーチがナバリオーネに続いた。ピスフィは無人の広場にただ一人、取り残されて立っていた。

ピスフィは、敗北を静かに受け入れた。よたよたと足を前に出し、数歩でつまずき、受け身も取らずに転んだ。ぶつけた額がまた裂けて、割れたかさぶたから流れ出した血は、涙と合流して地面に垂れ落ちた。

冷えた石と埃《ほこり》のにおいをかぎながら、ピスフィはそのまま泣き続けた。固まった拳は開かなかったし、脚には力が入らなかった。立ち上がれなかった。二度と立ち上がれる気がしなかった。

ピスフィの胴に、冷たくしなやかな何かがくるりと巻き付いた。なにごとかと思う間もなくピスフィの体は浮き上がり、気づけば宙づりになっていた。

ピスフィの体を持ち上げているのは、純白のうろこに覆われた長虫の尾だった。

目の前に、女王の顔があった。

マナは、ぎざぎざの歯をむきだしてやさしく笑った。

「おう、来たぞ」

「陛下……」

「痩せたんじゃねーか？　メシ食ってけよ」

　王宮に連行されたピスフィは、額の傷に香草入りの軟膏《なんこう》を塗られ、執務室に案内された。マナは、寝椅子に胴を投げ出した格好で背の低い卓に向き合っていた。卓の上には、銀の大皿だの小鉢だのが並んでいた。

「参りました、陛下」

「んー」

　マナは左手に持った書類に目を通しながら、右手のさじをふらふらさまよわせた。大皿に盛られた料理をすくい、ぼろぼろこぼしながら口元に持っていく。

「座って食ってろ」

「失礼します」

　ピスフィは戸惑いながら卓についた。さじを手に取り、皿の上の山に突っ込み、ほおばる。

　あたたかくて、おいしかった。

で炊いている。

「これは……米ですか？　煙の味がします」

噛《か》むともちもちして、香ばしい。穀物を燻製《くんせい》したものだろう。それを、チキンストック

「炒《い》り青麦《あおむぎ》。フリーケっつーんだっけな。異世界の食いもんだ。康太に聞いて、作らせてみた」

マナは書類をめくり、こぼしながら食べ、さじを指に挟んだままゴブレットを手にしてワインを飲んだ。

「収穫前に雨が多いと、小麦ってだめになっちまうらしいな」

「穂発芽《ほはつが》や黒かびですね」

「知んねーけどな詳しいことは。農家が泣きついてきたからよ、青いうちに刈らせて、あーしが全量買い取った。保存も利くみてーだし」

ピスフィはうなずき、もう一口、食べた。刻んだ鶏肉は、噛むと繊維がぎしっと裂ける。不意打ちのように、こくと風味が爆《は》ぜた。そら豆の味だ。

「こうたであれば、青麦ごはんとでも名付けるでしょうか」

マナは顔を上げず、かすかに笑った。

「……ピスディオのことは気の毒だったな」

ピスフィは幾度か深い呼吸をして、自分の感情をなだめた。

「ありがとうございます。お聞き及びだったのですね」

マナは書類を最後までめくり、床に置いた。ピスフィは文字に目を留めた。びっしりと書かれているのは、すべて人名だった。

文字の並びの中に父の名前を見出《みいだ》し、ピスフィは悟った。マナが手繰《たぐ》っていたのは、長大な死者のリストなのだと。

「陛下は……」

ピスフィは訊《たず》ねながら言葉を失った。マナはそっけなくうなずいた。

「残桜症《ざんおうしょう》で死んじまった一万三千五十二人の名前は、ぜんぶ覚えてる。そいつがどういう生き方をしたのかも」

マナは卓上の食べこぼしを手でまとめて口に放り込み、脂まみれになったてのひらを床でぬぐった。

「他にやることねーからな」

ピスフィは王と王家に対する怒りを、次いであわれみをおぼえた。

「では、なにもなさらないのですね。蔓延《まんえん》する感染症にも、護民官を詐称《さしょう》するナバリオーネにも」

マナは顔を上げた。ピスフィの表情を見つめて、力なく笑い、首を横に振った。

「わるもんぶんなし。愚痴なら吐く場所あんだよ、あーしには」

偽悪をただちに見抜かれたピスフィは、気まずい思いで頭を下げた。

「失礼いたしました。出過ぎた真似を……」

「気ぃつかってる場合か？　食えほら。肥れ」

マナはピスフィに小鉢を勧めた。角切りにしたまぐろといちじくに、ハニーマスタードと酢を和《あ》えたものだ。痩せたまぐろの血の味に、甘みと酸味、砕いた黒こしょうがぴりっと効いた。

いっしょに和えられていた、刻んだ青い葉っぱを噛《か》む。しゃりっとした心地よい違和感のあとに、ぬめりと酸味。食べたことのない味で、ピスフィはちょっと顔をしかめた。

「聞いたことのない名です」

「プルピエだ。おもしれー味すんだろ」

「なんつったたっけな、別名あんだよ。康太が言ってた。あーそう、スベリヒユだ」

ピスフィは思わず噴き出した。

「あ？　んだよ急に」

「いえ、その……食べられるものだったたと。はじめて知りました」

「あいつわけ分かんねーもんばっか食ってってからな。アナジャコ知ってっか？　すげーなんか、やベー見た目のやつ」

「いただきましたよ。陛下と干潟に向かった折」

「あーな。あったな。あれもナバリオーネんときか」

海の言祝《ことほ》ぎを模した饗宴《きょうえん》の後、泥酔して浮かれきったマナはガレーの舳先《へさき》を干潟に向かわせた。移民島のひとびとを交えたばかさわぎは深夜まで続き、疲れきったピスフィはほとんど眠っていた。パトリトと康太が捕れたアナジャコの数を競っていたことは、うすぼんやり覚えている。

「楽しかったな」

「ええ、とても」

なにもかもが、今となっては過去形だった。

毒を含んだ空気はひとびとを分断し、小さな泡に閉じ込めていた。康太が、ミリシアが、白茅が、どんなふうに過ごしているのかピスフィは知らない。知ろうとする試みですら、常軌《じょうき》を逸《いっ》して恥知らずな、撃ち殺されて然るべき行いとされていた。

扉が控えめにノックされた。マナは体を起こし、這《は》って行って自ら来訪者を出迎えた。

「ソコーリ」

マナが呼んだ名前に、ピスフィは心からの安堵《あんど》を覚えた。生きていたのだ。残桜症《ざんおうしょう》の最初期に感染した陛下御側係《おそばがかり》の、その予後は救いのあるものだったのだ。ピスフィは体をひねり、扉に目を向けた。

病気に蝕《むしば》まれた肉体があった。

真珠色の巻き角は、片一方が抜け落ち、栗色の髪の間に薄く青白い地肌が透けていた。頬はこけ、肌はひどく荒れていた。

「マ、ナ」

ソコーリは左の眉をひそめ、くちびるの左半分を開けて、ため息のように女王の名を呼んだ。顔の右半分は凍ったように動かなかった。曲げた腕の右肘を、銀色の杖《つえ》に乗せていた。

杖をつきながら歩くソコーリの肩を、マナが支えた。ソコーリはピスフィを認め、頭を下げた。それから、

「お久し、ぶり、です……あ、る、つぃお、様」

ピスフィではない名を呼んだ。アルツィオ。ピーダーの先々代、ピスフィの祖父の名だった。

マナに支えられ、ソコーリは杖を頼りにのろのろと歩いた。手にした書類を机に置くと、目を閉じ、息切れのために体を折った。

マナは書類に目をやり、鼻を鳴らした。

「まーたナバリオーネからか。焼き捨てとけこんなもん」

ソコーリは表情を変えた。おそらく笑ったのだとピスフィは思った。

「味方にも敵にもなってやれねーけどよ、憲法ぐらい分かってんだろあいつ。護民官にと

か千回言われても認めらんねーし」

「そうです、ね、マ、ナ」

「知るかばかだわ完全に。バチクソくだらねー」

マナは、空いた片手で紙を掴《つか》んで握りつぶし、くずかごに放り込んだ。それから時間をかけて反転し、ソコーリを部屋の外まで連れて行った。

「おい！　テメーだよそこのテメー！　ソコーリ連れてけ！」

「はい、陛下」

しばらくマナは廊下に顔を突き出していた。

「ゆっくりだろもっと！」

「はいぃ！　陛下ぁ！」

「ったくなんも分かってねーし。あーしが……」

マナは、ぽかんとするピスフィに気づいてばつの悪そうな表情を浮かべ、閉じた扉に背をもたせた。尾の先端が、おびえたように丸まった。

「説明、いるか？」

「いえ、その……陛下が、お辛《つら》いのであれば」

「辛いに決まってんだろ？」

口にしてから、マナは頭をがりがり掻《か》いた。

「あーいや違う、悪い、今のなしな。なんだ、分かんだろテメーなら」

「後遺症、でしょうか。さっき、みどもの祖父の名を」

マナは滑るように這《は》って、寝椅子に戻った。

「熱が脳を煮ちまったんだ。医者が言ってた。名前が出ねーんだよ、もう。頭じゃ分かってても、違う名前で呼んじまう」

「それは」

「いいよ。慰めんなし」

ソコーリが願えば、マナは言祝《ことほ》ぐ魔述で癒やせただろう。だがこの主従は、治療を選ばなかった。理由に思い至って、後れ毛が逆立った。

「……ばかだよな」

返事は、できなかった。およそ人間に可能な共感の範囲を飛び越えて、女王と侍従は命の先にあるものを選んだ。かけるべき言葉は見出《みいだ》せなかった。

「陛下は、王政復古につながる根を枯らされたのですね」

ピスフィは、やっとの思いで口にした。

「あーしは、ソコーリを棄てたんだよ」

魔述と奇跡を国じゅうにばらまけば、市民は大評議会に寄せていた信頼を、王家に向けるだろう。その先にあるのは王党派とでも呼ぶべき政治的派閥の誕生と躍進だ。それは残《ざん》桜症《おうしょう》の終息後もヘカトンケイルに混乱と禍根を残し、やがて専制君主の誕生を招く。

だから、マナもソコーリも、魔述の奇跡を望まなかった。

引き換えたのだ。かけがえのないものと、未来を。

そのときようやくピスフィは、父の言葉を理解できたと思った。

妥当と正義。今ここの正しさを問うものと、いつそれが正しいと認められるのか分からないもの。

救えたはずの幼なじみも市民も死に追いやりながら、病魔に斃《たお》れたひとびとの名と生涯を記憶し続ける。それがどういうことなのか、まともな人間に理解できるはずがない。

なんの担保も約束もなく、ただ単に信じているだけの未来を守る行いだった。そこには時間も共感も欠け失せていた。

正義とは、そういうものだった。

「帰っていいぞ。気ぃつかうだろ?」

マナは空笑《そらわら》いを顔に浮かべた。

「でも……」

ピスフィは泣きべその声でマナに呼びかけて、声は続かなかった。

衝動的に駆け寄って、ピスフィはマナの手を取った。冷たい指先を、あたためるように両手で包んだ。こんなことがなにかの慰めになるとは思わなかった。それでもピスフィは、そうした。

「そうじゃねーし。恨めよ」

マナはピスフィの手をふりほどこうとした。

「できません」

「あーしは、見殺しにしたぞ。テメーの親を」

「それでも、陛下」

ピスフィは、つないだ手に力をこめた。

「あなたが、傷ついておられるのじゃ」

やがてマナは体の力を抜いて、ピスフィの体温を受け入れた。床に長く伸びた影を見ながら、だまって泣いた。

マナが身じろぎし、ピスフィは手を離して立ち上がった。

「お招きいただき、ありがとうございました。どうぞご自愛ください、陛下」

ピスフィは膝をつき、頭を下げた。マナは笑った。

「なんだそりゃ。皮肉か？　一秒でもはやく殺されてーって毎日思ってるやつに言うことかよ」

「ご冗談にできるのであれば、陛下は確かに、とても素晴らしい愚痴の吐きどころをお持ちなのですね。すこしも笑えませんが」

「顔、上げろよ」

ピスフィは言われた通りにした。マナは陽射しのような笑みをピスフィに注いだ。

「ピスディオに似てきたな、テメーも」

「皮肉ですか？　父の御してきた怪物に、たった今こてんぱんにされたところですが」

ふたりは笑った。

「どーすんだテメー、これから」

「父の御してきた怪物を、どうすればこてんぱんにできるか考えます」

マナは目をまんまるに見開いた。

「こりねーな」

「最近では多くの者が、みどもを評してこう語ります。出たとこ勝負の無鉄砲な脱輪馬車、と。的確じゃなと感心しておりますよ」

マナは寝椅子にわだかまっていた胴を伸ばして、尾の先で、ピスフィを撫《な》でた。ピスフィは照れたように笑った。

「ナバリオーネがしびれ切らしたら何すっか、分かってんな？　ちんぴら連れて王宮に乗り込んで、あーしに地位を認めさせる。ユクのおっちゃんの立太子は済んでっから、最悪あーしが死んでもあいつは困んねーぞ」

「そして陛下は、やすやすと死を選ばれるのでしょうね」

「やすやすじゃねーし、なんだと思ってんだよ人を。法が法だからしょうがねーなっつって死ぬんだよ」

怒ったふりのマナがピスフィのほっぺをぴしゃぴしゃ叩《たた》き、ピスフィは苦笑しながら、くすぐったさを受け入れた。

「ナバリオーネが打って出るとすれば、建国記念日でしょうか」

「だろうな。時間ねーぞ。テメーはいま無理しなくても——」

「それでは、失礼いたします。時間がないもので」

ピスフィはマナの言葉を遮り、立ち上がった。マナはため息まじりの笑みを浮かべた。

「ん。またな」

執務室を出て、冗談みたいに長い廊下を歩き通した。階段を降りた先の玄関広間に、ソコーリが立っていた。杖《つえ》に体重を預け、立っているだけで息を切らしながら、ピスフィに向かって深く頭を下げた。

「あり、がとう、ございます……あ、る、つぃお、様」

どんな言葉が必要なのか、ピスフィには分からなかった。

だがピスフィは同情の涙を流したり無意味に励ましたりせず、胸を張って足早に、ソコーリの前を通り過ぎた。

午後深い無人の街路を、ピスフィは屋敷を目指してまっすぐ歩いた。視界の端に、立ち上る煙が見えた。燻蒸《くんじょう》消毒か、火事か。ピスフィは考えごとの片隅にごくわずかそんな思いをよぎらせながら、歩みを止めなかった。

◇

よく晴れて、ひさしぶりに暑いぐらいの朝だった。いくつかの開いた扉から、病棟の廊下まで陽の光が差し込んできていた。はさみで切ったような光が床でふるえているのを、あたしはなんだかじっと見ていた。

おばあちゃんが死んだ日のあたしも、同じようなことをしていた。病院の六階の待合室で、親戚のお兄ちゃんとずっと３ＤＳしてた。そのうち充電が切れてひまになって、机の上のお茶のペットボトルが窓からの光を通して、影が緑色だったのを眺めてた。

お父さんとお母さんは、おばあちゃんが死ぬところを見せたくなかったんだと思う。そうじゃなくて、おばあちゃんが死んだときの自分たちを見せたくなかったのかもしれない。どっちにしろあたしが覚えているのは、待合室が静かで暑かったこと、親戚のお兄ちゃんがときどきあたしに負けて舌打ちしたこと、緑色の影がきれいだったことだけだ。

扉が開いて、カンディードが出てきた。手に一枚の紙があって、それは涙なのか汗なのか湿って、くしゃくしゃだった。

「白茅君、終わりましたよ」

カンディードはかすれ声で言った。あたしはうなずいた。あたしはカンディードと入れ替わりに、部屋に入った。

いちばん良い部屋のいちばんまともなベッドに、キュネーは寝かされていた。台はすのこみたいで通気性がよかったし、布団の綿はぶあつかったし、かけ布団は羽毛だった。

あたしは部屋を横切って、ベッドサイドの椅子に腰掛けた。

キュネーはしばらくぼーっとしていて、そのうち瞳の焦点があたしに合って、ゆっくり息を吐いた。

「そばに」

「言わないで」

「ごめん」

「いいよ」

それからあたしは話題を探した。

「カンディードと、なに話したの？」

「遺言だよ」

「そうじゃなくて、あるでしょほらなんか。その、あれ、こう、すっすすすすっ好きっ好きっ」

あたしは自分にうそでしょって思った。こんな話もできないの？　好きって単語にもう照れてる。え、世の中の女子ってこういう話で永久に盛り上がってるんじゃないの？　いや友達いないから想像なんだけど、あたしも生物学上とか性自認とかでは女子だし、生きてて一度もやったことなくても試しにやったらできんじゃないかなーって思ってた。

「ああー」

あたしが頭を抱えていると、キュネーは笑った。いつもみたいに。

だからあたしは、いつもみたいに話をしたかった。いつも友達とそうしてるみたいにおしゃべりして、ばいばいまたねってお別れして、次の日またおしゃべりしたかった。あたしが望んでいるのはそれだけだった。他のことなんてなんにもいらなかった、あたしの命でさえいらなかった。

「せんせいの」

「うん」

「パケットさんも、キャンディも……」

「聞いたよ。家からこっそり抜け出してきたって。キュネーのために」

キュネーは枕に乗せた頭をちょっとだけ動かしてうなずいた。

「それで、ウチは」

キュネーのまぶたが、ふるえて閉じた。

「そばに、いられるかなって、思ったの」

「うん」

「卑怯《ひきょう》、だよね」

「ちがうよ」

「軽蔑、して、いいよ」

「しない」

あたしはキュネーの手に触れる。熱い。燃えてるみたいに熱い。冷たさが届いてほしいってあたしは思う。

「さわら、ないで」

「やだ」

キュネーはしばらく黙っていた。かさかさのくちびるの間から吐き出されて吸い込まれる息は今にも消えそうだった。

「やっと言えた」

長い長い時間が経《た》ってからキュネーは言った。

「ウチの、こういうとこ」

「キュネー、いいとこばっかあたしに見せてたでしょ」

「ばれた？」

「ばれてた」

あたしは笑おうとした。

ねえ、笑えてた？

「妹がね」

キュネーはなにか言いかけて黙った。

なにを言いたかったのか、あたしは知らない。

妹がいたんだけど死んじゃった、なのかもしれない。妹がほしかったからあたしのことをそんな風に思っていた、なのかもしれない。

なんにせよ、あたしには分からない。

キュネーはそれっきり、口をきかなかったから。

あたしはキュネーの手を握ったままじっとしていた。

朝が昼になった。太陽が空のてっぺんまで行くと部屋はすこしだけ暗くなった。

潮が引くみたいにキュネーの体から熱が消えていった。あたしは動かなかったし頭の中で言葉にすることもしなかった。いまなにかしたらそれが決まっちゃうって、あたしはばかげたことを思っていた。

こうしてるあいだだけは時間が止まって、だからまだキュネーは眠っているだけでなにも起きてない、あたしがじっとしてればなんにも起こらない、なんにも終わってない。

どこか遠くでいくつかの声がした。大きな音がした。あたしはじっとしていた。なにも起こらない、まだ終わってない、だからあたしは動かなかった。

「白茅君!? どうしてまだここに！」

カンディードが部屋に飛び込んできた。

「逃げましょう！　急いで！」

水の向こうでしゃべってるみたいに、カンディードの声がぼわぼわ聞こえてきた。

「さあ、早く！　すぐそこまで火が来てます！」

火？

カンディードの指があたしの肩に食い込んだ。あたしは反射的に立ち上がった。カンディードがあたしの腕を掴《つか》んで強引に引っぱった。転びかけて、よたよた数歩歩いて、いくつかの階段を転げ落ちるように下りて、カンディードが病棟から飛び出して、あたしは燃えているのを見る。なにもかもが燃えているのを。

「なに、これ」

燃えている。

堤防にたてかけた逆茂木《さかもぎ》が、家が、割れた街路のむきだしの基材が。

「白茅君！」

肩が抜けそうな力であたしは引っぱられた。木の建物が目の前でごしゃっと崩れて火花が飛び散り、息もできないぐらい熱い風と煙が吹きつけた。

「こっちへ！」

引きずられるがままにあたしは走った。

夢の中にいるみたいで、地面を踏んでも体に伝わる衝撃がなんだか他人事《ひとごと》みたいだった。頬や鼻先がひりひりするような熱も、目を焼くような炎も、歪《ゆが》む空気も白い煙も、ぜんぶ本物とは思えなかった。

あっちこっちで悲鳴が上がっているのをあたしは聞いた。だんだん声に近づいていった。港のあたりに、移民島のみんながいた。

「姫さん、先生！　こっちです！　海に！」

だれかが叫んで、堤防から海に飛び込んだ。

「キュネーは？」

あたしは聞いた。だれも答えてくれなかった。

「……白茅君も」

カンディードがあたしの背中を押した。あたしは押されるがままによたよた歩いて、いつの間にか目の前に海があって気づいたら海水を飲んでいて、息を吸い込もうとしたらもっといっぱい水が入ってきて、海の中にいるんだって気づいたときには浮かび上がっていて、また沈んで、だれかがあたしの両肩に腕を回して下から押し上げて、空には煙がまっすぐ昇っている。

助けてくれたのはカンディードだった。そのまま泳いでいって、あたしたちは砂州《さす》に這《は》い上がった。あたしは四つんばいになって海水を吐いた。

砂州には移民島の人たちがいた。みんな怒るとか泣くとかじゃなくて、ただ、ぽかんとしていた。

長く間延びした夏の夕暮れがきた。島に覆いかぶさるような分厚い煙を、火事の炎がオレンジ色に照らしていた。

「櫓《やぐら》が、倒されたんです」

甲高い声が、泣きわめく合間になんだか意味のありそうなことを言った。

「出丸《でまる》のぜんぶに燃え移って、逆茂木《さかもぎ》にも……」

あたしは立ち上がった。火事とかこの世で一番どうでもよかった。キュネーのとこに行かなきゃ。

だれかがあたしの腕を掴《つか》んで思い切りひっぱって、あたしは尻もちをついた。そしたらもう立ち上がる体力が残っていないことにあたしは気づいた。

横目に動くものが見えて、それは小舟だった。のろのろと砂州に近づいてきて、いきなりがくっと止まったかと思うと、悲鳴がした。

「ピエトロ！　ああちくしょう、ひどい、なんてことしやがる！　移民どもが！」

小舟から誰かが飛び下りて、砂州まで一息に泳ぎきって、ずぶぬれであたしたちを睨《にら》んだ。そいつは泣いていた。

「ふざけやがって、ふざけやがって！　てめえらかよ、海に杭《くい》なんか打ちやがったのは！　ピエトロの腹に穴が空いちまった！」

誰一人としてそいつの言ってることが分からなかったので、返事をしなかった。

「おれたちが何したってんだ⁉　てめえらが病気を撒《ま》き散《ち》らしたから止めようとしただけだろうが！　くだらねえ櫓《やぐら》の上で火なんか焚《た》きやがって！　レヴァントもガスパールもイヤコヴも焼け死んじまった、ピエトロも死んじまう、いいやつだったのに！　ヘカトンケイルを守ろうとしたのに！」

そいつは一人で喋《しゃべ》って一人でキレて、ナイフを抜いた。

「ばかな、ことを……ばかなことを言うんじゃない！」

カンディードが立ち上がった。

「おまえたちのしたことの一つでも、正しいわけがあるか！　病を怖れて移民を憎んで、何人殺した！　そんなことで誰を救った⁉　答えろ！」

カンディードは怒鳴りながら男に向かってずんずん歩いていった。

「どうしてこんなことができるんだ⁉　だれでも分かるようなくだらない嘘《うそ》を信じて、どうしてそのぐらいのことで人を殺せるんだ！」

「てめえらが先だろうが！」

男は逆手《さかて》に持ったナイフを振り下ろした。刃がカンディードの肩に突き刺さった。ナイフが引き抜かれ、カンディードは肩を押さえて倒れた。

「みんな殺されちまった、移民どもの撒いた病気で死んだんだ！　ふざけやがって、ふざけやがって！　殺したのはてめえらだ！」

男はめちゃくちゃに泣きわめきながら膝をついて、倒れたカンディードに覆い被《かぶ》さって、再びナイフを、今度は両手で頭より高く持ち上げた。

風船を割ったみたいな音がした。男の体が海まで吹っ飛んだ。動かなくなった男の体が引き波にさらわれて、ゆっくりあたしたちから遠ざかっていった。

あたしは音がした方を見た。

熊でも撃つみたいな銃を持ったナバリオーネがいた。うしろにも何人かいて、かかげたたいまつでナバリオーネを照らしていた。

銃口から煙を上げる銃を手に、ナバリオーネはしばらくじっとしていた。そのうち、あたしと目が合った。

それでナバリオーネは、たったいま呼吸とかまばたきの方法を思い出したみたいに体をぴくっと動かした。

「鉦《かね》を鳴らせ！　消火のための人員をかき集めろ！」

振り返って、ナバリオーネは叫んだ。後ろの人たちが大慌てですっ飛んでいった。

「ナバリオーネ君……助かりました」

「なぜここにとは、今は問いませんよ、カンディード・パングロス。立てますか？」

カンディードは、ナバリオーネの差し出した手にすがってよろよろと立ち上がった。

鳴りはじめた鉦《かね》の音が、風に乗って届いた。ナバリオーネは砂州《さす》に打ち上げられたあたしたちをざっと見てから、

「キュネーは？」

あたしに、そう訊《き》いた。あたしは答えなかった。ナバリオーネはうつむき、きつく目を閉じた。

「ナバリオーネ君。どうか遺体だけでも、あの子のところに返してあげてください。ひどすぎますよ。こんなことは、ひどすぎます」

「ええ、必ず」

うなずいて、カンディードの体がぐらついた。ナバリオーネが腕を伸ばして受け止め、カンディードを砂の上に横たえた。

「管区をまたいだ移動が禁じられている今、みなさんを本島にご案内することはできません。必要なものは用意しますから、今日はこちらでお過ごしください」

カンディードが言った。あたしたちの誰かに、文句を言ったり感謝したりする気力が残っている人はいなかった。

「火事はかならず、私たちが速やかに消し止めます。残されたひとびとも、できる限り救

います。どんな手立てを用いようと、私が、あなたがたを、生かします。ひとり残らず、生かします」

夜を吸ったまっくろな海が、炎できらきら光っていた。

さざ波で光の感じが変わるのをあたしは眺めていた。ペットボトルを通った光が緑色の影になっているのを見ていたときみたいに。

第二十一章　長く暗い魂のティータイム

「おう、パトリト」

「ガスタルドじゃん。おっすー」

パトリトは、板で封をされた扉にもたれたまま、手を上げて友に挨拶した。

「交替の時間もうだっけ？」

ガスタルドは、ピーダー家の監視員に選ばれていた。

ちょうど彼の担当している一家が全滅したところに、ピーダー家の夜を受け持つ監視員が感染したからだ。

パトリトの質問には答えず、ガスタルドはパトリトの隣に腰を下ろして言った。

「お嬢ちゃん、その後どうだい。護民官どのに突っかかったって話を聞いたぜ」

「まーなんか、いろいろ考えてるみたいだよ。あっちこっちに手紙出してる」

「手紙？　どうやって？」

「そりゃー、俺が手引きしてるんでしょ」

ガスタルドはため息をついた。

「たいしたもんだなあ。ありゃあ立派なピーダーだ」

「そだね。めげないねーお姫ちゃんはほんと」

「てめえはネイデルとしちゃ度外れてるけどな。ミリシアそっくりだ」

「えーまじで、やばいじゃんそれ」

パトリトはおざなりに笑った。

「おれもな、漁に出るつもりだよ」

なんでもないふうに装って、ガスタルドは言った。

パトリトは一瞬、言葉に詰まった。

港はナバリオーネの私兵に封鎖され、入ってこようとする船は火矢を射かけられ、沈んだ。自国籍の船も例外ではなかった。

外国の港でも、事情は似たようなものだった。まして残桜症《ざんおうしょう》の本拠地であるヘカトンケイル籍の船など、検疫措置さえ取られず焼き沈められるだろう。

「そか」

パトリトはどうにかこうにか笑顔を保ち、死出の旅へ赴こうとする友に、ただ相づちを打った。

「たいていの船は国営造船所のくそどもに分捕られちまったけどよ、おれたちにはモンタータ号があるからな」

「ガレーで漁業？　できんの？」

「陛下をお乗せすることに比べりゃ、なんでもねえ」

「あったねーそんなこと。なんだろ、もうめっちゃ懐かしい気がする」

「あれほど海が荒れねえよう願った日はねえや。マナ陛下つったら、そりゃあ……陛下だからなあ」

パトリトは笑った。

「ま、止めやしねえよなあ。おまえなら」

「理由ぐらい聞こっか？」

「たいしたことじゃねえよ。閉じ込められて死んでく連中の声を聞きながら、てめえが病気になっちまうのに怯《おび》えてりゃ、死んでるのと変わらねえからな」

「そっか」

「おれたち漁業兄弟会はな、でっけえ魚が捕れていい金になりゃ、それだけでいいんだよ」

「そのそれだけで、殺されても？」

「どっちがましかって話だな」

ガスタルドが目を向ける先に、パトリトも視線を送った。

静まりきった街路に、精気を欠いた顔の監視員がぽつりぽつりと座り込んでいた。感染者が出たことを示す旗は民家の半数に及んでいた。窓からは燻蒸《くんじょう》消毒の煙だの、病人かその家族の悲鳴だのが、漏れ出ていた。

ここで自分の葬式を待つのと、港で火矢を射かけられて焼死するか溺死するのと、よりよい死に方はどちらだろうか。

「おまえも来るか？」

問われて、パトリトは腕を組んだ。

「んんー……けっこう魅力的だ。でも、やめとくわ」

「理由ぐらい聞かせてくれるかい？」

「なんだろね、なんか自分でも分かんないけど、やめとく」

ふわついた言い回しに、ガスタルドは噴き出した。

「らしい答えじゃねえか」

「ほんで、いつ出んの？」

「まあ、近々だな」

「え、なに、内緒？」

「見送りでもされてみろ、泣いて引き返しちまうぜ」

「ん、そか」

パトリトは、立てた両膝のあいだにほほを突っ込んで小さくまとまった。ガスタルドは気まずそうに首をかしげ、うなじをかいた。

「だから、そういうのをやめろってんだよ。そら、交替だろ？　もう行っちまえ」

「うん」

立ち上がって、パトリトはとぼとぼ歩き出した。

「なあ、パトリト」

呼び止めてからガスタルドは、そんな自分に驚いたように黙り込んだ。パトリトは振り返らず、立ち止まったままガスタルドの言葉を待った。

「見たことねえようなばかでけえ海老《えび》を持ってきてやるからよ。楽しみにしとけ」

パトリトの肩が、笑い声に揺れた。

「したらまた、お姫ちゃんの家で宴会だね。みんなで」

それからパトリトは、日暮れの湿っぽい路地を自分の家に向かって歩いた。

「ありゃー」

思わず、立ち止まった。驚くべきことに、部屋を借りている集合住宅の入り口が封鎖されていた。

仕事をしているあいだに、感染者が出たのだ。

「あんた、ここの家のもんか？」

真新しい旗を担いだ監視員らしき女が、パトリトに声をかけた。

「やー、びっくりしちゃって。知り合い住んでっから」

パトリトはにこやかに嘘《うそ》をついた。

「その知り合いとは、最後にいつ会った？　分かってんだろうね、二週間以内ってんならあんたも病気持ちといっしょだよ」

この監視員は自らの職務に誇りを抱いているのだろうな、と、パトリトは感心した。そんな人間が現世に存在しているとは想像していなかった。

「もう何年も会ってないよ。いやでも、ほんとびっくりしちゃってさ」

監視員は疑り深く無遠慮な目をパトリトに向けた。老いた性悪のろばみたいだとパトリトは思った。自分がいま食っている牧草にさえ気を許さないような雰囲気がある。

「うそだったら、護民官さまに焼かれちまうんだからね」

「焼かれないって。うそじゃないし」

「そんならさっさと行きな。人に余計な時間を使わせるんじゃないよ」

「ほいほい。じゃーがんばってね」

パトリトはいっそ清々《すがすが》しいような気分で、あてもなくふらふらしはじめた。移民島は陰謀論者に燃やされるし、友人はかたっぱしから死ぬし、とうとう住む家までなくなった。きれいなまんまるのゼロだ。

モンタータ号に乗せてくれと、今からでもガスタルドに頼んだっていい。そうしてはいけない理由はひとつもないのだ。

家々の間を走る小運河に架かる橋のなかばで、パトリトは立ち止まった。

「やばいな人生。なんなんだこりゃ」

ぼそっとつぶやき、あまりにもばかばかしい気持ちで、欄干《らんかん》に肘をついた。腹を見せて浮かんだぼらが回転しながら流れていき、その後を、網だの服だのの切れ端や、腐った木ぎれが追った。

「失礼、ご老人。パトリト・ネイデルを見かけたか？」

よく知っている声が聞こえた。

絶対に幻聴だと思った。

「なんだ、ここのもんの知り合いかい？」

さっきパトリトを罵《ののし》った監視員が、声に応答した。

「我が弟だ。ここに住んでいるはずなのであるが」

「だったらくたばってるにせよ閉じこもってるにせよ、会えるわけないだろうが。最後にいつ会ったんだい？　二週間以内ってなら」

「感謝する、ご老人。急ぐので、お話は後ほど伺おう」

「ちょっと、待つんだよ！　あんた護民官さまに焼かれちまいたいのか！」

パトリトはおずおずと、橋の下に目をやった。胸甲を身に着けて剣を帯びたうさ耳の女が、監視員に肩を掴《つか》まれていた。

「ぶっぐぇ」

監視員がうめいた。というのも、うさ耳の女が振り返った拍子に、女の剣の柄《え》が監視員の脇腹深くめりこんだからだ。

「だいじょうぶか、ご老人！　すまない！　しかし、悪意あってのことではないのだ！」

監視員は膝をつき、痛みと屈辱にわなわな震えた。

パトリトはこのばかげた寸劇を、なにか空想上の生き物でも見守るような気持ちでしばらく眺めていた。

「ごっ、護民官、さまに、おまえを、焼いてもらうからな」

老人は震える指先を鎧《よろい》の女に突きつけた。

「ナバリオーネのことか。私は彼の政敵であり、つまりあなたの敵とも言えるのであろうが……それでも、差し伸べた手を取るぐらいのことはしていただきたい。このままでは申し訳が立たん」

「なんでぇ⁉」

我に返ったパトリトは心のままに叫んだ。

「え待って、ちょっと！　みー姉ちゃんいるんだけど！」

本土の別荘に軟禁されているはずの姉が本島にいて、しかもいじわるな老人に親切にしている。全生涯にわたって一、二を争うほど不可解な光景だった。

「パトリト！　ほうぼう探したぞ！」

ミリシアは手甲《てっこう》をはめた両腕を広げ、悠々と歩み寄ってきた。

「いやいやいやいやいや！」

「よく生きていてくれたな、弟よ！　姉はうれしい！」

「いやなんで！　みー姉ちゃんが！　なんで！」

姉の抱擁を受けながらパトリトは吠《ほ》えた。

「痛い痛い痛い手甲でなでんのやめて！　毛がなんか挟まってちぎれてるいっぱい！」

「ご、護民官、さまが……あんたらを、焼いてくださる」

老人が脇腹を押さえながら立ち上がろうとしていた。

「パトリト、場所を変えるぞ。すまない、ご老人！　私と弟には、なさねばならぬことがあるのだ！　その後であればあなたの復讐《ふくしゅう》を受け入れよう！」

ミリシアはパトリトの手を引いて、ずんずん歩き出した。橋をいくつか渡ると、老人の悪態はすっかり聞こえなくなった。

「ねえ待ってみー姉ちゃん、なにしてんの？　なんでいんの？」

パトリトは息が続く限り同じことを繰り返した。ミリシアは立ち止まり、弟の手を離すと、不敵に笑った。

「決まっているであろう。こうして」

右ストレートをひゅぱっと放ち、

「こうしたのだ」

スイッチして左ハイキックをびひゅっと放った。

パトリトは正真正銘絶句した。

「立ちふさがる親きょうだいを打倒し、打ち棄てられた小舟を盗んでひそかに上陸した。むろん、暴力も窃盗《せっとう》も許されざる不法行為だ。ことが済めば私は進んで投獄されよう」

「あーなんだろ、そこじゃないんだよなあ！　聞きたいのそこじゃないんだ！」

姉がとつぜんむちゃくちゃなことをやりだすのは、まあまあよくあることだった。なにしろ、ある日いきなり鎧《よろい》と家伝の宝剣ドワーブルシュタッス・ネイデルを身に着け、旅に出るような相手だ。しかし今回ばかりはいくらなんでもありえなかった。引き留める家族をひとり残らずぶちのめし、死者の島までのこのこやってくるに値する理由など、どこを探しても見つかるはずがない。

ここまで考えて、パトリトはため息をついた。あるのだ。姉には理由がある。あんまりにも自明だから、いちいち語らないのだ。

「お姫ちゃん、まだまだなんか企んでるみたいだよ」

「そうであろうな。ナバリオーネの専横を許せる嬢ではない。そもそも私は、もっと早くに本島入りするつもりだったのだ。しかし、あちらこちらの街道で足止めされてな」

「あー、やっぱそんなんなってんだ外は。みー姉ちゃんよく来られたねここまで」

「大軍のふりをして行政官を脅したり、霧に紛れたり、町の有力者を人質に取ったり……まあ、快適な旅程ではなかったよ」

「そりゃね、普通は人質に取んないもんね町の有力者を」

あらためて、パトリトはミリシアがどれほどいかれた人物なのか思い知らされた。もしピスフィに死ねと命じられても、その指示に一定の合理性があれば、姉は躊躇《ちゅうちょ》なく命さえ捨てるだろう。

「理解してくれたようであるな。では、行こうか」

「いや、だからどこに……」

「そう遠くはない。すぐそこだ」

ミリシアが指さす先には、ヘカトンケイルモールがあった。

「私たちはこれより、百貨迷宮《ひゃっかめいきゅう》を暴く」

「ほぉー」

パトリトはさすがにそろそろめちゃくちゃ疲れており、有意味なことをひとつも言えなくなっていた。

「これを見よ」

ミリシアはどこからともなく、くしゃくしゃになった金属のような薄片を取り出した。

「なにこれ？」

「康太の家の近くに落ちていたものだ。居留守を使われたが、益ある訪問であった」

指でつまんでくるくる回し、パトリトは顔をしかめた。

「んんー？　なんだろ、ぜんぜん分からん」

「薬剤の包装具だ。異世界の文字が書いてあるだろう」

「あーこれ見たことある字だわ、思い出せないけど」

「メイジ。日本語における、暦の区分であるな。しかし、そんなことはどうでもいい。重要なのはただ一点、これが異世界の薬であることだ」

「あ……あー！　うわー！」

パトリトはぶったまげて叫んだ。いっぺんに押し寄せてきた情報で、頭が焼き切れそうだった。

「康太くんか榛美ちゃんが残桜症《ざんおうしょう》で、んで薬をどっかから手に入れて、でこれがどこで見つかるかって百貨迷宮じゃん！」

ミリシアはにっこりした。

「理解が早くてうれしいぞ、弟よ。その通りである。私たちは、身命《しんめい》を賭《と》してこの薬を獲得せねばならん。嬢とナバリオーネの対決において、必ずや効果的な交渉材料となるであろう」

「え」

パトリトは――もう何度目か分からないが――絶句した。

「交渉……？」

「全市民に行き渡る数量が確保できるのであれば、それがもっともすばらしいであろう。しかし、いたずらに期待はすまい。われわれはタオル一枚得るのに汲々《きゅうきゅう》としているのだからな」

「やばいよ、あの、みー姉ちゃん、ほんとやばいこと言ってるよそれ。思ってても取りつくろうでしょ普通」

「嬢は私の首を積極的に刎《は》ねたがるであろう。しかし、その程度のことで政敵の陥穽《かんせい》となり得るのならば、私は望んで殺されようさ」

話の通じる相手ではなかった。姉にまともな人格があったなら、そもそも今こんなところにいないのだ。

「……どのへんにあるか知ってんの？」

「分からん」

「だろうねえ」

「しかし、ナバリオーネも治療の鍵を百貨迷宮《ひゃっかめいきゅう》に求めているはずだ。とすれば、迷宮内に攻略隊を送り込んでいるはず。そのうちのひとりふたり確保し、似たようなものを見かけたか訊《たず》ねればいいであろう」

「やばすぎる、ふわふわしすぎてる」

「よいか、弟よ。おまえは新人ゆえ知らぬであろうが、我らが『ピーダーとネイデル、クエリアの会社』には社訓がある」

「はぁー？」

ミリシアはパトリトの呆《あき》れ声を踏みたおし、かつてないほどのしたり顔をした。

「それすなわち、出たとこ勝負だ」

とうとうパトリトは、一切合切どうでもよくなって笑った。

「すごいじゃん」

「そうであろう？　では――」

ミリシアは宝剣ドワーブルシュタッス・ネイデルを鞘《さや》鳴りの音高く抜剣し、ヘカトンケイルモールに向けた。夕陽を浴びてぎらりと光った刃が、パトリトの浮かべるかなり虚無《きょむ》っぽい表情を映し出した。

「いざや行かん、百貨迷宮の深淵《しんえん》へ！」

全島的な外出禁止令を受け、ヘカトンケイルモールは昼までの営業となった。すでに時刻は夕暮れ近く、モールの正面入り口は施錠されている。

ミリシアは、剣の鞘《さや》を扉めがけて力いっぱい振り下ろすことで解錠した。こなごなに砕け散った色ガラスを見て、

「よし」

ミリシアはよしとした。

天窓を貫いた月光が、吹き抜けのホールを冴え冴えと照らしていた。ふたりは息を殺し、観葉植物の陰に潜んだ。

物音を聞きつけて入り口までやってきた警備員を、ミリシアは背後からの卑劣な闇討ちでやっつけた。両腕両足を縛り、さるぐつわを噛《か》ませ、テナントの陰に放り込み、

「よし」

ミリシアはよしとした。

「百貨迷宮《ひゃっかめいきゅう》は大運河の先、東館地下にある。というより、百貨迷宮の上にヘカトンケイルモールを建てた、というべきであるな」

警備員から奪った鍵をパトリトに投げ渡しながら、ミリシアは語った。

「南下する蛮族に怯《おび》え、泥だまりに落ち延びたひとびとは、百貨迷宮との邂逅《かいこう》によって真《まこと》のヘカトンケイル人となった」

深い穴ぐらには、異世界のものが流れ着いた。衣服、食物、書物、ときには人も。ヘカ

トンケイル人は迷宮内のあらゆるものを売りさばき、得られた資本で迷宮を整備した。小部屋を発掘し、通路を引き、区を画したのだ。

東館に進入した二人は、従業員通路をずんずん進んだ。親切なピクトグラムも進みやすい導線もなく、物だらけでごちゃついたへカトンケイルモールのはらわたである。

とすれば、百貨迷宮こそが心臓であろうか。

「ここだな。パトリト」

ミリシアは掲げたたいまつで鉄扉を照らした。パトリトは鍵を差し込み、ひねった。たしかな手応えがあって、ノブを押し下げると、扉はゆっくり開いていった。

眼前に、青空があった。

「おお……？」

パトリトは思わず、目を閉じた。まぶたの裏に赤紫の閃光《せんこう》がちらつく。素肌に、あたたかさとやわらかな風を感じる。

「外出ちゃった？　いや、あれ？　夜だよね今？」

「その目でしかと見よ、パトリト」

瞳をいたわるように、ゆっくりと目を開く。あおあおとした果てのない草原があった。踏み固められた道の先にちょっとした丘があった。空はどこまでも高かった。振り返ると、いましがたふたりが出てきた扉が草の合間にぽつんとたたずんでいた。

「おお?」

「環境を書き換える、原始的で偉大な魔述だ。踏鞴家給地の古いエルフは川の流れを変え、取るに足らぬ雑草を穀物に変えた。実以《じつもっ》て、古代の魔述とはそういうものであった」

ミリシアはだんだん早口になりながら歩いた。パトリトは途方にくれながら姉を追った。

「この魔述が詠《うた》われたとき、まだ地表は若く、荒々しく、そしておおむね非課税であった。世界に生じるありとあらゆる現象は解き明かされざる神秘で、ゆえにカリアも自由であった。述瑚《じゅつご》は魔述師の夢によく応えた」

「ごめんみー姉ちゃん、俺よく分かんないんだわ魔述のこと」

「カリアは、物事の本質だ。康太が言うには、その者の持つ価値観や世界観であるそうだが。とすれば述瑚はカリアを、すなわち述師の世界観をかたちにする力であろう。それこそが魔述だ」

草を踏みながら、パトリトは姉の言葉を吟味《ぎんみ》した。

「あーなんか……うすぼんやり分かったかも。物理学とかなくて、なんだろ、雷を神様と思ってたぐらいの時代はなんでも自由に空想できたから、魔述もやばかったんだ」

「理解が早いな。いまや貴族の教養でしかない魔述は、かつて世界を編集する術《すべ》であったのだ」

丘を登り詰めた先に、ふたりは百貨迷宮《ひゃっかめいきゅう》を見た。

それはパトリトに、露天掘りの鉱山を思わせた。頂角を下にした逆さの円錐状《えんすいじょう》に、大地がえぐり取られている。円錐底面の規模は直径数キロといったところか。

壁面には、うずまきのようにスロープが刻まれていた。見ているだけで遠近感がおかしくなりそうな光景だった。

「ほんとに……百貨迷宮だ」

パトリトは立ち尽くし、なかば呆然《ぼうぜん》と呟《つぶや》いた。

ミリシアは突き出した岩に片足をかけ、太ももの上で頬杖《ほおづえ》をついた。軟風が彼女の銀髪とマントをなびかせた。

「この先に、嬢を救う手立てがあるのだ。急ぐぞ、パトリト」

頬にかかったうさ耳を後ろに跳ね上げ、ミリシアはさっそうと丘を下った。パトリトは未《いま》だに自失しながら、姉の背中をのろのろ追った。

百貨迷宮の底めがけてらせんを描いて下降する通路は、アスファルトですきまなく舗装されていた。

壁面には、異世界の産物が流れ着く区画へと続く両開きの戸がずらりと並ぶ。

また、作業員の休憩所として平坦な一画も掘られている。ここにはシーツを替えたばかりのベッド、清潔な水を張ったステンレスの槽、ぱりっとして新鮮な草を盛られた飼い葉桶《おけ》が用意されていた。

人だけでなく、台車を引くカピバラにまで配慮が行き届いている。

「すんごい、なんか、福利厚生だ」

「フロリストの教訓であるな」

「あーなんか聞いたことある、チューリップバブル起こしちゃったんだよね」

「始まりは、そうであるな。放浪する詐欺師の『座《ざ》』だ」

ひとりの白神が百貨迷宮《ひゃっかめいきゅう》からチューリップの球根を見出《みいだ》した瞬間、フロリストの歴史もまた始まった。たまたまその白神が、十七世紀オランダのチューリップバブルに思い至ったのだ。

投機が投機を呼び、球根の価格は大暴騰した。たった一つの球根を得るため、本土の農地を抵当に入れた者までいる。

当の白神はバブルが弾《はじ》ける直前に売り抜け、大資産を為《な》した。これを元手に詐欺師集団を結成した白神は、地球の知識を利用した詐欺行為に明け暮れたという。

白神の死後も、詐欺師の「座」は存続した。

彼らは今日も、世界のあちらこちらで寸借《すんしゃく》詐欺やら振り込め詐欺、原野商法で哀れな原住民から資産を巻き上げている。

「フロリストは、ヘカトンケイルがこの世に吐き散らした拭いがたき汚穢《おわい》だ。ゆえに当世では、品出し番の採用に当たって念入りな思想・身辺調査が行われる。おまけに、不正など間尺《ましゃく》に合わないと思わせるだけの好待遇だ。これから遭遇するどんな相手であれ、抱き込めるとは思わん方がいい」

「また後ろから殴って縛らなきゃだめってこと？」

ミリシアは頷《うなず》き、中空にぼひゅっと右フックを振ってみせた。

「単純な真実は好ましいものであろう。行き会った相手をやっつけ、話を聞き、次に行く。それだけだ」

あまりにも姉が堂々としているので、パトリトはだんだん、常識の天秤《てんびん》がどちらに傾いているのか分からなくなってきた。

「そだね、やっつけちゃえばいいんだもんね」

姉と弟は百貨迷宮を深く潜行し——誰とも行き会わないまま三日が過ぎた。

「なんかおかしくない？」

頬からまばらに突き出したひげをかきながら、パトリトが言った。

「こう、なんだろ……渦巻きみたいになってたじゃん外から見たら。なのに、体感変わんないんだよね、一周の距離が」

「おまえは始原の魔述の腑《はらわた》にいるのだぞ、パトリト」

ミリシアは鼻の頭に生じた角栓を小指の爪で削りながら応じた。

「何が起ころうともおかしくは……む！」

ミリシアが行く手になにかを発見し、走り出した。

「え、なになに！　あったの？　みー姉ちゃん、あった⁉」

「ああ、よもやこんなところで見つかるとはな！　急ぐぞパトリト！」

「やべえ！　来たか！　うおおおお！」

ふたりは全力疾走し――五分後、風呂に入っていた。

「え？」

パトリトは湯船に浸《つ》かっている自分を見出《みいだ》し、ちょっと仰天した。

「……え？」

「やはり、我がお風呂セットは迷宮でも要りようであったか」

ミリシアは砂糖とはちみつを混ぜたスクラブで、荒れたデコルテを念入りに撫《な》でていた。

パトリトは途方にくれて周囲を見まわした。大理石の切石を敷き詰めた浴場は、地上の尺度でも信じられないほど贅沢《ぜいたく》なものだ。すこし狭いが、一度に十人も二十人も湯浴みする想定ではないのだろう。

湯は清潔であたたかく、肌に心地よい。まめに入れ替えられているようだ。

真水を天水《てんすい》に頼るヘカトンケイルには、かえって早くから浴場文化が根付いた。貴重な水を飲用ではなく浴槽に張り、人の出入りで汚れるに任せられるほど富を得たのだと、ヘカトンケイル人は湯船に浸かるたび実感するのだ。事実ヘカトンケイルモールの浴場は、ちょっとした社交場として機能している。

モール従業員の福利厚生にも風呂が含まれている。ピスフィ主催のパーティを台無しにした白茅を従業員用浴場に連行したのは、他ならぬミリシアだった。

「いや……ここ百貨迷宮《ひゃっかめいきゅう》なんだけど」

「邪魔するぞ」

ミリシアが湯船に肩までつかった。

「ううむ……堪《こた》えられんな！　我が身と天地が一つになったかのようだ！」

姉との再会からここまで、パトリトに理解できることは一つも起こらなかった。そしていま、極めつけが来たと思った。百貨迷宮に風呂があり、姉弟揃《きょうだいそろ》って湯船に浸かっている。なぜ姉はこのような理不尽に耐えられるのだろうか。

「おまえも我がお風呂セットを使うといい」

「あ、うん。ありがと」

パトリトは洗い場に向かい、姉の石けんで髪を洗った。ライムがかすかに香って、悔しいことに気持ちよかった。

「懐かしいな。昔はよく、ふたりで風呂に入ったものだ」

「あーね。本土の別荘でね。俺さー、みー姉ちゃんにめっちゃ怒られたのまだ覚えてるんだけど。髪の洗い方がだめだって」

「おまえが爪を立てていたからだ。指の腹で揉《も》むように洗うことこそ極意であるぞ」

「え、あれ待って、いや、なんだろ、思い出話するの？　ここ百貨迷宮《ひゃっかめいきゅう》だよ」

パトリトはすぐさま我に返った。

「何を言う。これこそがヘカトンケイル性を証明するものであろうが」

「はーん？」

かけ湯で石けんを洗い落とし、椿油《つばきあぶら》を毛先になじませた。そうしないと姉がまだ激怒するからだ。

「今このときにあって、わざわざ真水をこんな地下深くまで引いている。福利厚生のためにな。実以《じつも》って、これほど奇妙な話もないだろう。しかし、私はヘカトンケイルのその始まりを考えてしまったよ」

「始まり？　なんだろ、湿地に逃げてきたこと？」

重曹《じゅうそう》をてのひらに落として湯で練り、顔になじませる。顔を念入りに洗ったところで、いったい何を得られるというのか。だが、たしかに心地よいのだ。

「時の王は百貨迷宮を独占し、王権を強化できたであろう。神授王権の時代、そのありさまこそが正しかったはずだ。しかし、そうはならなかった。王は白神の知恵を借り、この地をショッピングモールとして民に開いたのだ。なぜであろうな」

ぬるい湯で、重曹を洗い流す。我知らず、ほっと息がもれる。皮脂を洗い落とした肌はひきつるようなつっぱるような感じだった。

「使え」

なにかが後頭部にぺしんと当たった。拾い上げると、巾着だった。

「なにこれ……うっわ、なんのにおい？」

「米ぬかが入っている。湯で揉んで、顔を撫《な》でるといい。失われた脂を補ってくれる」

木桶《きおけ》の湯に巾着をひたし、揉む。湯が白く濁り、手にぬるつきを感じた。頬に当て、なでてみる。つっぱった皮膚がやわらかくなっていくような心地だった。

「あー、いいねこれ」

「であろうさ」

「ほんで？　なんでショッピングモールなの？」

訊《たず》ねながら、パトリトにはもうなんとなく、答えが分かっていた。

「王家は、願ったのであろうな。ゆたかなれ、と。わずかな塩をなめ、乾いた魚をかじり、剥き出《むだ》しの生を送るひとびとに、ゆたかなれと」

「剥き出し、か。それもなんか、分かる気するな」

「うむ、生そのものがな。ただ生きるために生き、死に怯《おび》える日々を暮らすこと。家を鎖《とざ》され、触れあうことを許されず、死者を悼《いた》む権利さえないがしろにされる。そんな生が剥《む》き出しになったような日々に、なんの価値がある?」

パトリトは指でうさ耳を探った。毛玉だらけで、でこぼこした手触りだった。残桜症《ざんおうしょう》が本島を襲って以来、身だしなみを気にする余裕はなかった。

「幸か不幸か知恵を得た生き物の生には、呪いが必要なのであろうな。それがために生きていると思わせるような呪いが」

パトリトはうさ耳に、のみ取り用のくしを通した。引っかかりを感じたところで、鋸《のこぎり》を挽《ひ》くようにくしを前後させる。痛みとともに毛玉がほぐれていく。

「王家は我らに呪いをかけて、政《まつりごと》から退《しりぞ》いた。腹いっぱいに食べられて、だれかといたい者は家族をつくって、だれともいたくない者はひとりでいられて、ゆえに、困っている者へとあわれみを向けられるだけの余裕があって……そのような、ゆたかさの呪いを」

くしが、うさ耳からするりと抜けた。中指で、なぞってみる。下に向かって流れるぬれた毛が、指の腹にくすぐったかった。

ミリシアが、ざばっと音を立てて湯船から上がった。

「しっぽをやってやろう」

「え? いやいいよ、自分でできるから」

「できていないから言っているのだ。いまのおまえは、尻に握り拳ほどの埃《ほこり》をぶらさげているのと変わらんぞ」

「いやいいって、なんかすげー恥ずかしいって」

「ならば後で、我がしっぽもケアするといい。それで公平だ」

ミリシアは真剣そのものの表情で言った。

「あー……じゃあお願い」

パトリトはすぐに折れた。姉は昔からこうだったし、これからもこうなのだ。


風呂を出たふたりは、行進を再開した。

「なんだろ、すんごいなんかそわそわする、しっぽが」

ブラッシング、トリートメント、トリミングの三段階からなる奥義《おうぎ》を極めた被毛ケアは、パトリトのしっぽをかつてないほどつやつやでふわふわにしていた。

「風をよく捉えるであろう」

「うんまあ、かなりね」

肌に当たる大気を、パトリトはうれしく感じた。耳にかかる髪のやわらかさが、好ましかった。

「あのさ、みー姉ちゃん」

「なんだ？」

「みー姉ちゃんも、呪われてるの？」

ミリシアは笑ってうなずいた。

「おまえは私のなにを見てきたのだ？　嬢ただひとりのため、失われた道を辿《たど》って未踏のカイフェ奥地まで陸路を往《い》ったのだぞ」

「だよね。俺もう死んだと思ったもんみー姉ちゃん。さすがに陸路はやべーだろって」

「嬢も、康太も、榛美もだ。ピスディオも、マナ陛下も、ナバリオーネもだ。みな呪いに突き動かされ、あるいは生き、あるいは死んだ」

ミリシアは顔を上げ、空に哀惜《あいせき》の表情を向けた。

「舳先《へさき》が死を向いて、しかしピスディオの最期の航海は、幸福の内にあったであろうな」

立ち止まったミリシアの背を見ながら、パトリトは何度か口を開けて意味のない音を発した。振り返ったミリシアが、ちょっと小首をかしげた。

「ガスタルドも、そうだったよ」

パトリトは言った。ミリシアはわずかのあいだ、打ちのめされたように目を閉じた。

「……みー姉ちゃん、ここまで来てめっちゃ都合いいこと言っていい？」

パトリトはうさ耳を指でひねり、目を伏した。

「もし、もしなんだけど、その、薬がいっぱいあって、ほんっとみんなに届くぐらいあって、ちゃんと効くんだったら……」

ミリシアは微笑《ほほえ》んで、弟の言葉を待った。

「だっせえなあ俺！　なんもできなかったのに！　だれも助けらんなかったのに！」

パトリトはあーうーとうめいて、頭を掻《か》いた。

「キュネーが……残桜症《ざんおうしょう》になったことは知ってたんだ。それで移民島が燃えて、でも俺、怖くて行けなかったんだよ。行かなきゃだめだったのに。キュネーが死んでたらどうしようって、ちがちゃんが死んでたらどうしようって……友達なのに。監視員の仕事あるとかお姫ちゃん手伝わなきゃとか管区から出たら撃ち殺されるとか、そんなの全部どうでもよかったのに、言い訳にしたんだよ俺」

パトリトは地面を蹴っ飛ばして、拳を強く握った。

「行かなきゃだめだったのに。生きてたら、だいじょうぶ？　って聞いて、死んでたらいっしょに泣かなきゃだめだったのに」

ミリシアは、無言のうちに弟を抱擁した。パトリトは、姉にもたれてすこし泣いた。

「ガスタルドが、漁に出るって……あいつ海で死ぬつもりだった。誘われたけど、違うなって思ったんだよ。自分でも分かんない、なんでかな、ここで死ななきゃって思ったんだそのとき。俺はちがちゃんもキュネーも見捨てたんだから、ここで病気になって死ななきゃだめだって」

子どもにそうするように、ミリシアはパトリトの背中をやさしく叩《たた》いた。

「ばかを言え。生き残ることが罪なものか」

「でも……みんなが死んじゃうんだったら、俺も死にたいよ」

涙のように、言葉は流れた。

パトリトはミリシアを押しのけ、よたよたと後ろに下がると、その場に座り込んだ。手で両目を覆い、肩をふるわせた。

「災禍は人の心を弱らせ、あやまちへと導くものだ。陰謀論やいんちき医療を信じ、親が子を、子が親を見捨て、死者を悼《いた》むことさえ忘れてしまう。時代の波濤《はとう》に流されぬのは、ピスディオやナバリオーネのような呪われし巨人だけだ。そしてピスディオであろうとも、その精神性に関わりなく、病魔に命を奪われる」

ふとミリシアは、追慕に頬をゆるませた。

「お池のことを覚えているか？」

パトリトの前に立て膝でしゃがみ、弟のくせっ毛を撫《な》でながら、姉は訊《たず》ねた。

「本土の別荘に、父さまが小さな池をつくってくれたな。おまえはそこに、川ですくったたなごを放った。おまえはなにくれとなく世話をして、他の者を寄せつけなかった」

「……覚えてるよ。たまたまみー姉ちゃんいて、俺と遊んでくれたから」

ミリシアはうなずいた。

「次の夏、おまえは別荘に行くことを嫌がった。理由も言わずに泣いて暴れて、私を困らせたものだ。寝ている隙に連れ出したが、馬車の中でもめそめそ泣いていたな。別荘に着いても、おまえは外に出ようとしなかった」

「だって……」

「お池を確かめるのが、怖かったんだろう。たなごの生死を確認したくなくて、おまえは暴れたのだ」

「そうだよ。ずっと俺、そうだった。死んでたらどうしようって思ったら、なにもできなかったんだ」

「そうだな。おまえは弱かった」

パトリトはうなずいた。地面に突っ張った手は震え、今にもひっくり返りそうだった。

「しかし、おまえはどうやら肝心なことを忘れているぞ」

ミリシアはパトリトの顎に指を当て、顔を上向かせた。ぬれた無防備な目だった。

「おまえは勇気を出して、お池に向かったのだ。そこには一匹の魚もいなかった。それどころか、水が抜かれていた。たなごはとっくに寿命で死んでいた。そのときどうしたか、それも覚えていまい」

「……思い出したよ。みー姉ちゃんと、お墓をつくった。でっかい木の下に」

ミリシアはにっこりした。

「ああ、そうだ。私たちの大好きな、涼しい木陰にな。だから、パトリト。おまえは死と向き合えたのだ。それが小魚一匹であれ」

弟の頬に、ミリシアは触れた。家族の情がこもった触れ方で。

「おまえはひとと同じように弱く、しかし、決して誤ってはいないぞ。たまさか存《なが》えて、死者を墓場まで追っていくばかりが道徳ではないだろう」

「……いいのかな」

「よいのだ」

ミリシアはきっぱりと断定した。あまりの力強さに、パトリトは思わず、笑った。

「そっか」

パトリトはよたよたと立ち上がり、しっぽについた汚れを手で払った。

「行くよ、ちゃんと。キュネーとちがちゃんのとこに」

「うむ」

ミリシアはパトリトの頭を撫《な》でた。

「薬の件だが、まとまった分量を見つけだせたなら、ナバリオーネに託すといいだろう。市民への迅速《じんそく》な分配を可能とするのは、今やあの男だけであろうからな」

「あーそだね、そうなっちゃうよね」

「それがおまえの見出《みいだ》した呪いであるならば、立ちふさがる私を打倒してでもやり遂げるといい」

「えー、勝てっかな俺」

「私も、よもや我が力が兄フェーデに勝るとは思っていなかったぞ。兄が両足を揃《そろ》えて倒れたあの瞬間、私は拳打《けんだ》の極意を掴《つか》んだと確信した」

ミリシアは左ジャブを放ち、右ストレートにつないだ。

「やらねばならぬとき、人はやれるのだ」

「っしゃ、がんばるわ」

「え？」

第三者の声がして、ミリシアとパトリトはぱっと振り返った。

ひとりの男がいた。カピバラに空の台車を引かせ、本人はその前に立っている。

待ちに待った、品出し番との邂逅《かいこう》だった。

「えと、え？　なに？　誰？」

気の毒な品出し番は完全におたついており、いかようにもできそうだった。

ミリシアとパトリトは瞬時に視線を交わし、

「ネイデル家の一の太刀！」

「あああごめんねええええ！」

ひとりはいきいきと、ひとりは半べそで、ふたり同時に飛びかかった。

◇

ある日、リビングの一画に忽然《こつぜん》と新しい部屋が現れたときのことを、僕は今でもすっかり思い出せる。なぜというに、ヒョウモントカゲモドキの飼育かごを並べたアルミラックだの、フトアゴヒゲトカゲ用のケージだのといったスペースを奪って、そいつが佇立《ちょりつ》していたからだ。

どの個体も父さんがかわいがっていた。父さんが死んでからは、僕がひとりで世話していた。

「防音室だ」

義父は言った。倒産した企業からただ同然で引っぱって来られたのはおれの人脈のおかげだ、みたいなこともついでに付け加えた。

「トカゲは全部逃がした。トカゲなんて外で生きるもんだ、箱なんかに閉じ込めたら可哀想だろう」

なるほどね。

防音室には、パソコンだのかなり立派なマイクだのが持ち込まれた。義父はそこに日がな一日こもった。

くぐもった笑い声が、しばしば外まで流れ出した。義父はときどき顔を出して、テレビの音がうるさいと怒鳴った。仕事してんだぞ、と。母は愛想笑いを浮かべてテレビを消した。

義父がいったい防音室でなにをしていたのか、僕はすぐに知った。というのも、仕事を手伝うことになったからだ。

「おまえは日本語が分からない。なにを言われても笑ってろ」

まったく要領を得ない説明だったが、聞き返しても嘲笑されたうえに殴られるだけだったので、僕はうなずいた。

「合図したら入ってこい。笑うんだぞ」

その合図がどんなものかも説明せず、義父は防音室に引っこんだ。僕は防音室に耳をぴったり当てて、どんな物音も聞き逃すまいと息を止めた。失敗したら怒られる。左耳とてのひらに感じた冷たさを、僕はまだ忘れていない。

そのうち、なにかを落とすような音がかすかに聞こえた。全身から汗が噴き出した。それが合図なのかそうじゃないのか、さっぱり判断できなかったからだ。どうやっても怒られる未来しか想像できなかった。

サバンナのダチョウは、ライオンに追いかけられたりして危機が迫ったとき、穴を掘ってそこに頭を突っ込むらしい。何も見えないし聞こえない、だから恐怖もない。ダチョウはすぐれて仏教的な見地から危機を『なかったもの枠』に放り込み、一安心しているうちに食べられるのだ。

僕はそれと同じことをした。つまり、目を閉じた。

今この瞬間、なんでもいいからとてつもなく破滅的なことが起こってくれないかと、僕は真剣に祈った。

防音室の扉が開いた。

「何してる」

壁に当てていた右腕、その手首を、強く掴《つか》まれた。骨がたわんだ。

「合図しただろうが。すぐ来い」

食いしばった歯の奥から、義父はありったけの苛立《いらだ》ちをこめた声を出した。

笑顔。日本語が分からない。僕はまっしろな頭でこの二つだけ考えながら、父の後ろについて防音室に入った。

4：3のモニタに映るブロックノイズだらけの顔と、目が合った。すこし髪が薄い、品の良さそうな中年女性だった。

僕は笑った。

「息子、入ってきた」

義父は、明るく人なつっこそうな声でマイクに向かって呼びかけた。

「あらーイケメンじゃないあははは」

女性は口に手を当てて笑った。

「台風大丈夫だった？　そっち行ったたって聞いたけどあー日本語分かんないか、ごめんねえおばちゃんすぐ話しかけちゃうから、人に」

僕は笑った。

「ほんとねえお父さんそっくりだ、ね、口元なんかそっくりほんとに。将来楽しみだ」

僕は笑った。

「あのねえ、日本来たらおばちゃんなんでも買ってあげるからね。遊びおいでー、成田まで車出しちゃうから」

僕は笑った。

「韓国語練習しちゃおうかしら、せっかくだし。息子さんなんて名前？」

「シウ」

「そっかそっか、シウ君アンニョンねー」

女性が顔の前で手を振った。コマ落ちした動画のせいで、てのひらが顔の右から左に繰り返し瞬間移動しているみたいだった。

僕は笑った。

防音室を出て、僕は一直線にトイレへ向かい、吐いた。具体的なことは分からなかった。でも、だれかの尊厳が信じられないほどの乱暴さで踏みにじられていることだけは、分かった。

その夜、義父はあれがなんだったのか説明した。どうやら義父は日本語を学びたいシングルファーザーの韓国人という設定で、あの中年女性と話しているらしい。

「話して分かった。ばかな女だ。金もある」

義父はビールを飲みながら饒舌《じょうぜつ》になった。

「おまえが間抜けじゃなかったら、今日はもうすこし上手くやれたぞ」

「すみません」

「次はちゃんとやれ」

「はい」

次はあった。次の次もあった。中年女性はたいてい、一方的に喋《しゃべ》った。静《しずか》さん。高校生の娘とふたり暮らし。千葉に住んでいる。夫は早くに亡くなった。静さんはいつも楽しそうに笑っていた。

そのうち僕は、世にもくだらない妄想をし始めた。静さんが母親だったら。僕にやさしく話しかけてくれるこの人は、もしかしたら世界でただひとり、僕の味方をしてくれるかもしれない。

母と義父を追い払ってくれるかもしれない。捨てられた父の本が実はどこかのだれかの手に渡ってぜんぶ残っていて、静さんが買い戻してくれるかもしれない。逃がされたフトアゴヒゲトカゲもヒョウモントカゲモドキもこっそり生きていてまた飼えて、静さんは僕があれこれ言わなくてもバスキングライトや保温の重要性について理解してくれるかもしれない。

なにもかもあり得なかった。だけどその妄想だけが僕の支えだった。僕は笑った。最初は脅されて。次第に、心から。

やがて義父の口座には大金が転がり込んだ。それから義父が防音室にこもることはなかった。

ある日、ニュースを見ていた義父が爆笑した。

「康太！　見ろよ！　おい！　急げ！」

歯を磨いていた僕を、義父は洗面所から引きずり出した。

テレビでやっていたのは、千葉の女子高校生が母親を刺殺したというニュースだった。被害者は寝ているところを狙われ、出刃包丁で三十五か所めった刺しにされた。加害者は自分で警察に電話した。

「あの女だ。覚えてるか」

殺されたのは静さんだった。

加害者は犯行動機について、大学の入学金と四年分の学費を母親に使い込まれ、進学できなくなったからだと話した。

「あいつはばかだったからな。おれに抱かれたがってた。歳を考えろよ下品な女だな。もう死んだけど」

　義父は親しげに僕の肩を叩《たた》いた。

「殺せたな。おれたちで力を合わせて」

　非の打ちどころのない殺人だった。事実正しく、静さんを殺したのは義父と僕だった。

「おまえ、もう逃げられないな」

　義父は心からうれしそうに嗤《わら》った。


　榛美さんはベッドに身を起こし、壁に背を預け、僕の話を黙って聞いていた。

　沈黙の合間に、いつからか降り出した雨の音が滑り込んだ。

　もちろん、こんな話はするべきじゃなかった。義父は榛美さんのお父さんでもあって、榛美さんはお父さんのことが好きだった。

　夢に見るほど。

　だから、これほど不公平で卑劣なやり口もなかった。くだらない昔話をすることで、僕は榛美さんを脅迫しているのだ。紺屋大を、いっしょに憎んでほしいと。

　榛美さんは湯ざましで口を湿らせて、静かに息をした。

　風が甲高く唸《うな》った。雨粒がどしゃっと鎧戸《よろいど》に叩きつけられた。

　義父の持ってきた抗生物質は、榛美さんの体内から残桜症《ざんおうしょう》をあっという間に追い払った。熱も桜斑《おうはん》も引いていた。すっかりやせてしまったけれど。

「お父さんのせいで……康太さんは、いっぱい苦しかったんですね」

語るべきじゃなかった。榛美さんの旅の終わりに、くだらない邪魔なんか入れるべきじゃなかった。なにかあればすかさず被害者の立ち位置に陣取って他人を操ろうとするなんて、やっていることが義父と同じだ。

「でも、変わったのかもしれないよ。なにしろ穀斗さんにとっては、千年ぐらい昔の話だろうからね」

僕は山盛りの釘《くぎ》でも吐き出すような思いで口にした。

「ちがいますよ」

榛美さんは言った。

「ちがいます。だって康太さんが、まだ苦しいんです」

僕は並外れた恥知らずで度外れた卑怯者《ひきょうもの》だ。榛美さんに同情してもらえるように段取りを組んで、予定通りになぐさめてもらえて、案の定ほっとしている。

僕に必要なのは裁かれることだった。母を刺してしまった娘に謝罪して、できることならなぶり殺しにでもしてもらうことだった。すくなくとも、逃げ出して生き延びて、そこそこ満足のいく人生なんて送るべきじゃなかった。あれは殺人だった、非の打ちどころのない殺人だった。

榛美さんが壁から背中を離して、体をのそのそ動かした。巻き付いた布団をはがして、足で床を踏んだ。

「んん……ふへえ」

両腕を突っ張って立ち上がろうとして、わずかに浮いたお尻がぽすんとベッドに沈んで足が跳ね上がって、

「できませんでした」

榛美さんは笑った。

「立つのってすごいんですね。はじめて知りました」

それから榛美さんは、壁に手を突いたり右足だけ着地させてみたり、あれこれ努力を重ねた。

榛美さんは立ち上がった。両腕をばたつかせて軸足を小刻みに換え、研修初日の球乗りみたいにあぶなっかしくバランスを取った。

狭い歩幅のすり足で、榛美さんは前に進んだ。三歩目で背を丸め、顔をしかめて息を荒らげた。

「なんか、吸いづらいです」

四歩目が、自分の足を蹴っ飛ばした。榛美さんの体はぐらっとゆれて、無抵抗に倒れかけた。

僕は、飛び出していた。

いつもそうしているみたいに。

どうにかこうにか抱き留めて、もろともにひっくり返らないよう、左足を限界まで後ろに突き出して踏ん張った。すぐ転ぶ榛美さんを何度も受け止めるうち、気づけば身についていた動きだった。

「んふふ、だいじょうぶだと思ってました」

榛美さんは僕の胸におでこを当てた。それからしばらくそうしていた。榛美さんが息を吸うたびに胸のあたりが冷たくなって、息を吐くたびにあたたかかった。

榛美さんは、ふたつのからだに挟まれていた腕を引っこ抜いて、僕の背中に回した。

「ん」

甘えるようにうなって、僕の体をぐっと引き寄せようと力をこめたけれど、あんまりに弱々しくて、僕は一センチも動かなかった。

「んんん」

だらんと垂らした僕の右腕、その手首を、榛美さんはじれったそうに掴《つか》んだ。

催促するように、やわらかく、力を込めた。

「こっちです」

僕の腕は榛美さんの背中のあたりに連れていかれた。反らした背と骨盤のあいだにあるくぼみに、僕はおそるおそるてのひらを当てた。

「んひゃっくすぐったい」

くすくす笑って身をよじりながら、榛美さんは僕の手を放さなかった。

榛美さんが、顔を上げた。深いくまにふち取られたひすい色の瞳が僕のすぐ近くにあった。

「ごめんね、康太さん」

榛美さんが言った。

「わたし、いっしょにいられませんでした。康太さんが苦しいときは、いつでもいっしょにいたかったのに」

「それは、でも……昔のことだよ。謝るなんて」

僕は呆《あき》れるぐらい当たり前のことを言った。

「いやなんです。康太さんが苦しいときは、わたしがそばにいたいんです。だって康太さんは」

榛美さんは両手を僕の背中に回して、肩甲骨《けんこうこつ》のあたりにてのひらをぎゅっと押しつけた。なにかのまちがいで二つに割れたものを、むりやりくっつけようとするみたいに。

「康太さんは、あいしてるって言ってくれました。お返しをしたいって、ずっと思ってるんです。だからわたしは、いつも康太さんといっしょにいるんです」

青ざめた顔で、榛美さんはほほえんだ。

「だいじょうぶですよ、康太さん。わたしたちは、だいじょうぶです」

てのひらが肩甲骨の間からゆっくり下りていった。でこぼこする脊椎《せきつい》のひとつひとつを指先が辿《たど》った。

「だってわたしは、もう康太さんにさわれるんです」

榛美さんの指は弧を描いて僕の背中を登っていった。骨のひとつひとつを、筋肉のひとつひとつを、たしかめるように。

「だから、だいじょうぶです」

榛美さんは「だいじょうぶ」を繰り返した。祈りのような距離感で。信じることより少し遠くて、願うことより少し近い、祈りのような距離感で。

もちろん、だいじょうぶなことなんてなにひとつなかった。受け入れられないことばかりだった。やさしかった穀斗さんが僕を虐待していたこと。僕を虐待していた義父が榛美さんにやさしかったこと。繋《つな》げようのないふたつの事実がねじれた時空の暗やみを通じて手を結び、僕たちは徹底的に打ちのめされていた。

榛美さんは、あたたかい。

同じように感じてくれていたらいいな、と僕は思った。

宙ぶらりんの左手を、榛美さんの背中に持っていく。なんだかやけに腕が重くて、なんだかやけに遠く感じる。僕は百光年ぐらいの距離をのろのろと、迷いながら榛美さんに近づいていく。

僕たちはぴったりくっついて、温度を分かち合う。だいじょうぶなことなんてなにひとつないままで。

こうなった以上、僕たちに必要なのは甘いものだった。僕たちはわんわん泣いたり途方にくれたりしたあと、たいていの場合、甘いものを食べることによってなんかをなんとかしてきた。焼きメレンゲだとか水まんじゅうだとか、ウェディングケーキだとか。

「というわけで、大福《だいふく》をつくろっか」

「わあぁ！」

手元に小豆《あずき》がなくても、求肥《ぎゅうひ》でなんらかを包めばすぐ大福だ。今日はそら豆を使ってみよう。

水戻ししておいた乾燥そら豆を、やわらかくなるまでゆがく。皮をむいたらぐしゃぐしゃっと潰し、うらごしする。なんだかぼそっとした、白っぽいかたまりになるだろう。ここに塩をちょっぴり、砂糖をどしゃっと入れてぐるぐる混ぜる。豆の中の水分がにじみ出し、さらっとしてなめらかなペーストになる。

このペーストに、緑の色粉を加えて練る。

いつどんな異世界においても、そのへんに葉っぱさえあれば食用色素はとても簡単につくれる。今回はツユクサを使ってみた。葉っぱをすり鉢に当て、水を加えて火にかけ、浮かんできた緑色のあぶくをすくって乾かすだけ。「青寄せ」という和食の技法だ。ちょっと濃いめの緑色になるように色粉の量を調整して、そら豆あんのできあがり。

「わあぁ……なんか、なんだろ、きれいですねえ」

榛美さんが目を輝かせた。

寝ているべきだとたしなめたのだけど、「なんかです」と、まったく隙のない理屈で反論され、すぐ言い負かされてしまった。

というわけで榛美さんは、レンジの脇に用意した椅子に毛布と膝掛けにくるまれたもこもこの状態で腰かけ、調理するのを眺めている。

「いい色出せたね。ツユクサ、食べてよし染めてよしだ」

地植えの家庭菜園なんかやってると、いつの間にかもっさもさに茂るわ除草剤にめげないわで厄介なツユクサだけど、遊ぼうと思えばいくらでも楽しい。これだから拾い食いはやめられないね。

さて、次は求肥《ぎゅうひ》に取りかかろう。難しいことはなにもない。もち米粉に砂糖と水を加えて火にかけ、へらで練り続けるだけ。電子レンジなんかあれば、一分加熱して混ぜ、また一分過熱して、の繰り返しで簡単にできる。

白くさらっとした感じの米粉に火が入り、ねっちりした半透明の物体へと変貌していく。練るへらにずっしりと重みを感じるけど、まだまだ手を止めてはいけない。気合いを込めて練り続けると、生地が再び白く濁って、そのあたりが大福《だいふく》には良いあんばい。これで求肥のできあがり。

パンづくりのときにも使った大理石の台に、もちとりの米粉をはたく。求肥を落とし、なんとなく丸くなるように、手で広げる。

ある程度広げたら、厚みが均一になるよう、鋳鉄《ちゅうてつ》のルーラーをかませた大理石の麺棒で延ばす。

延ばした生地に包丁を入れ、ピザとかケーキの一ピースみたいにカットする。なんとなくで問題ない。仕上がりにむらがあっても、食べちゃえばいっしょだからね。

「さあ、ここからだよ」

切り分けた求肥のひとつを手に取り、親指の腹でもちもちやって延ばす。

生地の真ん中を軽く押してくぼみをつくり、丸めたそら豆あんをのせる。そしたら、さっきもちもちやった端っこをうまいことまとめて、綴《と》じ目を下にしてお皿に並べる。

「はい、そら豆大福のできあがり。ちょっと待っててね。お茶いれるから」

ティーポットに、粗刻みのローズヒップをひと握り。干潟に生えてたはまなすの実を干したものだ。はまなす、関東圏の砂浜にはけっこう自生していて、日本にいたころはよく摘《つ》んで食べたり干したりしてたなあ。

お湯を注いで、だいたい三分。グラスに注ぎ、ライムのはちみつをとろりと垂らしてくるりとステア。グラスの底で、はちみつが陽炎《かげろう》みたいに舞う。稲穂のような黄金色が美しい、ローズヒップティーのできあがりだ。

「さ、いただこっか」

僕たちはアイランドテーブルに並んで座った。

レンジは輻射熱《ふくしゃねつ》を厨房《ちゅうぼう》いっぱいに振りまいて、とろとろとあたたかい空気が僕たちを包んでいた。開け放した扉から流れ込む湿っぽい冷気が床を這《は》いまわって足を撫《な》で、僕はぶるっと身をふるわせた。

榛美さんが、膝かけを僕の脚まで回してくれた。

「平気？　冷たくない？」

「すぐあったかいです」

議論の余地なくその通りだった。僕たちの温度で、膝かけの内側はすぐにあたたまった。

お皿に並べられた大福《だいふく》のてっぺんは、そら豆あんが透けて薄緑だった。米粉をはたかれた求肥《ぎゅうひ》は上品な白だった。

水を含ませて軽くぬぐった竹楊枝《たけようじ》で、ふたつに割る。ひすい色のあんが、断面に顔を出す。

「わあなんか、すごい！　きれいなやつですね！」

榛美さんは楊枝を伸ばし、一個まるごといこうとしてすぐ思い直し、一口大に切り分けてついばんだ。

「んんん、これは……んんふふふ」

もちもちしながら口元に手を当て、ふにゃふにゃ笑う。

「おいしいやつです」

「うん、味ちゃんと決まってるね」

あんは甘さ控えめで、そら豆のこくと塩気がいい。

「はーこれ、このお茶、あったかいです」

ローズヒップティーを一口飲んで、榛美さんはほうっと息をついた。ローズヒップのふんわりした酸味に、ライムはちみつのかすかな苦味とかんきつの香り。そら豆あんの強い味をお茶で切って、二口めもおいしくいただけるという寸法だ。

僕たちはたっぷり時間をかけ、大福とローズヒップティーに取り組んだ。

僕たちにとってこの時間はきっと、長く暗い魂のティータイムだった。この世界はどうやら悪意のかたまりで、生存のためのありとあらゆる企みめがけ、わざとらしい大あくびを吹きかける。そして、国だの文明だのをまるごと叩《たた》きつぶすような企てには、面食らうほどの熱意を込めて協力するのだ。

「どうしよっか。これから」

「わたしは……」

榛美さんはティーポットからお茶をつぎ足して、あたたかいグラスを両手で包むように持った。

「それでも、お父さんに会いたいって思います。お父さんから、話を聞きたいって」

「うん」

「康太さんは？」

榛美さんは、それだけ訊《たず》ねて口を閉ざした。

家庭をめちゃくちゃにし、本とトカゲを葬り去り、いっしょに殺人を犯し、いまなお多くの人間を殺そうとしている相手に、いったい何ができるだろう。

僕は静さんを殺した。予防医学の知識を死蔵することで、多くのひとびとを見殺しにした。

むろん、どちらも義父の純然たる言いがかりだ。それは分かっている。ああなる前に一念発起して義父を刺殺しておけばよかったとか、こうなる前に高級官僚の職を得ておけばよかったとか、なんとでも言える。ヒトラーを赤ちゃんのうちに殺しておけばよかった、みたいなものだ。

親を選べないように、僕たちは過去を選べない。子どもを選べないように、僕たちは未来を選べない。

「僕は、止めるよ」

あまりにも思いがけない言葉が、突然、僕の口から飛び出した。止める？　どうやって？　相手は神話に名を刻む不死身の魔述師で、僕は単なる元居酒屋店主だ。剣も魔法も説得力も持ち合わせないまま、どうすれば止められるというんだろう。

だけど、なんだかすべてが突如として明白だった。

今まで失われた命だとかこれから奪われる命だとかのために戦えるほど、僕は勇敢じゃないし殊勝でもない。それでもはっきり分かっていることが二つだけある。

あの男は、榛美さんを傷つけた。ここにいると知っていながら、残桜症《ざんおうしょう》をばらまいた。

たとえ榛美さんがそれを許そうとも、僕は許せない。

そして僕は、あのときの「はい」を、取り戻さなきゃいけない。義父に自ら捧げてしまったみじめな屈従の日々を、奪い返さなきゃいけない。

「すぽっとしましたね！」

「うん？」

いきなり榛美さんがかなり独特なことを言った。

「わたしはお父さんと話して、康太さんは止めます。これですぽっとしました」

なんだろう、榛美さんともけっこう長い付き合いになってきたとは思うんだけど、定期的にびっくりさせられるな。

文脈から判断すると、しっくりくるとか納得いったとか腑《ふ》に落《お》ちたとか、そのあたりの類縁だろう。

「うん、これですぽっとしたね」

「ぎろんのよちなくです」

つまりそういうことだ。

さて、すぽっとしたからには、手立てを考えなければならない。

「向こうからやって来るのを待つか、探しに行くか……」

後者はまずまず難しい。ちょっとほっつき歩くだけで、護民官ナバリオーネとその私兵がすっ飛んでくるのだ。

「会ったらいいんじゃないですか？　ナバリオーネさんに」

「あー……あー、ああ、そっか。そうだね。そうなるのか」

義父はナバリオーネと手を組み、銜川さんを召喚したうえ移民島のひとびとに暴動を起こさせた。キュネーさんが理性的でなかったら、パトリト君とピスフィが飛び出さなかったら、本島は今ごろとんでもないことになっていただろう。

となると、護民官を名乗って好き勝手やっているナバリオーネに接触し、情報を引き出さなければならない。最初の一歩からあまりにも困難だ。

「これはまいったなあ」

「みんなでやれば平気ですよ」

榛美さんが、あまりにもなんでもないことみたいに言った。

「月句さんのときは、ピスフィちゃんとミリシアさんがいました。今は白茅ちゃんとパトリトさんがいます。マナちゃんもキュネーさんもですよ！　それでね、みんなでわーってやって、康太さんのおいしいやつが出てきたら、なんかがなんとかなるんです。ずっとそうです」

ごく当たり前の事実を、僕はずいぶん長いこと、忘れていた。

つながりが病気をもたらし、病気がつながりを断ち切り、僕たちは深海に湧く小さな泡のように孤独だった。泡の中でじたばたしているうちに、なにもかもが残酷な速度で悪くなっていった。

そこには、奇妙な安楽があった。冷えた闇の中、あるだけの酸素を吸い尽くして無力に朽ちるまでの、区切られた心地よさがあった。

泡を、割るべきだった。

水は僕たちをあっという間に溺れさせるかもしれない。深さは僕たちをごみのように圧《お》し潰すかもしれない。もうすでに、手遅れなのかもしれない。みんなとっくにいなくなっているのかもしれない。

それでも。

「そうだね。みんなでやろう」

僕はようやくのろのろと、弱りきった足で立ち上がる。

◇

たくさんの遺体が地面に並んでいた。残桜症《ざんおうしょう》で死んだ人。焼け落ちた家の下から、ようやく引っ張り出せた焼死体。

たくさんの死体にあたしは向き合っている。

みんながあたしを見ている。

きつく目を閉じて、あたしはあたしのことを思い出す。

午後が深くなって、世界が少し暗くなる瞬間のうしろめたさをあたしは思い出す。

学校帰りの子どもたちの、楽しそうな声が聞こえてきた瞬間のうしろぐらさをあたしは思い出す。

心臓から左足のつけ根にかけて走る、しびれるような焦りをあたしは思い出す。

胸とおなかのあたりを暴れまわる、世界のありとあらゆるものに対する不安をあたしは思い出す。

布団の中に作り出した暗やみの中でこぼす涙と、自分の吐息のにおいをあたしは思い出す。

焦りと不安と涙と祈りを、あたしは思い出す。そういうものから自分ができていることを確認する。

目を開く。互い違いに回転する、青い二重の円が視界いっぱいに広がっている。

敗血の力で、あたしは死者たちに触れる。

うっすらと開かれた茶色い瞳が、白く濁っていく。

腕に紫色の死斑《しはん》が浮かんでは消える。

青ざめた静脈が、針金で縛った痕みたいに、体に走る。

おなかがふくらんで、薄茶色の体液が穴という穴から流れ出ては、たちまちのうちに消えていく。

それから死者たちの体が乾いていく。

髪がしおれて抜け落ちる。眼球がしぼんで粉になって眼窩《がんか》の奥に流れ落ちていく。水分の失われた肌が焦げ茶色の木の皮みたいなものに変わる。

ひからびた死体の上に、布がかぶせられた。安くて臭い魚の油をたっぷり染みこませたものだ。

あたしは布に魔述を投げかける。酸化した油が苦い臭いを振りまき、黒くて汚い煙を吐き出し、火が点《とも》る。火は輪っかみたいに布を焼いていく。

布と油と死体が、全部まとめて燃えていく。曇って冷たい空に煙が高く上っていく。

「雨降る前に流しといて」

あたしはそのへんのだれかに命じた。

「はい、巫女様《みこさま》」

そのへんのだれかが答えた。で、あたしは家に帰った。

あっちこっちが焼け落ちて、ずいぶん見晴らしがよくなった。病棟も娼館《しょうかん》も、焦げた瓦《が》礫《れき》の山になっている。島全体に、炭《すみ》の渋くて酸《す》っぱい臭いがまだ残っている。もしかしたら永久に消えないのかもしれない。

あの夜、大勢が死んだ。ぜんぶの死体をコルピ島に運ぶのは無理だった。今にも死にそうな人たちは、故郷でされていたように葬られたいって望んだ。ミイラにされたり火葬だったり、死体を小舟に乗せて送り出したり、いろいろだった。

「海の向こう、神さんの生まれるところ」

バッテロは覚えたばかりのヘカトンケイルの言葉で、天国の話をした。喋《しゃべ》るたびに顔の焦げたところが割れて、血と混ざった半透明の体液が流れた。

「おれは、そこに行く。神さんになる」

あたしたちは、やれるだけのことをやった。ミイラにして火葬して、残ったものを舟に積んで潟《ラグーナ》の外まで流した。たいていの人は納得してくれた。すくなくともコルピ島の穴に転がされるよりはましだった。

「巫女さんが、流してくれる」

バッテロはそんなことを言った。故郷には時述べの巫女という、死人をあの世に送る人がいるらしい。

だから、今のあたしは巫女だった。

敗血姫、姫さん、時述べの巫女。いつも、押しつけられた仕事を言われるがままにやっている。あたしを名前で呼んでくれる人は、またいなくなった。

住んでたところも燃えちゃったから、あたしはまた前の家に戻った。日当たりが悪くて湿気がひどい、ずっと暮らしていた小屋。

入り口に、枯れたチガヤが落ちていた。あたしと紺屋さんはここで豆鼓《トウチ》をつくった。紺屋さんはチガヤのことを教えてくれた。

あたしは枯れ草を蹴り出して、部屋の隅にうずくまった。

風が吹いて建物全体がぎしぎし揺れて、雨が降りはじめた。ざあざあと、雨は鳴った。外から聞こえる声とか足音とか、雨はぜんぶかき消してくれて、世界で一人きりになれたみたいだった。

あたしはうやむやのうちに全てが終わってくれるのを待っている。あっちでもこっちでもなんにもできず、誰よりも劣ったあたしのまま名前さえ失って、自分で死ぬことすら選ばずに。

扉が、がたがたっと規則的に揺れた。

「白茅君、いますか」

雨音に混じって声がした。カンディードだった。

「遅くなりましたが、キュネーの遺言状を持ってきました」

あたしは扉に駆け寄った。雨といっしょに、カンディードが転がり込んできた。

「いや、失礼しました」

立ち上がったカンディードは扉を閉め、外套《がいとう》を脱ぎ、ハンガーかなんか探すみたいにあたりを見まわした。すぐ諦めて濡れた服を床に投げ出し、壁にもたれかかった。

「外はひどい雨ですよ。まったく今年は、有史以来最悪の夏ですね」

あたしは黙っていた。天気の話。言葉になんの意味も乗らないやり取りを、あたしはもうしたくない。

カンディードは困ったように笑って、ベストの内ポケットから封筒を取り出した。差し出されて、あたしは受け取らなかった。

「白茅君?」

「いい。いらない」

あたしはそれだけ言った。ごちゃごちゃ説明する気はなかった。あたしは足をだらっと伸ばして、こめかみを壁につけて、カンディードが帰ってくれるのを待った。

「いらないとは思えませんが……いえ、分かりました。それでは、ここに置いておきます。君がどう思うにせよ、遺言状はキュネーの権利ですから」

死者の権利。キュネーは死んだ。あたしたちは山盛りのがらくたになった病棟からキュネーの死体を引っ張り出して、海に流した。

一枚の紙切れだけが今ここに残っている。

遺言状を床に置いて、でも、カンディードは立ち去らなかった。突っ立って黙っていた。あたしは最初から解釈違いだったんだよ、なんにもしてくれないこの人のことを、キュネーは好きだったの。

あたしも。

あたしも、いつだって突っ立って黙っていた。

「泣けなかったんだよ」

壁に向かって話すみたいにあたしは言った。

「まだ死んでないって思いながら、キュネーとの思い出を探してた。ずっと。だって最後まできちんと悔いなく愛したなら辛《つら》くないでしょきっと。傷つきたくなかったのよ。それだけだった」

おばあちゃんを止めなかったときからあたしは何も変わってない。変われたと思っていた。でも、たまたまうまくやれただけだった。あたしはなんにもしてないのに偶然いろんなことがうまくいって、あたしはあたしが変われたからだって思い込んでた。

「キュネーは死んだんだよ。なのにあたしは自分を守ったの」

だから、いらない。

あたしはキュネーの最期の言葉を受け取れない。

「身代わりに死ねなかった自分を、どうすれば追い詰められるか考えているんですね」

カンディードが言った。

「ありもしない罪を罰してくれるのは、たしかに自分だけでしょう」

「なにそれ」

あたしは壁を見ながら言った。

「ぜんぶ分かってるみたいな言い方しないでよ」

カンディードはへたりこむように座って、あたしと視線の高さを合わせた。あたしはかたくなにぼろぼろの壁を睨《にら》み続けた。

「どんな場合にも、私はよい教師とは言えませんでした。よい人間でもありませんでした。だれひとりとして救えず、導けず、生徒も家族も失って……」

「もういいから。いいよ、そういうの」

あたしはカンディードの言葉を遮った。なにも訊《き》きたくない。境遇が似てるとか、分かるとか、だからどうしたの？　あたしはキュネーの代わりに死ねなかったよ、だから自分のことがますます嫌いになったよ、そんなの自分でも分かってる。

「ほっといて。なんで……あたしなんかのために、思い出そうとしないでよ」

だれかの思い出を差し出される価値なんかあたしにはない。ずっとなかった。なのにあたしは呑気《のんき》に受け取ってばっかりだった。

「君は、キュネーの友人ですから」

カンディードは食い下がった。いらないのに。あたしが受け取っちゃだめなのに。

「私たちは、共通の友人を失いました。それなのに未《いま》だ墓場の外をうろついて、無意味としか思えない仕事をしている。たしかに、自分でもくだらないと思えますよ。とはいえ、生きてはいますからね。いずれ死ぬにせよ」

やめてよ。いらない、いらないいらないから。

「神なき民のヘカトンケイル人は、死後の救いを信じていません。死者が語りかけてくるとすれば、それは自分の裡《うち》から引き出した言葉で、死を受け入れてはじめて聞こえてくるものなのでしょう」

解釈違いなんだよ、キュネーのそばにいたような顔をしないでよ。

「ですから、まだ生きて動いているうちに、仕事を済ませておくのです。死者を引き継いで。それから、次の生者に仕事を引き継ぐために。それがわれわれにとって、いなくなった者を悼《いた》むということなのでしょうね」

遺言状を差し出すその腕に桜斑《おうはん》があるのを、本当は分かってた。

最初から解釈違いだったんだよ。キュネーのそばにいるのが許せなかったんだよ。

お願い、もういやなの。

「これが、私の最期の仕事になりますね」

お願いだから、キュネーのそばに行こうとしないでよ。

カンディードは壁に手をついて時間をかけて立ち上がった。

「私は決してよい人間ではありませんでしたが、正しいと思える仕事をしてきました。だから、誇って逝《い》きますよ。恐ろしくはありますが、どのみちいつかは経験することです。では、白茅君。さようなら。あなたがあなたの人生の裡《うち》に、不可能な花束を見出《みいだ》せるよう願っています」

ぐしゃぐしゃになった外套《がいとう》を腕にかけて、雨の中、カンディードは出て行った。

扉から吹き込んだ雨粒が集まって流れになって床を這《は》って、置き去りの封筒に触れた。

あたしは遺言状に飛びついた。

封のされていない口から二つ折りの紙が滑り落ちて、水に触れて、花が咲くように折り目が開いた。

きれいな並びの文字があった。短い文だった。

ちがちゃんへ

ウチのものとされている一切合切を、ちがちゃんに譲ります。網とか畑とか。ウチがなにを持ってるのかはよく知らないけど、パトリトがそう言ってたから。

それと、ついでがあったらナバリオーネに、あのときはごめんって謝っておいて。あんたは完全無欠のろくでなしだけど、それでも悪いこと言っちゃったねって。負債も相続しなきゃならないみたいだから、一応。

たしかにあるって言いきれるのは言葉と祈りだけだから、それを置いていくね。

ずっとそばにいてくれてありがとう。

ウチがちがちゃんのことを好きなのと同じぐらい、ちがちゃんがちがちゃんのことを好きになってくれますように。

ちがちゃんが、これからずっと、さみしくありませんように。

キュネーより

ぱたぱたって音がするのをあたしは聞く。雨の音に混じって今にも消えそうな水の音を、あたしは。

ちがうよ。

キュネー、ちがうよ。

キュネーがあたしのそばにいてくれたんだよ。

ずっと友達でいてくれたんだよ。

あたしに差し出せるものなんてなにもなかったのに。

やさしさを受け取る資格なんてなかったのに。

あたしは、立ち上がる。ぶざまに、何度も転びかけながら。

マントをひるがえして、雨の中に飛び出す。

泥水の流れをばちゃばちゃ踏みながらあたしは走っている。

どこから始めよう？　分からない。でも、あたしは走っている。

振り返らない。

乾けよって、あたしは思う。

涙は、あたしのスピードで。

走るから。あたしは、走るから。

「白茅君⁉」

砂州《さす》のまんなかあたりで、カンディードが心底ぶったまげていた。

追いついてしまったのだ。

いや当たり前だ、向こうがゆっくり歩いてるのにあたしが全力疾走したら追い抜くに決まってる。

「あああ！」

あたしは頭を抱えて絶叫した。

「間《ま》が悪すぎる！　なんでいつもいっつもうまくいかないの！　人類ができてることを一度たりともできてない！」

カンディードは爆笑した。

「白茅君、仕事は引き継げそうですか？」

おおいに笑ってから、そう言ってくれた。

「うん」

あたしはうなずく。

「あの……ありがと。キュネーのそばにいてくれて」

「お礼を言うのは私ですよ。どうかこれからも、あの子のそばにいてあげてくださいね」

カンディードはやさしい顔だった。

「行ってらっしゃい、白茅君」

「行ってきます！」

自分でもびっくりするぐらいの大声で叫んで、うるさい雨音なんか貫いてちゃんとカンディードに声を届けられた。

あたしはキュネーのやさしさを、相続する。

第二十二章　最後の物たちの国で

視界が雨でけぶっている。ピスフィはマントのフードを深くかぶって、濡れたまま冷たい風の中を一歩一歩進んでいった。その先には多分、死があるだろう。潟派《ラグーナ》の貴族たちに何通も手紙を送った。返事はなかった。誰もがヘカトンケイルの行く末を護民官に委《ゆだ》ねていた。

それもひとつの判断だとピスフィは思う。

ちょっとのあいだ専制主義者がはばを利かせて、いずれ大衆に飽きられて、もとの通りの共和制が何食わぬ顔で帰ってくるのかもしれない。あるいは強大なヘカトンケイルが一世紀ぐらい世界に君臨し、帝国の常としてばらばらに解体されるのかもしれない。

意味などないし、だれかの共感を呼ぶような行いでもないのだ。約束も担保もなく、ただピスフィは、自らの望む未来を信じている。だからひとりで王宮を目指した。

雨の中、ナバリオーネの私兵は緊急事態宣言を布告して回った。市民は完全な外出禁止を強要された。それが意味することはただ一つ。ナバリオーネは今日、王宮に乗り込む。護民官の存在を王に認めさせ、完全な独裁体制を築くために。

建国記念日。

潟《ラグーナ》に逃げ込んだ泥まみれのひとびとが、自らをヘカトンケイル人とした日。通りという通りに祝祭の雰囲気が満ちるはずの日。

いまは、なにもない。

無人の街路。打ちつけられた扉。風雨になびく旗。地面を無気力に転がっていくごみ。茶色く荒っぽいかたまりとなって、泡立ちながら運河を駆け抜けていく大量の水。

ここは最後の物たちの国だった。ヘカトンケイルをつくっていた物が、ひとつまたひとつと消えていった。それらが戻ってくることは二度とない。

小路を駆け抜けて合流した大風が、小さな体に吹き付けた。フードが跳ね上がり、ピスフィは足を滑らせた。みっともなくばたつきながら後ずさって、背中が、あたたかいものに触れた。

「こんにちは、ピスフィ。お久しぶりです」

「ピスフィちゃん！　マント姿もかわいいですね」

榛美に傘をさしかけ、左手をピスフィの肩に添え、康太はいつもどおりへらへらしていた。

厚いショールを肩に巻いた榛美は、やせた顔に日なたのような笑みを浮かべていた。

「なに、を。主《にし》やらが、なぜ？」

「まあその、いろいろありまして。結論だけ言うと、ナバリオーネに会わなきゃならなくなったんです」

「そうです！　なんか、お父さんのいろいろがあって、康太さんがかわいそうだったし、わたしもたくさん知りたいし、そういうのをちゃんとしなきゃだめなんですよ」

榛美が過不足なく説明し、ピスフィは口を半びらきにした。

「きっと目的地は同じですよね、ピスフィ。いっしょに行きませんか？」

「なにしろなんかしらのなんやかやですからね。ピスフィちゃんといっしょになんかしたら、最後にはだいじょうぶですよ」

あまりにも茫洋《ぼうよう》とした、いつもの榛美だった。ピスフィは笑った。すこしだけ泣いた。

「そうじゃな、なんかをなんとかするとしようか。いつもどおり、主ゃらと共に」

三人は雨をかきわけるように少しずつ進んでいった。雨音にまじって、どこかで発砲音が聞こえた。護民官の緊急事態宣言に背いた市民が、撃たれているのだ。ピスフィは拳を強く握りしめた。

「篤実たるヘカトンケイル市民は窓辺に憩い、たったいま撃ち殺されたものをあざ笑うじゃろうな」

「全体主義ってそういうことですからね。言うことときかないやつがばかをさらして死んでも、それはそいつのせい。まったくまいっちゃいますね。ところでピスフィ、僕たちもばかの仲間入りをしそうですよ」

地面が弾《はじ》けて、雨の中に火花が散った。

「止まれ」

M1903スプリングフィールド。十三年式村田銃。ニューナンブM60。致死の兵器を手にした兵士たちが、硝煙《しょうえん》の立ちのぼる銃口を三人に向けていた。

「ナバリオーネ護民官の布告は聞いているはずだ。自殺したいなら大運河に飛び込んで、おれたちの弾を無駄にするんじゃない」

先頭の兵士が言った。康太はためしにホールドアップしてみたが、なんの効果もなさそうだった。

「その女の子、ピスフィ・ピーダーじゃないすか？　青いし」

あばた面《づら》の男が、先頭の兵士に進言した。

「知ってるし。うるせえな。一瞬で分かってたわ」

先頭はあばた面を小突き、兵士たちはゆるみきった笑い声を挙げた。

「ピーダー家のピスフィなら、警告なしに殺していいんだったな。よしグイッチャルディーネ、やっていいぞおまえ」

「ええ？　俺え？」

「おまえ気づいただろ。だからだよ。男見せろー？」

「きっつー、夢に出るっすよ絶対これ。死んだとこ夢に見る絶対」

先頭の兵に尻を叩《たた》かれたあばた面は、村田銃のストックを肩に当てた。なかなか堂に入った射撃体勢だった。

「じゃあすんません。言われちゃったんで」

あばた面は躊躇《ちゅうちょ》なく引き金を引いた。

破裂音が雨を引き裂いた。

あばた面が悲鳴をあげて地面を転がった。

「うわなんだ、おい！　大丈夫かよグイッチャルディーネ！　はあ？　暴発!?」

顔を押さえてのたうち回るあばた面の横には、銃身の裂けた銃が転がっていた。

雨のただ中に、ぬるく乾いた風が吹き渡った。

街路樹が、時間を早回しにでもされたみたいに生長していった。芽吹き、若葉が冴え、紅葉し、枯れ落ちた葉がちぎれながら風に舞った。

石畳を割って飛び出した盤根が、兵士たちをひとまとめに吹き飛ばした。

「なにっ、なん、いってえ!?」

加速した四季の中を、ひとつの影が悠然と突っ切った。

フードを深くかぶり、ブレザーのポケットに手を突っ込み、猫背で、しなやかに歩いていた。

言葉を失う康太たちの前を通り過ぎ、三人を守るように立った。

木は止まらず、伸びていく。

花がつき、しおれ、枝が伸び、折れる。

樹皮が水気を失い、樹勢が衰え、立ち枯れる。

風を浴びて抜けかけた乳歯のようにぐらつき、吹き飛ばされた連中めがけて倒れ込む。

朽ち木の下から這《は》い出した兵士は、見た。

フードの奥に、青く冴えた二重円を宿す瞳があった。

「敗血姫……」

兵士は我知らず、忌《い》むべき名を口にした。この恐るべき邪悪な魔述師は、移民たちの先頭に立ち、魔述で銃弾を救いがたく劣化させた。敗血の力は本島の基部をも侵し、ヘカトンケイルはまっぷたつに引き裂かれるところだったのだ。

「白茅。衙川、白茅」

フードを跳ね上げ、魔述師は自分の名を口にした。突風が彼女のマントをばたばたなびかせた。

「自殺したいなら、あたしの魔述を無駄に使わせないでくれる?」

「や……」

先頭が口をぱくぱくさせた。

「やべえええ！　逃げろ！　おいグイッチャルディーネ！　泣いてんじゃねえ、行くぞ！」

「目っ、目が、いてえ、見えないんすよお！　くそ、殺してやる、くそ！」

「こっちが殺されるんだよ、ばか！」

戦意を失った兵士たちは、銃を放り出し、あっけなく逃げていった。

康太たちは、かなり呆然《ぼうぜん》と、マントをなびかせる後ろ姿に見入っていた。

「あー……」

白茅は雨でくりんくりんになった髪をかくと、振り返り、ひきつった笑みを浮かべた。

「えと」

康太たちがなおも何も言わないので、気まずくなった白茅は口の中の肉を奥歯でもごもご甘噛《あまが》みした。

「だ、だいじょうぶ、だった？」

「白茅ちゃん！」

わーっと駆け寄る榛美を傘の範囲内に収めるため、康太はかなり精密な動きをした。

「白茅ちゃん！　よかった！　元気だったんですね！　わああ！」

「えっだからなにやめて、その動きなんなの怖い、すっごい潜り込もうとしてくる腋《わき》に！」

「はっはっは！」

「ねえ榛美さんどんどん犬みたいになってくんだけど！　ああ湿っぽくなってきた！　息で！」

「榛美さん、あんまり興奮しちゃだめだよ」

康太が榛美をやさしく引きはがし、白茅は疲れ果てたような濁音まじりのため息をついた。

「あーびっくりした。いきなりこれ？」

「これです」

榛美が一等賞ですみたいな顔をしたので白茅はすぐに諦めた。

「助けられたぞ、ちがや。生きておってなによりじゃ」

「ピスフィもね。紺屋さんも。いやもちろん榛美さんもだから詰め寄ろうとすんのやめてね。それで、三人はどうしたの？」

「ナバリオーネのところに行こうと思ってさ。衛川さんは？」

「……あたしも、たぶん、そうだと思う」

「たぶん？」

ピスフィの問い返しに、白茅は言いよどんだ。

「キュネーが……」

いなくなった友達の名前を口にして、不意打ちのように、涙があふれた。

「キュネーが、最期に、言ってたから」

喉がつまって声がかすれて、白茅はようやく、声をあげて泣いた。

榛美が、肩に巻いていたショールを外し、白茅の頭にばふっとかぶせた。抱きつくような距離で、ぬれた髪をぬぐった。触れ合う手の肌の温度を届けるように。

「あんまりぐんぐんじゃないですね。前はぐんぐんだったのになあ」

白茅は泣きながら笑った。

「タオルじゃないもんね。前とちがって」

「あれはよくぐんぐんでした」

それからふたりは、くっついたままでいた。

◇

高熱と雨が、カンディードに残ったわずかな体力をへらで掻《か》くようにそぎ落とした。どこをどう歩いたものか、彼はどこかの地点で力尽き、ベンチに腰を下ろした。

死を前にして、切れはしのような数々の記憶が浮かんでは消えた。

妻と娘は、残桜症《ざんおうしょう》によって、またたく間に逝《い》った。

朝にカンディードを送り出し、夕方帰ると、寝室でふたり抱き合い、冷たくなっていた。

死に顔は穏やかだったから、さほど苦しまなかったのだろう。強毒化する病気が見せた、意外な慈悲深さだった。

パケット。キャンディ。

カンディードは家族を深く愛した。その愛は報われていたと、うぬぼれてもいいだろう。

家族以外の人生に、なんら影響を与えられなかったとしても、すくなくとも、それはよかった。

誰のことも変えられなかったし、救えなかった。

彼の論文は身内の潟派《ラグーナ》に引用されるだけで、本土派の心をすこしも動かせなかった。官僚の育成にとって無価値な授業をまともに聞いていたのは、ピスフィ・ピーダーただひとりだった。

移民島での授業も、けっきょくは無意味だった。

キュネー。

不可能な花束。

高熱に炙《あぶ》られた記憶は、不可逆に砕けていた。

最後に思い出すのは赤毛の少女のことだった。

——でも、せんせい。そんなこと無理だとウチは思うよ。

キュネーは言った。利発な子だったし、その知恵をうまく使いたがっていた。

——だってその花束って、不可能なんでしょ。

当を得た指摘だった。カンディードが口にしたのは単なる理想論だった。

——これはとても単純な話なんですよ。たとえば、そうですね……差別が地上からなくなることは、決してないでしょう。ものを区別できる生き物として生じた以上、これは避けられないことだと私は思っています。

——……うん。

——でもね、キュネー。差別はよくないという事実と、差別はなくならないという現実は、べつべつに存在しているんですよ。

思い出せる。

あのときキュネーの瞳が、不信と憎悪でくすんでいた瞳が、ぱっと輝いたのだ。

宝石みたいだって思ったんだよ、キュネー。

——ね、単純な話なんです。私たちは、こつこつやっていくんですよ。もしかしたら変わっているかもしれない、百年後の未来のために。だれかを憎んで殴りつけたり、強い力で殴り返されたり、もっと強い力で殴り返したりを繰り返すのではなく。

言葉は、届いたのだろうか？　そうであるとしたら、佳《よ》い人生だった。私はキュネーに引き継いで、キュネーは白茅に引き継いで、きっと白茅も、だれかに引き継ぐのだから。

私は、佳く生きた。

いい教師でも、いい人間でもなかったけれど。

闇の中で爆《は》ぜる火花のように意識が明滅するたび、思い浮かぶ時も場所も飛んだ。ただ声だけが響いた。若き日のできごとなのか、老いた日のできごとなのかもカンディードにはもう分からなかった。だから、ただ、声だけが。

——ねえ、せんせい。奥さんとお子さんは平気？

——そっか。ごめんね、せんせい。

——あのね、せんせい。きっと会えるの、最後だよね。だから……。

——やっぱり、言わない。

——言ってあげない。

——そしたらウチは、せんせいの傷になれるでしょ?


思い出すよ、キュネー。

朱《あか》い夏の暑熱に、玄《くろ》い冬の凍風《いてかぜ》に傷が引きつって、そのたび、君のことを思い出すよ。

青い春の芽吹きに、白い秋の実りに痛みを忘れて、その忘却で、君のことを思い出すよ。


最後にカンディードは、けぶる雨の中、ピスフィを見た気がした。康太を、榛美を、白茅を見た気がした。

気の利いた幻覚だなと思った。

ろうそくを吹き消すようにまぶたを下ろし、それきり、開かなかった。

◇

カンディードさんは、眠っているように見えた。

僕たちは途方にくれて、しばらく動けなかった。

「あの……カンディードさんを」

棒美さんが伸ばした手を、僕は掴《つか》んだ。

棒美さんは悔しげに口を引き結び、手をひっこめた。僕たちは死体に取りすがることを許されない。

「先生はいつも言っておった。自由な貿易と科学の発展こそが、不可能な花束を可能なものにするじゃろうと」

ピスフィが口を開いた。

「しかし、官僚を目指す学生にとって、理想論は常にばかげて聞こえるものじゃ。ある日いじわるな学生が、カンディード先生にくだらぬ質問を投げかけたことがあった。よそから奪ってしまえば、先生の花束は一気に完成するのではないか、と」

なつかしい日々を思い出す、追慕の声音だった。

「よく覚えておる。せんせいはうれしそうに、ただ一言、こう答えたのじゃ」

「こつこつやるんですよ」

泣きべそをかきながら衛川さんが口にした。ピスフィは驚いたように衛川さんの顔を見上げてから、にっこりしてうなずいた。

「質問した学生は鼻白《はなじろ》み、教室から出ていった。ばかにされたと思うたのじゃろうな」

ピスフィはマントを脱ぎ、カンディードさんの肩にかけた。

「みどもはそのときより、この方を生涯の師と仰ぐことに決めたのじゃ」

カンディードさんに背を向けると、雨の靄《もや》の向こうには、王宮がある。

「すこし待っていてくれるかの。用事を片付けたら、すぐに戻ってくる」

僕たちは、前に進む。

◇

吹き抜けのロビーで、マナとナバリオーネは向き合っていた。それぞれ背後に置いた私兵と侍従たちは、決定的な決裂に備えて武装していた。一方は銃で、一方は剣と槍《やり》で。

「よう、間抜け。わざわざ顔出してやったぞ。もう帰れよ」

マナは挑発し、ナバリオーネはせせら笑った。

「寛大な陛下のお許しを必ずやいただけるものと、私は信じてここに立っております。哀れな私の忠心を、そして私の背を守る草莽《そうもう》の忠臣を、どうかお認めになってください」

「物騒なもんぶら下げてよく言うじゃねーか」

「他ならぬ陛下にお褒めいただき、たいへん嬉《うれ》しく思います。では、私がヘカトンケイルの導き手たることを、きっとご納得いただけるのでしょうね」

「バチクソくだらねー」

ナバリオーネは肩をすくめ、呆《あき》れたように首を振った。私兵たちは主人の感情に追従し、にやにや笑いを浮かべた。

「では陛下、どうしてもご納得いただけないのですね」

ナバリオーネは三十年式騎銃を持ち上げ、木製のストックを肩に当てた。照星《しょうせい》の先には、杖《つえ》に体重を預けて立つソコーリの姿があった。

「つまんねーことするようになったな」

「陛下はお優しい方ですから」

マナは鼻を鳴らし、

「ソコーリ、死んでくれ」

短く命じた。

「はい、マ、ナ」

侍従は笑ってうなずいた。

ナバリオーネは息を呑《の》んだ。そのわずかな怯《おび》えのサインを見逃さず、マナは這《は》い寄って銃身を掴《つか》んだ。

「ナメてんのか？　あーしがなにを背負ってると思ってんだよテメーはよ。半端してんじゃねーぞ」

大口を開けたマナは、がきっと音を立てて銃口に噛《か》みついた。

絶句するナバリオーネを睨《にら》み下《お》ろし、ぎざぎざの歯をむき出して、マナは獰猛《どうもう》な笑みを浮かべた。

「撃へよ、どうひた？」

ナバリオーネは銃を引いた。照星《しょうせい》に引っかかったマナの前歯がへし折れ、床に落ちた。

「できねーよな。テメーは優しいから」

マナは血と唾液を吐き捨てた。ナバリオーネは呼吸を整え、表情を殺した。血に濡れた銃口をマナに向け、引き金に指をかけた。

「残念です、陛下。名君になる機会をみすみす逃されましたな」

引き金が、躊躇《ちゅうちょ》をあらわすようにゆっくり引き絞られていった。マナはナバリオーネをじっと見据えて、そのときが来るのを平静に待ち受けた。

青い風が奔《はし》った。

銃口が跳ね上がり、放たれた銃弾は天井をすぽんとくりぬいた。

尻餅をついたナバリオーネは、銃身を掴《つか》む小さな人影を見た。

「感謝してもらおうか、ナバリオーネ・ラパイヨネ」

銃を放り捨てて、ピスフィは言った。

「みどもは今、主《にし》ゃを救ったぞ」

ナバリオーネは呆気《あっけ》にとられ、口を半びらきにした。

「うぇっへっへ」

マナは尻尾を伸ばし、ピスフィの頭にぽんと置いた。

「来たじゃねーか、ぞろぞろ引き連れてよ」

康太が、榛美が、白茅が、ピスフィに駆け寄った。

「なにかに間に合ったおつもりですかな、姫」

私兵に助け起こされながら、ナバリオーネは言った。ピスフィはマナの尻尾を押しのけて歩み出ると、懐に手を入れた。取り出したのは一通の封書だった。

「招待状じゃ、ナバリオーネ・ラパイヨネ。受け取ってほしい思いをどうしても抑えがたく、恥知らずにも陛下のおわす王宮に無断で踏み入ってしまった」

ナバリオーネは差し出された封書を手に取ろうとしなかった。ピスフィは押しつけるように腕を伸ばした。

「私とあなたが、招き招かれるほど親密な関係だったとは知りませんでしたよ」

「父ピスディオの死により、ピーダーの家名をみどもが負うことになった。そこで、夜会を催したい。このような時勢ゆえ、知人を集め、ささやかにではあるがの」

ピスフィはぬけぬけと口にした。

「応じる理由はありませんね」

ナバリオーネは、ピスフィの手を横からひっぱたいた。招待状が床に落ちた。

「残念じゃな。亡き父との思い出話ができると思うたのじゃが」

ピスフィは赤く腫れた手を引っ込め、肩をすくめた。

「父が主《にし》ゃに遺した言葉も、この分では主ゃに響かぬのじゃろうな」

ナバリオーネは怒りに頬を引きつらせ、拳を固く握りしめた。

「ただただ悲しく思いますよ。陛下もあなたがたも、現状と置かれた立場をまったく理解していない」

ナバリオーネは右手をゆるりと挙げた。私兵たちが射撃体勢を取った。

「いいや、ぜひとも拾ってもらうぞ、ナバリオーネ・ラパイヨネ」

扉が開いて、雨と共に凛《りん》とした声が吹き込んだ。

真鍮《しんちゅう》の脚絆《きゃはん》が、静まりかえったホールにかつかつと音を響かせた。

マントをはためかせながらくるりと反転し、ミリシア・ネイデルが、ピスフィの隣に立つ。

「雨やばいから閉めとくね」

気の抜けた舌っ足らずな声がして、扉が閉じた。びしょびしょのパトリトが、髪をかきあげながらのんびりした調子でナバリオーネの横を通り過ぎた。

「さて、お互いにヘカトンケイルの商人だ。持って回ったやり取りはすまい」

ミリシアは薬剤の包装シートを取り出し、見せつけるように掲げた。

「うわ」

最初にぶったまげたのは康太だった。見間違いようもなく、義父が手にしていたものとそっくり同じ抗生物質だった。

事態を呑《の》み込んだ白茅は、きつく眉をひそめてフードを深くかぶり、うつむいた。

「……そっか」

ちいさな呟《つぶや》きを耳にして、パトリトは、察した。

「ごめん、ちがちゃん。間に合わなかった」

白茅は首を横に振って、鼻をすすった。パトリトは白茅の肩に手を置いた。白茅はすんなり抱き寄せられ、パトリトの肩に額を乗せた。

ミリシアは横目で白茅とパトリトを見て、わずかのあいだ、目を伏せた。それから唖然《あぜん》とするナバリオーネに目を向けた。

「これはあなたを、真の救世主に押し上げるものだ。これだけ言えば十分であろう、ナバリオーネ」

ナバリオーネは不意にひっぱたかれたような顔でミリシアを見ていた。

「もう一度言おう。嬢が手ずから認《したた》められた招待状を、ぜひとも拾ってもらうぞ。万金にても釣り合わぬ価値が、その一通に込められているのだ」

ナバリオーネは髪をかきあげ、膝をついて自ら招待状を手にした。封を捨て、文面を一《いち》瞥《べつ》し、苛立ち紛れに投げ捨てた。

「三日後、ピーダー家のアトリウムで。お招き感謝しますよ、ピスフィ・ピーダー」

ナバリオーネは背を向け、私兵に銃を下ろさせた。

「待て、ナバリオーネ」

ミリシアに呼び止められ、床を踏み鳴らしながら憤然と振り返ったナバリオーネは、放物線を描いて飛んでくる薬のシートを目にした。

「ばっ、なにを！」

手を伸ばして受け取り、ナバリオーネは、星の外からやって来た相互理解不可能な生き物を見るときの目でミリシアを見た。

「取引の成果だ」

ナバリオーネは、相互理解不可能な生き物がぎりぎり可聴域に収まるぐらいの変な音を発したときの目でミリシアを見た。

「あなたは招待状を手にし、対価に薬を受け取る。これこそ公正な取引であるな」

「これを……正気ですか？」

「どのみち、たまたま行き会った品出し番には探してくれるよう頼んである。あらためて命じるなり、そこで物騒な筒を抱えて突っ立っている連中を百貨迷宮《ひゃっかめいきゅう》に派遣するなり、それはあなたの判断次第だ」

「まーいーじゃん？　いっぱい見つかれば助かる人いるんだし」

パトリトがかなり朗らかに当然のことを言い、ナバリオーネは口を半びらきにした。

「あなたを信じているわけではない。であるが、あなたがひとたび成立した取引をほごにするような卑劣漢であれば、ピスディオの相棒には選ばれなかったであろう」

ナバリオーネは、てのひらの抗生物質に、じっと目を落としていた。目を離せば消えてしまうとでも思っているように。

しばしそうしてから、拳を握り、無言で王宮を去っていった。

「はい、終わり終わり！　テメーらも帰れ！」

ことの成り行きにぽかんとしていた私兵たちは、王の一喝《いっかつ》を受けて逃げるようにホールを飛び出した。

「はー……危なかったー」

パトリトはへたりこんで半べそになった。

「めっちゃ怖かったよー。撃たれると思った絶対」

「助かりましたよ、パトリト君。完璧なタイミングでしたね」

「んー」

康太が差し伸べた手にすがって、パトリトは立ち上がった。

「嬢、お待たせしてしまったことを深くお詫《わ》びします。どうぞ我が首を――嬢？」

ミリシアが声をかけても、ピスフィはまるっきり無反応だった。

這《は》い寄ったマナが、ピスフィの頬を尾の先でつついた。しっぽがほっぺにむにっと沈んで、しかしピスフィの表情は不動だった。

「失神してるわこいつ」

マナは冷静に診断を下した。

「安心して寝ちゃったんですねえ。なにしろミリシアさんが来てくれましたからね」

榛美が補足のつもりで侮辱した。

「あなたはいつも私の脱輪馬車ですよ、嬢」

呆《あき》れ笑いを浮かべたミリシアは、こちんと固まったピスフィをひょいと抱きあげた。

「この度も、私を未知まで連れて行ってくれましたね」

頬をよせ、情愛を込め、耳元にささやきかけた。

◇

王宮を辞した僕たちは、カンディードさんの亡骸《なきがら》が運ばれていくのをみんなで見送り、ピーダー家のアトリウムに集まった。

いつものホワイトボードがあって、いつもの踏み台に、いつものペンを手にしたピスフィが立っている。つまり、いつもの作戦会議だ。

「時代の巨人に抗《あらが》い、横暴の波濤《はとう》に対する防波堤でありたい。これがみどもの望むところじゃ」

ペンをぴしゃっと手に叩《たた》きつけ、ピスフィは力強く宣言した。三十分前まで失神していたことをいじらないだけの良心が、僕たちにはあった。

「しかしながら、みなの目的は異なったところにあろう。あえて統一したいとは、みどもは思わぬ。それぞれがそれぞれのまま、ぶつかっていけばよい」

「ってなると、あれだね。じゃーなに作ろっかって話になるよね」

パトリト君が挙手して発言した。

「尋常の食卓外交にはならぬであろうな。ゆえに、みなの知恵を求めたい。なにか考えはあるか？」

僕たちは顔を見合わせた。たっぷり三十秒ぐらい待ってから、僕は手を挙げた。

「ええと……みんな、食べたいものはありますか？」

これがけっこうばかみたいな問いかけであることは自覚していた。ピスフィとパトリト君はきょとんとし、ミリシアさんはにやにやし、

「甘いやつ！」

榛美さんは即答した。

「いいねえ、甘いやつやろっか。そういえばあの夜、ピスディオさんとナバリオーネさんにはデザートを出せなかったもんね。ピスフィにも」

「私も食べそこねたぞ。あのあと、実は運河に向かってずっともどしていたからな」

「むちゃくちゃ飲んでましたからね、ミリシアさん。じゃあ甘いのは作る、と」

「わああ！　んふふ、康太さんの甘いやつ！」

　榛美さんは座ったまま小さく跳ねた。

「えー？　そんな軽い感じでいいの？　じゃー俺なんだろ、なんか、麺？　おなかにたまるやつ」

「お、いいですねえパトリト君。麺やりましょう。パスタ打ちますよ、生パスタ」

「いーね！　俺めっちゃ好きだよパスタ！」

　パトリト君も榛美さんを見習っておとなしめに跳ねた。

「魚だな。ここしばらく、まともなものを口にしていない」

「んー、どうだろ、いけそうかな。やっちゃいましょう、ミリシアさん」

「うむ。楽しみだ」

　ミリシアさんはうなずき、パトリト君と榛美さんに睨《にら》まれてしぶしぶちょっと跳ねた。

「ピスフィは？　なにかありますか？」

「いや、その、まあ、いいのじゃが……」

　なんかピスフィが、もにょもにょした。もうちょっとまじめなトーンで進行するつもりだったのだろう。悪いことしちゃったな。

「たしかにナバリオーネさんとのお話もすごく大事ですけど、せっかく久しぶりに集まれましたからね。どうせならみんなの食べたいものをやりたいなって思うんです。ホームパーティみたいに」

「ぶふっ」

泣き疲れてうとうとしていた衞川さんが、いきなりちょっと噴き出した。

「あっごめっ、んっく、くっ……あははは！」

こらえようとして、喉の奥からこみあげた笑いに屈し、衞川さんは足をばたばたさせた。

「紺屋さん、ほんとにホームパーティするじゃん」

僕は、けっこう照れた。

「あのときは賃貸住まいじゃなければ、って強がってみたけど、実は憧れてたんだ」

「あーね、なんかあのとき、紺屋さんにしては当たりきついなって思ったもん」

それで、みんな笑った。衞川さん、たびたび芯を食った発言するから参っちゃうよね。

「あたしは、なんだろ、やっぱりそら豆かな。いい？」

「もちろん。びっくりするぐらいおいしいのつくっちゃうよ」

「ありがと、紺屋さん」

涙にかすれた、だけど弾《はず》んだ声だった。

「そうだ、康太。これも使っていただきたい」

と、ミリシアさんがなんだかよく分からないものをどこからともなく取り出した。

じっくり三十秒ぐらい眺めて、どうやら冬瓜《とうがん》に桑《くわ》の枝がびっしり刺さっているものっぽいぞ、と理解した。

意図はまるで分からない。

「別荘を抜け出して、ラパイヨネの麗しき桑畑に足を運んだのだ。なにかの役に立つと思ってここまで運んできた」

「え!? みー姉ちゃんそんなとこまで行ってたの⁉」

「言ったであろう。霧に紛れたり、町の有力者を人質に取ったりしたと」

「あーたしかに、あーそっか。そうだよね、うちの別荘そんな遠くないもんね本島から」

ミリシアさんって、ちょいちょい視界外ですごく面白そうなことしてるよね。ホップを見つけたりとか、百貨迷宮《ひゃっかめいきゅう》にもぐったりとか。

「なるほど、冬瓜に刺して保存したわけですね」

冬瓜は九割以上が水分だし、皮が硬いからそうそう腐らない。夏に収穫するのに冬まで保つから、冬の瓜《うり》と呼ばれる。それを、切り花用のあのなんかさくさくした吸水スポンジみたいに使ったわけだ。

「その上《かみ》、ヘカトンケイルのさる賢者は、冬瓜にライムの若木を挿して徒歩《かち》にて三つの山を越えたという。あの芳《かんば》しき柑橘《かんきつ》は、そうして本土にもたらされたのだ。往古の知恵であるな」

そういう逸話、東北地方にあるよね。挿し木にする柿《かき》の枝を、大根に突き刺して故郷に運んだ藩主みたいな。なんだっけな、そうそう、妙丹柿《みょうたんがき》だ。ミリシアさんのひとり旅、ドローンかなんかで追っかけてみたくなってきた。

「桑の葉、魚、パスタ、そら豆、甘いの……うんうん、なるほどなるほど」

僕は頭の中で、材料をパズルみたいに組み上げていく。なかなか楽しくおいしくなってくれそうだ。

それから、アトリウムを見まわして聞いた。

「ピスフィ、ちょっとこのアトリウム、手を加えてもいいですか？」

「ここを？　大がかりな工事はできぬが」

「大げさにはしませんよ。ただちょっと、アトリウムで料理したいなーって思うんです」

ピスフィは、考えごとに沈んだときの深く昏《くら》い瞳をぐるりと室内に向けた。

「ａｔｒｕｍじゃな。煤《すす》の黒、か」

「すぐ分かっちゃいますか。いや、さすがにびっくりしました。え、すごいな」

「むずかしい問いではない。ラテン語は主《にし》やらの世界において基礎教養じゃろう」

「ヨーロッパのエスタブリッシュメントとかにとってはそうかもしれませんけど、現代日本のなんでもないおっさんの基礎教養ではないですよ」

いやはや、べらぼうに教養がある人相手だと、話がめちゃくちゃ早くて助かるなあ。

「マナさんとナバリオーネさんをもてなしたときは、納期に追われて、あるものを並べただけでしたからね。今度はもうちょっと、きちっとやりたいんです」

おいしさを決めるのは、味だけじゃない。インテリアからエクステリアからお皿の一枚に到るまで、きちんと仕上げたい。居酒屋店主としての信念だ。

「みどもとお父さまは、ここで食事を摂《と》っておった。思えば玄関ホール同然の空間でものを食べるなど、妙な習慣ではあったが……お父さまのお考えも、こうたと同じところにあったのかもしれぬ」

ピスフィはほんの一瞬、へこたれそうな顔をした。気づいたミリシアさんが声をかけるよりはやく、小さく、力強く、うなずいた。

「やってみようか。届くかどうかは分からぬが、みどもには好ましく思えたよ」

「ありがとうございます」

一礼して、頭を上げるころには、なんだかいろんなものごとの見通しがよくなっている。

僕たちはいつもいつも、いろんなことが手遅れになってからようやく、慌ててどたばた走り出す。

みっともなくのたうちまわって、偶然うまくいくこともあれば、当然だめになることもある。そこには運命も奇跡もない。

だからきっとまた、うまくいったりだめになったりするんだろう。

それでも、魂をこめてつくろう。

泣くことも笑うことも、止まっていてはできないのだから。

◇

夜空は雲一つなく晴れ上がっていた。星ぼしがかき消える強い月明かりの下、紫色の闇に、ぽつんと頼りない光点が浮かんでいた。

お屋敷の窓から漏れ出す明かりだった。

壁龕《へきがん》に点《とも》る、ライムの精油を混ぜたろうそく。突貫工事で取り付けられた、鉛ガラスのきらめくシャンデリア。

光で満たされたアトリウムには、かまどが出現していた。床板をひっぺがして土間とし、木枠に速乾のセメントを流し込んでつくったものだ。このかまどに錬鉄のふたを取り付け、閉鎖式とした。

観葉植物の鉢は注意深く火元から遠ざけられ、空いた空間にはテーブルと椅子が設《しつら》えられた。

「実以《じつもっ》て、プレヘカトンケイル様式であるな」

ピスディオの肖像を壁にかけながら、ミリシアはやや皮肉っぽく言った。客間からわざわざ引っ張り出してきたのだ。

「気骨と意地で保たれてきたアトリウムの床を、この手でぶちぬく日が来るとは」

「楽しかったですねえ。ばーん！　てして、べゃーん！　てなりましたから」

榛美が腕をぶんぶん振り回した。全員でかわるがわる斧《おの》を床に叩《たた》きつけたのだ。

「榛美さん、ちょっと手伝ってほしいんだけど平気？」

「はーい！」

てててっと小走りに駆けていった先で、榛美は康太からボウルを受け取った。

「ドライトマトだよ。水戻ししといたから、刻んで裏ごししてほしいんだ」

「ぐいぐいです」

「そっか、ぐいぐいならいいね。お願いします」

榛美はテーブルの上に場所を見つけ、戻したドライトマトを刻んだ。

「かったいなーこれ。生地さー、ほんとに水いらないの？」

テーブルにはパトリトがいて、パスタの生地をこねている。小麦粉に溶き卵と塩と油を加えただけの、簡単なものだ。卵の水分を粉に行き渡らせるため、力いっぱいこねなければならない。

「じゃあこっちやる？」

白茅はパトリトの横で、ゆでたそら豆の皮をひたすらむいていた。

「なんかもう、においが嫌になってきたんだけど。爪めっちゃ黄ばむし」

「こびりつくよね、豆。替わってもいいけど、これほんと半端ないよ硬さが」

「失礼するぞ」

ピスフィが机の上に手鍋を置き、椅子に飛び乗った。ふんわりと、あたたかいだしの香りがした。

「あっやば、ちょっとそれ、ほんと、朝ごはんのにおいが……」

白茅はなつかしさに目をうるませた。

「まぐろ節《ぶし》じゃな。血合いをよく除いたもので、色の薄さと柔らかい味がよいそうじゃ」

ボウルにあけた葛粉《くずこ》を木べらで突き崩しながら、ピスフィは言った。

「なんかもう、完全にホームパーティよね。自分でつくって自分で食べるんだから」

むいたそら豆をすり鉢に当てながら、白茅は呆《あき》れてアトリウムを見まわした。

「いやホームパーティでも、自分で工事はしないわ」

「衛川さん、そら豆どう?」

康太が後ろからすり鉢を覗《のぞ》き込んできたので、白茅はとっさに覆い被《かぶ》さった。

「隠すねえ、衛川さん」

「作業を後ろから見られるがこの世で一番いやなの。あっこいつ全然できてねえじゃんって絶対思われるでしょ」

「テストの時さあ、先生が歩いてくると腕でそれとなく答案用紙隠したよね」

「分かる。それほんっとそれ」

会話で白茅の気がゆるんだ隙に、康太はすり鉢をのぞきこんだ。

「うんいいね、できてるできてる。じゃあこれもらっちゃうね、ありがとう。ピスフィはどうですか？」

「好きなだけ後ろから眺めるとよい」

「お、良い感じです。だまになってないのはたいしたものだなあ」

「みどもは比較的なんでもできるからの」

「それじゃあお二人は、うにを割っておいてくれますか？」

「うむ」

「あーあれね、楽しそうだからやってみたかったのよねいっぺん」

ボウルとすり鉢を抱え、康太はかまどに向かった。ピスフィと白茅は大量のうにを割りはじめた。

そのあたりで、三人の私兵を従えたナバリオーネがやってきて、口を半びらきにした。

「……これは？」

「あ、いらっしゃいませ。ごめんなさい、準備もうちょっとかかるんで、そのへんで適当にしててください」

作業の手を止めず、康太が言った。

「適当に」

ナバリオーネはおうむ返しに呟《つぶや》いた。

「座りますか？」

榛美が気を利かせて椅子を持ってきた。ぶちまけられた小麦粉で、クッションも背もたれも汚れていた。

「その、この椅子は」

「これはねー、いい椅子ですよ。もちもちのやつです。康太さんがていはんぱつって言ってました。なんか百貨迷宮《ひゃっかめいきゅう》のやつです」

畳みかけられたナバリオーネは、あきらめて礼を言い、椅子を受け取った。アトリウムの隅に引っぱっていって腰を下ろすと、調理風景を眺める以外にやることはなかった。クッションの座り心地はよかった。

「康太くーん！　生地できたかも！　つやっつやだよ！」

「ありがとうございます、布巾かぶせといてくれますか」

「うにも割れたぞ。どうすればよい？」

「冷やした塩水で洗ったら、バットに並べちゃってください」

「康太、私はなにをすればいい？」

「にんにくが厨房《ちゅうぼう》にあるんで、一玉むいておいてくれると助かります」

「承知した」

康太たちの影が、壁面で踊るように動き回っていた。

「あの、これ、あるんですけど食べますか？」

またも榛美が気を利かせて、小鉢とワイングラスを持ってきた。

「これはなんか、さや大根をなんかしたやつです。このお酒はいちじくを漬けたやつで、炭酸のを混ぜてるんですよ。康太さんの料理ですからおいしいです」

「それは、どうも」

ナバリオーネは小鉢とグラスを受け取り、当然の帰結として両手がふさがった。

「そのう、閣下。よければお持ちしましょうか」

私兵のひとりがおずおずと訊《たず》ねてきた。ナバリオーネは無言で小鉢を押しつけた。

「これは……白神の料理なんですね」

「見たところ、炙《あぶ》ったさや大根を醤油《しょうゆ》に漬けたもののようです」

私兵が、ごくりと喉を鳴らした。ナバリオーネはうつむき、額に指を当てた。

「君たちで分けるといいでしょう」

「えっいやそれはっ、その……いただきます」

ひと口つまんで、噛《か》みしめて、うなり声。

「こりゃあ……いい、いいもんですね。ぴりっとして、しょっぱくて、香ばしくて、なんでしょう、食ったことがねえ味です」

「それは結構ですな」

ナバリオーネはいちじく酒の炭酸割りをあおった。華やかに香って、かすかな甘さと渋みを感じる。よく熟《な》れた味だ。敗血の魔述で寝かせたものだろう。

「おまえら食ってみろよ。信じらんねえ味だぞ」

「や、信じらんねえって、そんな豆か種かも分かんねえような……うめえ！」

「よこせよ！」

三人の私兵は、前菜ひとつでただちに陥落した。

私兵はもともと、国営造船所で低賃金の重労働にあえいでいた連中だ。治安維持に駆り出されることはあったが、決して社会の上層の人間ではない。白神の料理を味わう機会など、これまでなかっただろう。

「下ごしらえ終わりー！　いっぺん掃除するよ！」

パトリトが布巾を白茅と榛美に投げ渡した。箒《ほうき》を手にしたピスフィが、床に落ちた切りくずやら小麦粉やらを土間めがけて掃き寄せていった。

「あの、椅子なんですけど、拭きますか？」

またまた気を利かせた榛美が、布巾を手にやってきた。ナバリオーネは黙って腰を上げた。榛美は布巾を握り、クッションを何度もひっぱたいた。小麦粉がもうもうと立ちこめ、ナバリオーネはむせた。

「できました！　これで座ったらずっといいです！」

「ありがとうございます」

ナバリオーネは機械的に返事をして、椅子に座り直した。

「ごめんなさい、やっぱりあっちでした！　みんなできれいにしてくれたんですよ」

すっとんできた榛美が、掃除の済んだテーブルを指さした。移動しろということなのだろう。ナバリオーネは別の時空に迷い出たような気分を味わったが、それは榛美に関わった者がだれでも一度は遭遇する感覚だった。

ナバリオーネは、空になったグラスの置き場所を探しながらテーブルについた。そして、しばらく放置された。


「見てほら衛川さん、いいパスタマシンでしょ。金型がね、なんと！　銅なんだよ」

僕が自慢すると、衛川さんはかなりどうでもよさそうな顔をした。

「えなに、銅だとどうなの、うわすっごい今あたしつまんないこと言った！　あー！」

自ら発した不慮のダジャレに苦しめられるの、若さだねえ。

「銅だとどうなるかっていうと、あ、そもそも金型っていうのは、ダイスとも言うんだけど麺を押し出す穴でたいていはステンレス製なんだよね。だから銅は珍しいんだ」

「かいつまんでくれる？」

「かいつまんで言うと、おいしくなるね。銅だと、出てきた麺の表面がざらざらになるんだよ。ソースの絡みがすごくよくなる」

この円筒状のパスタマシンは押し出し式で、ラップの芯みたいに両端が開いている。一方の端に銅のダイスをはめ込み、パトリト君がこねてくれた生地を円筒に詰める。そしてT字形のハンドルとねじがついたふたを、もう一方の端にはめる。

ハンドルをくるくる回すとねじが下がっていき、ねじの先端にある円盤状の部品が生地をぎゅうぎゅうと潰し、ダイスからのろのろと押し出す。

「うっ……わー！　パスタ出てきた！　わー！　わー！」

衡川さんが興奮した。

「やば、え、パスタじゃん完全に！　なんかあの平たいやつ！」

「タリアテッレだね。いやこれフェットチーネかな？　ちょっと太いし」

「そうそうそうそう！　知らないけど！」

「濃いソースをべっしゃべしゃに絡めて食べたいときは、もう太麺だよねえ」

「分かる！　あーやばいもうパスタ、わー！　限界化しちゃってるじゃんあたし！」

押し出したパスタは十分ほど置いといて、さて、そろそろ最初の一品ができあがる。

「康太さん、トマトのなんかはよさそうです！」

棒美さんが小鍋を持ってきてくれたので、ちょっと味見してみる。

「うん、いいねえ。だしが染みるなあ」

こいつは、さっき榛美さんが刻んでくれたドライトマトを刻んだのを裏ごしして、さらにすり鉢に当ててからまぐろだしで延ばしたものだ。塩と味噌で味をととのえ、葛粉《くずこ》でとろみをつければ、ドライトマトのすり流し。

「ありがと、榛美さん。それじゃあやっちゃおうか」

バットを湯煎《ゆせん》して、中のものをつるんと取り出す。切り分けている間に、榛美さんがすり流しをお椀に注いでくれている。

切り分けたものをお椀に沈めたら、ホームパーティ第一品目、できあがり。

「紺屋さん、これなんて料理なの？」

「そうだねえ、そら豆の玲瓏豆腐《こおりとうふ》、ドライトマトのすり流しで、とか、なんかそんな名前にしようか」

「あーそれっぽい、高い料理みたい」

『玲瓏豆腐』自体は、天明年間に出版された料理本の『豆腐百珍』に載っているので、そこそこ有名だろう。寒天《かんてん》の中に豆腐を閉じ込めた、ちょっと変な料理だ。黒蜜をかけていただくとおいしい。

今回はそれを、そら豆豆腐でやってみた。作り方はだいたいごま豆腐と同じ。

ゆがいて皮をむいたそら豆をすり鉢に当て、さば節《ぶし》のだしでのばす。葛粉と練りごま、塩を加えたら混ぜて裏ごしし、青寄せで染める。火にかけ、固まるまでいつも通り気合いで練りまくる。

「異世界で得た教訓その五か六ぐらいだね」

僕は言った。

「やわらかい料理は、熾烈《しれつ》な努力の果てにこそ得られる」

「それよね。パンとか豆板醤《トウバンジャン》とか」

「メレンゲもケーキも、やるんじゃなかったって思う瞬間が何度もあったなあ」

熾烈な努力の果てに鍋の中身がもったりしてきたらバットにあけ、粗熱《あらねつ》が取れたらそら豆豆腐のできあがり。

これを切り分け、寒天を溶かした液に沈める。ぷりんと固まればそら豆の玲瓏豆腐だ。赤橙色《あかだいだいいろ》のすり流しにたゆたう、透明な寒天と花萌葱色《はなもえぎいろ》のそら豆豆腐。まずは目で味わう一品になった。

「よし、じゃあこれを」

「あたし持ってく」

衛川さんは僕からお椀を強奪し、ナバリオーネの前に置いた。

た。

「お待たせ。食べて」

で、自分はナバリオーネの向かいに座った。ナバリオーネは頭を下げ、さじを手に取っ

「ふむ、これは……興味深い味ですね」

味わって、儀礼的な感想を口にした。

「なるほど、二層の食感が面白い。寒天《かんてん》は歯切れよく、そら豆を固めたものはもっちりと潰れる。トマトソースの酸味もすぐれて調和していますね」

銜川さんはさじで玲瓏豆腐《こおりとうふ》を二つに割って、すり流しを絡め、ほおばった。ぷりぷりもちもちよく噛《か》んで、ごくんと呑《の》み込み、

「キュネーがごめんって。なんかあったの？」

そう、訊《たず》ねた。

「さて、覚えがありませんな」

「あっそ」

ふたりはしばらく黙っていた。玲瓏豆腐を食べ尽くしたナバリオーネは、さじですり流しをすくって口に含んだ。何度かそうしてから、自分がみっともない真似をしているのだと気づいたように、食器を置いた。

「あたしは……」

衞川さんが、先に口を開いた。

「あたしまだ、今日のことをキュネーにどう話そうかって思ってる。こう言えば笑ってくれるかなとか、ずっと考えてるの。こっちがこう言ったら向こうがこう返してくるからこうつなぐ、みたいな、ずっとやってるのよ。キュネーとだけは、それが楽しかったの。うまくいってもいかなくても」

どこかそのあたりに漂っているはずのなにか適切な言葉を手繰《たぐ》るように、衞川さんは机の上の指を小さく動かした。

だれにだって、そういう存在がひとりかふたりはいるものだ。ふと思いついたくだらない冗談だとか、起こったできごとだとかを、じょうずに包装して手渡したくなる相手が。話をこんなふうに組み立てれば面白がってくれるだろうなとか、それは、ふたり揃《そろ》ったときにはじめて開く引き出しのようなものだ。同じぐらい親しい他のだれかでも、その引き出しを開けることはできない。鍵はふたつでひとつだから。

「だから……友達だったんだと思う。けっこう、仲良かったのかもって」

ナバリオーネは表情を動かさず、衞川さんの話が終わるのを待った。

「思い当たるとすれば、最後に交わした会話でしょうね」

色のつかない声で、語った。

「キュネーは私を、可哀想な人間だと言いました。幸せだとも、幸せだから可哀想なのだとも。語義だけを捉えれば、そのふたつは両立しないように思えます」

衛川さんはうなずいた。

「どうして彼女は、そのようなことを言ったのでしょう。あなたには分かりますか?」

「知るわけないでしょそんなの。なんで聞き返さなかったの?」

竹を割るような回答だった。ナバリオーネはちょっとびっくりして目を大きく開いた。

「あたしだって話したいことも聞きたいこともいっぱいあったよ、でも、いま話しかけたら困るかなとか、こんな話つまんないかなとか思ってやめたことも、同じぐらいいっぱいあった。ばかみたいだった、ぜんぶくだらなかった、ちゃんと話せばよかった。全部、なんでもいいから、どんなことでもいいから」

鼻をすすって、前髪をがさっとかきあげて、衛川さんの吐く息は震えていた。

「あんたにはひとりも、そういう友達がいなかったの?」

「私は……」

言いかけて、ナバリオーネは口を閉ざした。

「それじゃ、分かんないかもね。あたしがえらそうに言えることなんかなんにもないけど」

衛川さんは玲瓏豆腐《こおりとうふ》を口に入れた。ゆっくり、噛《か》んだ。

「おいしかった?」

それから、ナバリオーネに訊《たず》ねた。

「ええ、とても」

「ざまあみろ」

衛川さんはむりやり笑い、

「ねー！　次のやつまだ？」

こっちに向かって怒鳴った。

「ちょっと待ってね、いまできたところだから」

僕はにっこりした。空元気《からげんき》には空元気で応えないとね。

「ピスフィ、ちょっと味見しますか？」

「うむ。ミリシア」

「はい、嬢」

ミリシアさんを背後にはべらせて、ピスフィはあーんした。僕はその口に、焼き魚のほぐし身をぽんと放り込んだ。

「む……これは」

僕たちは、けっこうわくわくしながらピスフィを見守った。ミリシアさんもマントの端を掴《つか》んで即座に包めるように待機した。

長い一瞬が過ぎた。

「……しょっぱい」

　ピスフィは顔をしわくちゃにした。

「いや、マントに来ないんだ！　あはははは！」

　衡川さんがのけぞって爆笑した。

「すみません、ピスフィには辛すぎましたね。これ、お酒のあてにするものですから」

「激しい運動の後に食べたい味じゃな」

「よし、私が持っていこう。パトリト、おまえはそれを頼む」

「うーい」

　というわけで、ミリシアさんとパトリト君が料理とお酒を運んでいった。

「塩うずわを焼いたものである。酒は、氷室《ひむろ》で冷やしてライムの皮を散らした焼酎《しょうちゅう》だ」

「んでこっち、桑《くわ》の葉っぱの天ぷらね」

　ナバリオーネはからっと揚がった桑の葉を一瞥《いちべつ》して、音を立てないようゆっくりと長く息を抜いた。

「よーし飲も飲も！　んーうまい！　いーねこれ冷やすと！」

　きんきんに冷やした焼酎は、舌にとろりと当たる。果皮の香りと苦味は、べらぼうに合うだろう。

「焦るな、パトリト」

ミリシアさんはパトリト君をたしなめ、塩うずわのこんがり爆《は》ぜた皮目にライムをきゅっとしぼった。身をほぐし、黒い血合いと肉色の身を口にして、

「んんん……脳に響くな」

ぎゅっと顔をしかめた。

ピスフィにうずわめしを食べてもらったとき、半身は塩蔵《えんぞう》しておいた。これの塩を落として焼けば、塩うずわ。冗談抜きにしょっぱいけれど、身のたんぱく質が分解されて生じた旨味もただごとじゃない。

「そこに、これであろう」

ひりつく舌を、とろとろの焼酎でなでてやる。どうなるかというと、

「んああ……」

天を仰いでぼんやりしてしまうのだ。

「これは、よくない。実以《じつもっ》て、よくないものだ。あほになってしまう」

「わーなりたい！　待っててみー姉ちゃん、俺すぐあほになるから」

パトリト君は塩うずわをつまみ、しょっぱさに口をすぼめ、酒をふくんだ。

「ほああ……」

姉弟そろってあほになるところを眺めながら、ナバリオーネは冷静だった。僕だったらめっちゃ笑っていじってると思うので、やはり胆力が並外れている。

「どうした、護民官どの。残桜症《ざんおうしょう》の蔓延《まんえん》する街道を越え、わざわざラパイヨネの麗しき桑《くわ》畑《ばたけ》からいただいてきた若芽であるぞ」

ミリシアさんが、けっこう挑発的に言った。ナバリオーネは無言で手を伸ばし、天ぷらを口にした。

「衣は軽く、粘りと苦味が心地よい。すばらしい仕事ですね」

「なによりも、ラパイヨネ印の桑だよ。聞きしに勝る大桑園《だいそうえん》であった。ああもひろびろとした環境に育てば、本島は狭苦しく思えるものであろう」

「そうでしょうとも。このささやかな島への固執《こしつ》が悲劇を生むのだと、潟派《ラグーナ》のあなたがたも実感できているのではないですか？」

ナバリオーネは身を乗り出した。古い機械がゆっくりと動き出すように、ふたたび彼の舌は回りはじめたようだった。

「土地ですよ。そこから人も物も生じるのです。残桜症が居座れば、いずれこの島は本格的な食料難に襲われる。ところで、干潟を農地に転換する計画は、あなたの姫が潰したのでしたな」

ミリシアさんは、聞いてる聞いてる、ぐらいのぞんざいさでうなずき、天ぷらをかじって焼酎《しょうちゅう》をなめて一瞬あほになってから、

「あなたの生家はもぬけのからになっていたぞ」

居合の達人の抜き打ちみたいな速さと鋭さで、ナバリオーネを絶句させた。

「広さは慰めにならないよ、ナバリオーネ。怯《おび》えれば、人は逃げる。駆け去る後ろ姿に正論をぶつけても、引き留めることはできないであろう」

「うん、それは俺、分かるよ」

　パトリト君がうなずいた。

「ガスタルドも、たぶん同じだと思うんだ。舟なんか出したら余計に死んじゃうよって言っても、たぶん、止めらんなかっただろうな」

「愚かな……」

　俯《うつむ》いて左手で眉間を押さえたナバリオーネは、食いしばった歯の隙間から吐息のような声を漏らした。

「挙国一致こそが、悪疫に立ち向かうただ一つの手であるというのに。ぶざまな連中ですな」

「そうは言うがな、護民官どの。あなたは、ほっとしているように見えるぞ」

　ナバリオーネは、腿《もも》の上に置かれた右の拳を固く握った。歯ぎしりの音が、こっちまで聞こえてきそうだった。

「あなたが他人をあしざまに言うのは、本心を隠したいからであろう。悪態をつきなれているとは思えないへたくそさだからな」

しん、と、静まりかえった。

　顔に当てていた手を下ろして、ナバリオーネは、ミリシアさんに目を向けた。

「ピスディオ・ピーダーと、同じことをおっしゃるのですね」

「あの者であれば、それぐらい見抜くさ。私よりもはるかに効果的なやり方でな」

　ナバリオーネは、驚くべきことに、かすかな笑みを浮かべたのだ。

「ガスタルドの航海の無事を、ラパイヨネ家の逃走の無事を、私は願っているよ」

　ミリシアさんは言葉を続けた。

「よく発ってくれた、ともな。煎《せん》じ詰めれば、自由とは移動できることであろうから」

　ミリシアさんは天ぷらに手を伸ばし、さくさくかじった。ナバリオーネも、どこか気やすい調子でミリシアさんに続いた。

「ネイデル家の長女は、ずいぶん急進的な自由観をお持ちなのですね」

「なんだ、舌戦をやりたいのか？　私はどちらかといえば、なにごとも力づくで解決してきた人間だぞ」

「ほんっとそれ。みー姉ちゃん絶対にどっかで急死するよ。絶対」

「それが私の呪いなのだ。夢に殉《じゅん》じた客死《かくし》であれば、甘んじて受け入れよう。すまないが、おかわりを」

　ミリシアさんは空の杯をかかげた。僕は新しいグラスをお酒で満たし、ミリシアさんの前に置いた。グラスの上でライムの果皮をしゃしゃっと削るのも忘れずに。

「ありがとう、康太。素晴らしい芳香だ」

グラスに鼻を寄せて香りを楽しみ、空気といっしょにしゅるりとすする。唾液と混ざってしっとり甘くなったお酒が、舌に残る油と塩気を洗い落として喉に流れていく。

「実以《じつもっ》て、佳良《かりょう》である。どこかのだれかが自由であったから、ライムをヘカトンケイルに殖えたのだ」

「ライムをもたらしたという賢者マルカントーニオの伝説ですな。あなたも、同じようにしたわけですか」

「盗んだ桑《くわ》を冬瓜《とうがん》に挿してな。もろもろの裁きは、事後に受けよう。自由を奪われることによって」

「あー！　あ、ごめん大声出しちゃって。あのさあのさみー姉ちゃん、俺分かった今！」

ミリシアさんはくすくす笑って、なんだか興奮しはじめたパトリト君の髪を撫《な》でた。

「言ってみろ」

「いやなるほどなーって感じなんだけど、そうだよね！　罰ってさ、移動できなくなるんじゃん！」

「うむ、正解だ。聡明な弟を持ててうれしく思うぞ、パトリト」

「へっへへ！」

「弟が発見した通りだ。罰金と死刑の間にある刑罰は、禁錮《きんこ》にせよガレーの漕《こ》ぎ手《て》をさせるにせよ、好きなところに移動する権利を剥奪するものであろう」

これはけっこう、現代日本人の僕が聞いてもなるほどと腑《ふ》に落《お》ちる話だった。

ミリシアさんが言っているのは、自由刑のことだ。懲役何年とか禁錮何年とかの、いわゆる『くさい飯を食う』やつ。

一方、罪人を鞭《むち》でひっぱたきまくるとか、悪いことをするたびに入れ墨が一画ずつ彫られていって最終的に犬っていう字になるとか、ああいうのは身体刑と呼ばれる。

地球の話でいえば、これはあんまりにも残虐だということで、犯罪者に身体刑を課す国はものすごく減っている。ヘカトンケイルでも事情は似たようなものみたいだ。

「いやー、はー……わーすごいな、納得した、すごい納得しちゃった」

自由とは移動できることで、その権利を奪うから自由刑なのか。なんだろ、当たり前すぎて考えたこともなかった。そりゃひとりごとも出ちゃうよ。

「要点は理解しましたよ、ミリシア・ネイデル」

ナバリオーネは穏やかに言った。

「すると私は、救済のつもりで市民に罰を与えているろくでなしになりますね。外出禁止を命じ、非常事態宣言を布告して回ったのですから」

「あなた個人の身勝手なやり口は、法的に保証されたふるまいではない。私に言えるのはその程度のことだよ、ナバリオーネ・ラパイヨネ」

論戦に引きずり込もうとするナバリオーネの言葉を、ミリシアさんはひょいとかわした。

「酒が佳《よ》すぎたな。うずわも桑《くわ》もなくなってしまった。次の料理は？」

「すみません、まだ茹《ゆ》でてます。急いでやっちゃいますんで」

「気にしないでくれ。あなたの料理であれば、待つ時間も幸福だ」

ありがたいお言葉をいただいたので、じっくりいこう。

ぐらぐら沸かしたお湯にどかっと塩を入れ、パスタを茹でる。茹であがりはだいたい四分後。ちゃっちゃかソースをつくってしまおう。

銅のソースパンに油を引いたら、刻んだにんにく、うずわのアンチョビを入れる。これはべらぼうな量の塩で仕込んだ塩うずわを敗血の魔述で熟成し、油にどぼんと沈めたもの。塩気も旨味も、そのままいただくには強すぎる。

「食べたらだめなんですか？」

榛美さんが興味を示してしまったので、はしっこをちぎって口にぽんと入れてみた。

「……しょっぱい」

榛美さんが顔をしわくちゃにするぐらいだから、そういうことだ。

「あ、あー、でもなんか、なんだろ、分かって……分かりました！　後からおいしいやつです！」

「たんぱく質がもうめちゃくちゃに分解されてるからね。アミノ酸の暴力だよね」

「その、なんか、なにしろなんかがめちゃくちゃくちゃになんかしてますからね！」

木べらでアンチョビをつぶすように炒める。ほぐれた身が油といっしょにぱちぱち跳ねて、なんだか開栓したての鮭フレークみたいないい香りがしてきた。

そしたらここに、うにを惜しげもなく大量投入。くずしながら炒める。にんにくと魚の香りに、どろんとした潮っぽいにおいが乗る。

腐乳《フールー》を一かけ、ソースパンに落とす。ばちばち爆《は》ぜながら埃《ほこり》っぽい臭いを振りまき、調理風景を眺めていたピスフィはちょっとうめいた。

「まあ、良い思い出はないですよね」

腐乳を食べてもどしちゃったことがあるピスフィにとっては、毒のにおいも同然だろう。

「理性は説き伏せられても、肉体は受け入れてくれぬようじゃ」

「安心してください、おいしくしちゃいますから」

木べらでじゃかじゃか炒めていくと、腐乳のかび臭さが消え、だんだん香りがまとまっていく。ここに、水戻しして刻んで裏ごししたドライトマトを入れ、もったりするまで火を入れる。

ちょっと味見すると、酸味と苦味と渋みと塩味と旨味がいっぺんに押し寄せてきた。味《み》蕾《らい》をぼこすか殴ってくるような味を中和すべく、豆乳をたっぷり注ぎ入れてやろう。

ぼこぼこ沸騰した豆乳の表面に、トマトで染まったオレンジ色の油が浮かぶ。対流が鍋の中身を引っかき回して、崩れたうにだのアンチョビだのが浮き沈みする。鍋肌のへばりつきをこそげて沈めながら、強火でがんがん煮詰めていこう。

「はい榛美さん、味見どうぞ」

口を開いて待機していた榛美さんに、さじですくったスープを吸わせる。

「んんっふ……んふぁあああ……」

ぐにゃんぐにゃんになった榛美さんの腰にピスフィが抱きつき、ひっくり返るのを食い止めてくれた。

火からソースパンを下ろして、水溶き米粉でゆるーく寄せれば、ソースは完成。

ここらでパスタも茹《ゆ》であがっている。ボウルに移してちゃっちゃと水気を切ったら、ソースパンにどしゃーっと入れる。うにも余ってるから入れちゃおう。で、火に当てながら、うにが崩れない程度にざくざくっと混ぜる。

こいつは、瑠璃色《るりいろ》の深い器に盛ってやろう。

トングでつかんで、ひねりながら高く盛りつけ、追いソースと追いうに。挽《ひ》き立ての黒こしょうでよごしたら、うにとうずわアンチョビのクリームパスタのできあがり。

たまご色のパスタにとろっと赤いクリームが絡んで、こしょうの黒とうずわの鳶色《とびいろ》、うにの橙色《だいだいいろ》。ぼわんとした色合いを、器の黒っぽい青でぎゅっと引き締めていい感じ。

「では、そろそろみどもにも出番をいただこうか」

ピスフィはお盆に人数分の器を載せ、持ち前の体幹の強さでしゃきしゃき歩いた。めいっぱい背伸びしてお皿を配り、

「ミリシア」

ばんざいした。

「はい、嬢」

ミリシアさんはピスフィをうやうやしく持ち上げ、子ども用クッションに座らせるとベルトで留めた。

「佳《よ》いはたらきじゃ、ミリシア」

「ずいぶんくつろいでいますね、ピスフィ・ピーダー。あなたがたは、私を説き伏せるために集まったはずでは？」

ナバリオーネさんがびっくりするぐらいの正論でピスフィをひっぱたいた。

「そう思うておったのじゃがな。ホームパーティをやりたいと言われて、みどももやりたくなったのじゃ」

「それはけっこう」

ピスフィはパスタをフォークでくるくるっと巻き取り、ほおばった。

こしの強い生パスタをもちもち噛《か》んで、ライム水で口を洗った。

スープに沈んだうにやらアンチョビやらをすくって、味わった。

ふうっと息を吐いて、肩の力を抜いた。

「滋味、じゃな。すばらしい」

食べて、飲んで、食べた。

時間をかけて、味わった。

「主《にし》ゃらも、あたたかいうちに食べるとよいじゃろう」

ぴりついていたみんなは、ピスフィにうながされ、フォークを手に取った。

「あっこれやば……あははは！」

銜川さんはフォークを口にくわえたまま俯《うつむ》いて笑った。

「やっぱい、なん、しょっぱくておいしい！　あー感想言う頭が悪い！」

「いやでもちがちゃんこれしょっぱくておいしいでしょ、真理だよ真理」

パトリト君がなんかものすごく適当なフォローを入れた。

「うにの甘さと宗太鰹《そうだがつお》の苦味が仕事をしているな。佳良《かりょう》である」

「うー……」

このへんなうなり声は、榛美さんのものだ。みんなが食べているのを、うらやましそうに見ている。

「よし。食べよう」

「わああ！」

ソースパンに残っていたのをお皿にびゃっとぶちまけて、フォークを渡す。

「これ、なんでしょう、刺すやつですか？」

榛美さんは、フォークを手にきょとんとしていた。そういえば踏鞴家給地はさじ文化圏で、箸《はし》すら自作しなくちゃならなかったっけ。

箸はまあ、はじめて見ても指のアナロジーとして理解できるけれど、知らない人にとってフォークはかなりわけの分からない形状をしている。

とがった針みたいなものが先端にずらっと並んでいて、かなり物騒だ。十七世紀までイタリア以外の国では使われなかったのは有名な話だけど、そう言われてフォークを見てみると気持ちが分かる。

フォークの物騒さについては、有名な都市伝説がある。日本を占領したGHQは、お箸を野蛮な食器と断じ、日本人に持たせるための先割れスプーンを発明した。というのも、被占領民にフォークを持たせたら、それを手に武装蜂起《ぶそうほうき》する怖れがあるからだ。

いまのところフォークを武器に決起する予定はないし、手づかみであつあつのクリームパスタを食べるのは平成のテレビ番組の罰ゲームに近い。榛美さんにも、フォークの使い勝手を知ってもらおう。

「これはね、こんな感じでね」

パスタをくるくる巻きつけてみせると、榛美さんはさも当たり前みたいに口を開けた。

判断力がひな鳥だ。

「はい、どうぞ」

フォークを差しいれると、榛美さんの口が、そういうおもちゃみたいにぱくっと閉じた。歯にフォークの当たるかちっという音を聞いて、引き抜く。

榛美さんはくちびるをとがらせ、タリアテッレをもちもち噛《か》んだ。

「ふぁああ！」

榛美さんは両手でほっぺを押さえ、なんか、どたばたした。

「さっき分かったやつの、なんか、分かったやつにいろんな味がいっぱいです！」

腐乳《フールー》と塩うずわとドライトマトでばっちり旨味を利かせ、大量のうにをぶちこんで豆乳で延ばしたのだ。そりゃもうおいしいよね。

「楽しいじゃろう、ナバリオーネ。これがため、床をみなで叩《たた》き割ったのじゃ」

ピスフィがちょっと皮肉と取れないこともないようなことを言った。

「思いきって改装したものですね。貴重なヘカトンケイル様式のアトリウムに、セメントのかまどを設《しつら》えるとは」

「アトリウムだからこそ、そうしたのじゃ」

　やや懐疑的に、ナバリオーネは眉をひそめた。

「そもこの中庭兼玄関ホールをアトリウムと呼んだのは、異世界でそう呼ばれておるのをそのまま引用しただけじゃ。ヘカトンケイル様式とは、そうした時代の産物じゃった」

「そうでしょうね。なにもかも異世界に倣《なら》った時代です」

「居住者に不便を強《し》いる、ばかげた規模の中庭も含めての。では、アトリウムの語源について、主《にし》ゃは知っておるか？」

　ナバリオーネは首を横に振った。ラテン語に精通している異世界人は、さすがにそこまで多くないようだ。

「これはの、ａｔｒｕｍという単語をもとにしておるそうじゃ。光沢のない黒をあらわす中性名詞じゃな。転じて、煤《すす》の黒とでもいったところか」

「アトリウムには、かまどがあったということですか。壁はすすで汚れていた、と」

　ピスフィはうなずいた。

「古きひとびとはアトリウムに集まり、火を囲んでおった。煮炊きし、食べ、祖霊とかまどの神に供え物をした。死者も神も、家族の日常とともにあったのじゃ。あたたかい場所であったじゃろうな。そこには火の熱と、料理の熱と、人の熱とがあった」

　火と人は、近づいたり離れたりしながら関わっていた。

時代をずっと遡《さかのぼ》れば、僕たちの先祖は直火《じかび》の近くで生きていた。そこで暖を取ったり肉を炙《あぶ》ったりした。

やや時代を遡れば、火と家は遠ざけられ、かまどでの仕事は忌《い》み嫌われるものとなった。この異世界にも、灰かぶりと呼ばれる女の子がいたように。

現代では、リビングとキッチンはだいたいセットになっている。そこにあるのは管理の行き届いた火と、やっぱり料理の熱と、変わらぬ人の熱だ。

「闇も孤独も、人には耐えがたいものじゃ。光と熱のそばに寄り集まることでしか、生を紡げぬ。お父さまがおっしゃっていたように、みどもらは弱く、寄り添って慰め合う生き物なのじゃろうな」

「あなたは、弱いままでいようとするつもりなのですか？」

ピスフィは穏やかに微笑《ほほえ》み、凪《な》いだ海のような目をナバリオーネに向けた。

「主ゃもじゃよ、ナバリオーネ。みどもも主ゃも、弱いままでよいのじゃ」

ナバリオーネは、とっさに、口を手で覆った。見開いた目の、引き絞られた瞳が、ピスフィに向けられた。

「主ゃは、みどもに言ったたな。哀《かな》しみから目を逸《そ》らすために、見ず知らずの他人を救いたがっているのだと。死ねなかった罪の意識を、死ぬことで濯《すす》ぎたいのだと。あれは、主ゃ自身に向けられた言葉であったのじゃろう？」

「なにっ、を……」

「みどもは父を失い、主《にし》ゃは友を失った。むずかしい問いではなかったのじゃ。みどもの目は、涙と憎しみにかすんでおった。主《にし》ゃの心根を、見透《みす》かせなかった」

はっきりと、ナバリオーネは狼狽《ろうばい》していた。

「私は……私は、友などと、ばかげたことを言いますね、ピスフィ・ピーダー。友だって？　違う、彼は単なる私の政敵です。無思慮にうろつく市民を野放しにして、自分まで感染して、ぶざまに死んで、だから、私は」

ナバリオーネは喋《しゃべ》りながら呼吸を整えていった。緊張に持ち上がった肩をむりやり下げて、曲がった背筋を力ずくで伸ばして、顔にいつもの笑みを貼りつけようとしていた。

「弱いままで、つながる？　呆《あき》れましたね。抽象的な理論は人文学者の仕事ですよ。政治がすべきは、そうした理論から可能性を汲《く》み上げ、現実に反映させることでしょう。さんざん私に踏みにじられて、あなたはけっきょくいくらも成長せず、無力なままで私の前をうろつくわけですか」

触れたものを手当たり次第に投げつけるように、ナバリオーネは言葉を浴びせた。ピスフィは反論しなかった。目を逸《そ》らさなかった。

「相手に喋りたいだけ喋らせる手管《てくだ》も、よくピスディオから学んだものですね。こちらが話し疲れたところで、警句のような短い言葉をぶつけてくるのでしょう？　すばらしい手際でしたよ。喚《わめ》くこちらがいつも愚か者になるのですから」

「そうじゃな。まったくお父さまは、いつもそうじゃった。なにを言ってもやりこめられるので、挑戦のしがいがあったものじゃ」

「あなたと思い出話をするつもりはありませんよ、ピスフィ」

ナバリオーネは拳を机に叩《たた》きつけた。

わずかのあいだ、アトリウムは静かだった。衛川さんとパトリト君は気まずそうにし、ミリシアさんはパスタをばくばく食べつづけた。

「主ゃのことを、友でも敵でもないとみどもは言うたな。潟《ラグーナ》のふたつの国の、彼岸《ひがん》と此岸《しがん》にてものを見ようと。覚えておるか？」

「ですから、思い出話をするつもりは――」

「それが実際にどのようなものであるべきか、みどもはあれから考えておった。答えは、我が家庭教師に気づかされたよ。のう、ミリシア」

ミリシアさんはもぐもぐしながらきょとんとした。ピスフィはくすくす笑った。

「彼岸と此岸をつなぐものは、商いじゃ。みどもが商品を提示し、主ゃが価格に納得して支払う。ミリシアが主ゃに、薬を投げてよこしたようにな」

パスタを飲み込んで、ミリシアさんはにっこりした。

「憎悪に焼かれれば、こんな当然のことさえみどもは忘れてしまう。お父さまが、ミリシアが、どれほど偉大な商人であるのか、思い知らされるばかりじゃ」

ピスフィはライム水を飲み干して、下唇をぬぐった。

「みどもが提示するのは、今このときの新しい政治じゃ。そして主《にし》ゃが支払うべきは、憲政への悪態じみた護民官なる立場を、今すぐ捨てることじゃ」

「あなたにそんなことができるとは、思いませんね」

ナバリオーネは口にしたけど、言葉はほとんど無力だった。

「みどもの考えは、そうややこしいものではない。権力を大評議会に返したいと思うておる」

「それはっ」

怒鳴りかけたナバリオーネを、ピスフィは手で制した。

「知恵ある白神を中心とした、そうじゃな、感染症研究討議会とでも名付けようか。こうした会議を設けて意見を吸い上げ、政策の一助とする。白神はみどもらが未《いま》だ到達しておらぬ疫学《えきがく》的知識を有しておる。なにより、白神であることが市民への説得力となる。お父さまの考えておった『移民島モデル』を、より行政に近いかたちで実現したい。迅速《じんそく》かつ、効果的なものとなるはずじゃ」

ナバリオーネは椅子に深くもたれ、ピスフィの話を黙って受け止めた。

かなり長い沈黙があった。ナバリオーネは指で机をこつこつ鳴らしながら、黙考の中に沈んでいった。

「どこの誰が、大評議会を率いるというのですか？　ピスディオはもういないのに」

「分かって聞いておるのか？　それとも、ただ単に資格がないと思い込んでおるのか？」

ピスフィは腕を曲げ、てのひらを上に向けた。ミリシアさんが、そこに一通の封筒を置いた。

「カンディード先生が届けてくれた、お父さまの遺言状じゃ。自分の死もまた、お父さまにとっては予測しうる事態のひとつにすぎなかった」

ピスフィは折りたたまれた紙片を広げ、視線で文章をなぞった。

「お父さまは、次の元首として、主ゃを指名しておる」

ナバリオーネは、みぞおちでも殴られたみたいに息を漏らした。

「派閥を越えて主ゃを支えてくれと、それが、お父さまの最期の望みであった」

「それは……そんなことは、私は」

支える力を失ったように伏せた顔は、すっかり血の色を失って蒼白《そうはく》だった。ナバリオーネは言葉にならないかすれたうめき声をあげた。

「お父さまも、自らの死期については想定できなかった。カンディード先生には身内のご不幸があって、遺言状の作成が遅れた」

「ただ遺言状が届かなかっただけだと、単なる行き違い、だと……そんな、その程度のことで、済ませるつもりですか」

「その通り。単なる行き違いじゃ」

ナバリオーネがこの国にばらまいた憎悪も、育てた宿怨《しゅくえん》も、死者の数も、行き違いで済ますにはあまりにも大きすぎる。そのことを、ナバリオーネ自身がもっともよく分かっているようだった。

僕だって、ピスフィの言葉にはまったく共感できない。

　はっきり言ってむちゃくちゃだと思う。ここにいるみんながそうだろう。たぶん、ピスフィも含めて。

マナさんは、感染したソコーリさんを治さなかった。

ピスディオさんは、あちこちの広場に人が寄り集まることを禁じなかった。

ナバリオーネは、ひとびとを家畜のように閉じ込めた。

それはいずれも、信じるなにかに支えられた、非の打ちどころのない殺人だ。

そうした決断を、正義と呼ぶべきなのだろうか。

それとも、信念と呼ぶべきなのだろうか。

あるいは、呪いと呼ぶべきなのかもしれない。

「みどもはただ、お父さまの後を、主《にし》ゃひとりで引き継がないでほしいのじゃ」

船に寄り添う凪《なぎ》のような青い瞳が、ナバリオーネに、やわらかく向けられていた。

ナバリオーネは、ぐらつく頭を支えるように、眉間を親指で押さえた。そうして、幾度かまばたきした。

顔を上げると、そこには笑みがあった。いつもの貼りつくようなものではなかった。なかば呆《あき》れて、なかば諦めて、だからそれは、きっと僕たちがはじめて見た、ナバリオーネの本当の笑顔だった。

「あなたたち親子は、いつも私を哀れむのですね」

「気に食わぬか？」

「ええ、大いに。この手がどうしてあなたを絞め殺さないのか、私には疑問ですよ」

ピスフィとナバリオーネは、笑った。

どうやら、決着だった。

「康太さん、今じゃないですか？」

榛美さんがささやきかけてきて、僕は我に返った。

「議論の余地なくね。ちょっと行ってくるよ」

僕は氷室《ひむろ》にすっとんでいって、人数分のデザート皿をお盆に載せ、昔の漫画だったら足がうずまきになっちゃうぐらいの速度で戻ってきた。

「お待たせいたしました。本日最後のメニュー、ババロア・オ・フィグです」

切り分けた涼菓と小さいさじを、榛美さんとふたりでぱっぱと配膳する。

「黄と赤ですか。美しい菓子ですな」

ナバリオーネがさじを手にした。

「ババロア！　やば！　わー！」

衞川さんは秒で限界化した。

「あーなんだろ、食ったことないなババロアって。どんなやつなの？」

「ごく簡単に言うと、カスタードのゼラチン寄せですね。フィグを……いちじくをワイン煮にして加えたので、ババロア・オ・フィグというわけです」

ミルクも生クリームも手に入らなかったので、豆乳を使ってみた。

砂糖の代わりに保水性の高い水あめを使い、葛粉《くずこ》まで使ってむりやり寄せた。型も、あちこち探すというわけにはいかなかったから、なんかそこらにあった小さいクグロフ型でやった。ご存じない方にご説明さしあげると、クグロフ型というのは、なんか煙突みたいなものがまんなかにあって、深めのしゃぶしゃぶ鍋みたいな見た目をしている。

できあがったババロアを型から抜いたら、固形化したごま豆乳スープがしゃぶしゃぶ鍋から飛び出してきたとしか思えない見た目だった。赤ワインで煮たいちじくが、ちょうど肉片みたいな色合いだったのだ。

けっこう残飯の雰囲気だったので、しょうがないから切り分けてごまかした。

ごまかしたところに、水と砂糖をゼラチンでゆるく寄せたナパージュをナッペする。固まったナパージュで表面がてかてかしたら、できあがり。

ないものはない、あるものはある。僕を支える魔法の言葉だ。

「おっほほっほ！」

ババロアを食べた衞川さんが、かつて聞いたことのないような笑い声をあげた。進化のかなり早い段階で人類から分かれた霊長類みたいな笑い声だった。

「あーこれ、やばいね。むっちむちでさー、カスタード、あーやばいねこれは。やばい」

パトリト君はあほになった。

僕もさっそく、一口いただく。

「あっ……おああ……」

あほにならざるを得ない味だった。

疲れきった体に、カスタードの甘さが効きすぎる。もちもちむちむちの舌ざわりがやさしすぎる。

ワイン煮にしたいちじくは舌と口蓋で押しつぶせるぐらいとろっとろで、種がぷちぷちして、渋みが甘さを染み渡らせる。

テーブルについた全員が、あーとかうーとか言っていた。ピスフィはいつの間にかミリシアさんのマントの中にいた。あほになりながらもマントを忘れないミリシアさんの忠実さすごいな。

「ピスディオは、これを食べそこねたわけですね。彼は残念なことをしましたよ」

ナバリオーネがさみしげに笑った。

「本当に、そうですね。召しあがっていただきたかったなあ」

言葉を交わすこともなく、ピスディオさんは逝《い》ってしまった。ここにいてくれたら、なにを話せただろうか。ピスフィとは、どんな会話をしたんだろうか。

「ところで、あなたがたにも何か話があるのではないですか？」

あーうーしてたら、ナバリオーネさんが水を向けてくれた。ありがたさしかない。

「実はちょっと、お伺いしたいことがありまして――」

僕はエイリアス・ヌルについて、手短に語った。あの男がもとは紺屋大であったこと。そして鷹嘴穀斗でもあったこと。あるいは、アノン・イーマスだったこと。そして、残桜《ざんおう》症《しょう》をヘカトンケイルにもたらしたこと。

「……信じられない。エイリアス・ヌルが？」

ナバリオーネは、率直に唖然《あぜん》としていた。神話的な魔述師を味方につけたつもりだったのだろう。

「小さく完璧な世界を。あの男はそう言っていました。世界を無数の泡に分断するとも。なんとなく、目的は分かる気がするんです。きっとあいつは、世界全部を『冷たい社会』にしようとしている」

踏鞴家給地に来たばかりのころ、悠太君にこの話をしたことがある。冷たい社会とは、ごく簡単に言うと、あんまり変化を好まない社会のことだ。新しいものを取り入れず、今ある状態をできるだけ長いこと保とうとする。変化をもたらしそうなものは切り捨て、生きるのに必要なだけ生産し、自分たちで消費する。人口は増えも減りもしない。

それこそが義父の言う、『小さく完璧な世界』なのだろう。そして問題は、それを実現しようとしたら文明圏規模の大量虐殺が必要ということだ。

「なぜ、そんなことを」

「理由なんか分かりませんよ。想像したくもない。はっきりしてるのは、実際にやれるつもりでいるし、いくらでも人を殺せるということです」

残桜症は一手段にすぎない。残酷な言い方をすれば、悪疫を乗り越えた社会はむしろ豊かになるだろう。黒死病《こくしびょう》が去ったあとのヨーロッパで富が再分配され、中間層が勃興《ぼっこう》したように。

平等の契機となるのは、たいていの場合、疫病や総力戦といった大量死だ。

「だから、この先があるはずなんです。僕たちが想像もしていないような、なにかが」

ナバリオーネは、激痛が走ったように顔を歪《ゆが》めた。自分がなにに協力していたのか、遅ればせながら気づいたのだ。

「あなたたちは、アノン・イーマスをどうするつもりなのですか？」

「僕は止めるつもりです」

「わたしは話しますよ」

僕と榛美さんがサラウンドでまったく別々のことを言うと、ナバリオーネは、なんかもうむしろ笑った。けっこう凄絶な引きつり笑いだった。いやその、ぜんぜん意思統一できてないように見えますけど、これはこれで成立してるんですよ。

ナバリオーネは深くため息をつき、背もたれに後頭部をあずけた。組んだ足に置いた両手の指を絡め、衝撃を逃がすように深く呼吸した。

「エイリアスについて、私が多くを知っているわけではありません。どこで暮らしているとか、ふだんなにを食べているとか、そのようなことは一度も話しませんでした。あれは突然やって来て、私に魔述を見せ、理想を叶《かな》える力になりたいと語ったのです」

「おんなじだ……ねえ康太さん、それって、鉄じいさんのときと」

僕はうなずいた。詐欺師時代に培《つちか》った、義父の手口なのだろう。

「私と彼は百貨迷宮《ひゃっかめいきゅう》に潜り、あなたを喚《よ》びました」

ナバリオーネは銜川さんに目を向けた。

「白神の手を借りれば、覇道の……ええ、彼の言葉ですよ。自尊心をくすぐる手管《てくだ》ですね。武力で国を治める覇道の力になるだろう、と彼は言ったのです。今にして思えば、あなたの魔述を自分の力とすることが目的だったのでしょう。敗血の魔述は強大です。食糧難も、腐敗を源とする悪疫も招くことができる」

「パンふわっふわにできるけどね秒速で。豆鼓《トウチ》もお酒もつくれるし」

衞川さんが胸を張って震え声で言うと、ナバリオーネは弱々しく微笑《ほほえ》んだ。

「一度、彼が過去について語ったのを聞きました。真偽はさておき、彼は五百年前、中つ国諸国の西方に喚ばれたそうです。鉄以前、青銅器の時代に」

「んん？　ええとすみません、ちょっと待ってください。青銅器文明が、五百年前？　あー……すみません、自己解決しました」

「ええ、康太君の想像通りですよ。白神の力です」

地球の青銅器文明は、地域差をぜんぶ無視すれば、紀元前三千年から紀元前五百年ごろの話だ。いまこの世界は、乱暴に比較すれば十七世紀ぐらいの文明水準にある。すくなくともヘカトンケイルは、国民国家という概念を獲得しているように見える。

となると、地球の尺度で四千年から千五百年ぐらいの時間をスキップしているわけだ。そんなことを可能にした白神が神様扱いされるのも無理はない。

「話を戻しましょうか。エイリアスは、鋳造《ちゅうぞう》した青銅の剣で殴り合う戦争のただなかに、細菌兵器として召喚されたそうです」

「そこまでであれば、よくある話じゃな」

よくある話なんだ。

「あなたがたの歴史とそう変わらんよ、康太。違いは魔述が関わっているかどうかだけだ」

「そう言われちゃうとそうなんですけどね。あーでもそっか、なんかいろいろ繋《つな》がってくるなあ」

十八世紀の北米大陸におけるポンティアック戦争では、天然痘《てんねんとう》が細菌兵器として用いられた。

イギリス軍は、敵対する先住民に、天然痘患者が使っていた毛布やハンカチを贈ったのだ。この世界のひとびとは、それを白神を用いてやった。

「召喚された者もはぐれの者も、ほとんどは見つかるなり殺されたはずだ。幸運にも生き延びた一部が白神となり、この世界に文明を授けた。逆もまた然りであるな。われわれのうち、白神の持ち込む病魔に抵抗力を得た者が、文明を築いた」

未知の病原菌を体内に山盛りいっぱい詰め込んでやって来たはずの僕が、どうして踏鞴家給地のひとびとを病気で全滅させなかったのか。この世界がすでに、はしかだの黄熱《おうねつ》だの結核《けっかく》だのインフルエンザだのでしばきあっていたからだ。

「アノン・イーマスが悪疫の主因であったとすれば、その着想は、みどもらが育てたようなものじゃな」

ピスフィはぐったりしてため息をついた。

「でも、悪いのはそいつだよ。俺じゃないしお姫ちゃんじゃないでしょ」

「そうじゃな、パトリト」

パトリト君になぐさめられて、ピスフィはうなずいた。

「彼には彼なりの動機があり、おそらくは善き目的のためにそうしているのでしょう。私もマナ陛下も、ピスフィもそうであるように」

ナバリオーネは皮肉っぽく、しかしそれなりに本音のこもっていそうな声で言った。

「そりゃ、人類のためになると思ってやってるんでしょうね。単なる虐殺フリークだったら、こんな回りくどいやり方しないだろうし。もしかしたら誰も知らない過酷な命運を一身に負っていて、あの男を止めたら、めぐりめぐって世界が滅びるのかもしれません」

僕はできるだけ軽口のように言った。

「でも、未来の責任をあらかじめ取ることはできませんからね。原理的に言って」

「それが君の結論ですか」

ナバリオーネは、じっと僕の目を見た。覚悟を問うように。

「しかし、君が一時の脅威になり得たとして、相手は不老の魔述師ですよ。君が寿命かなにかで死ぬまで、どこかに隠れ潜んでいればいい。そうした相手にできることはただ一つ、死を見舞ってやることだけでしょう」

義父を、殺す。

現実的に可能なのだろうか。

手立てがあったとして、僕にできるのだろうか。

それは、望むべき結末なのだろうか。

「たぶんいけますよ。ね、康太さん！」

急に榛美さんが、なんかざっくりしたことを言った。ナバリオーネは面食らって口を半びらきにした。

「その……殺すことが？」

「ええぇ!?　ちがいますよ！　そうじゃないです！」

榛美さんは手をわたわたさせた。

「なんでそんなことしなきゃいけないんですか！　だって死んだら死ぬんですよ！　そんなのすごくいやだって、みんな分かってるのに！」

まっすぐすぎる言葉だった。ナバリオーネは打ちのめされたように目を伏せた。

「それは、ええ……そうですね」

「そうですよ！　だからその、なんか、やめて、もらって……あれ？　その、もしかして、それがたいへんだなあって話です、よね？」

榛美さんはあっという間に勢いを失い、口をもにょもにょさせ、ナバリオーネに問いかけた。

「おおむねその通りでしょうな」

「うう――……」

寸鉄人を刺すような端的で鋭い皮肉に、榛美さんは両耳をやわく握ってうめいた。

「うー！　でも！　いけます！　なぜっていうと！」

「なぜというと？」

榛美さんはがばーっと立ち上がった。

「なぜっていうと！　康太さんだからです！　康太さんは最後にはおいしいからです！」

僕たちは全員、ぽかんと口を半びらきにした。榛美さんは一等賞ですみたいな顔で僕たちを見下ろし、

「ふふん！」

とかなんとか、けっこう力強い鼻息で僕たちを威嚇《いかく》すると、自由落下っぽい勢いで着座した。

誰もが圧倒されて、耳鳴りするような静寂が訪れた。

僕は、笑っていた。

僕たちはいつもいつも、いろんなことが手遅れになってからようやく、慌ててどたばた走り出す。

みっともなくのたうちまわって、偶然うまくいくこともあれば、当然だめになることもある。そこには運命も奇跡もない。

僕を信じてくれる人がいる。

僕の信じる人がいる。

運命にも奇跡にも頼れない世界で、たった一本、手繰《たぐ》り寄せるべき糸がある。

「まいったなあ。これは、なんかがなんとかなっちゃいそうだぞ」

僕はへらへらする。まったくもっていつも通りに。

「なにしろ康太さんですからね！」

榛美さんはふにゃふにゃ笑う。まったくもっていつも通りに。

「議論の余地なくね」

だから僕たちは、いつも通りだった。

「これこそ、梢《こずえ》に止まった小鳥の囀《さえず》りですな」

ナバリオーネが立ち上がった。そう言われちゃうとぐうの音も出ないよね。

しょんぼりする僕に、ナバリオーネは微笑《ほほえ》みかけた。

「しかし、聞き惚《ほ》れる鳴き声です」

ナバリオーネは、人差し指をちょいちょいっと動かした。部屋の片隅で忘れ去られていた私兵が、コートを手にすっ飛んできた。

「素晴らしい料理、素晴らしい対話でした。ピスフィ・ピーダー。ピーダー家当主のご就任、心よりお慶び申し上げます」

一礼したナバリオーネは、兵士から受け取ったコートの前を止めると、アトリウムを見まわした。

「煤《すす》の黒……」

呟《つぶや》くと、未練を振り切るように、目をしばたたいた。

「護民官として、篤実たる兵士諸君に命じる！」

三人きりの兵士に向かって、ナバリオーネは声を張り上げた。

「罪無き市民を虐殺し、陛下に弓を引き、国政を壟断《ろうだん》した憲政史上最悪の愚か者を……ナバリオーネ・ラパイヨネを、裁判所に連行したまえ！」

「え……閣下？」

「どうした？　あなたがたはピーダー家の正しさに目を覚まされ、真に奉仕すべき理念を今こそ理解したのだ！　ピスディオ・ピーダーを受け継いだ新たなる当主こそが、正しい航路を、舳先《へさき》を向けるべき方向を知っているのだと！　私を縛り上げ、〝井戸〟に放り込むがいい！」

兵士たちの目は、タールが滴《したた》り落ちるように、じわじわと理解の色を宿していった。ひとりが、捕縛用の縄を取り出した。ふたりが、銃口をナバリオーネに向けた。ナバリオーネは手首を揃《そろ》えて両手を差し出した。

「閣下、そのう……申し訳ありません」

兵士はうめくように言った。

「なに、たいしたことではありません。蚕《かいこ》の世話は為政者の務めですからな」

縄を打たれながら、ナバリオーネはひょうひょうと答えた。

「ナバリオーネ・ラパイヨネ！」

ピスフィが、椅子の上に立って絶叫した。ナバリオーネは振り向いて、ふたりの目が合った。

「それで責任を取ったつもりか！　そんなことで！」

ナバリオーネは笑って、ピスフィに背を向けた。

殺されたいのだと、丸まった背中が語っていた。多くのひとびとが、このときどこかでそう願っていたように。

生き残っていたくないのだと。なにかが決定的に損なわれた世界で、その肩代わりができなかったことを、もう許されたいのだと。

「それは、法の仕事であるぞ」

ミリシアさんの言葉に、ナバリオーネは肩をすくめた。

「法的に保証されたふるまいを、あなたが私に望むのですか？」

「しかし、あなたには」

「ミリシアさん」

衛川さんが、小声ではっきりとミリシアさんの名を呼んだ。

「白茅は、いいのか？」

ミリシアさんは眉根をぎゅっとひそめ、すがるようにそう問うた。

「よくないよ。でも、分かるから」

「ありがとうございます、白茅」

「言っとくけどあんたのこと許してないから。あと、次に名前で呼んだらひっぱたく」

「それは失礼しました」

ナバリオーネはふざけた調子でうなずいた。

「ではみなさん、さようなら。どうぞお元気で。残念ながら、手を振ってお別れとはいきませんが」

兵士が扉を押し開けると、冷たく乾いた風が唸《うな》りながら吹きこんだ。縄を手にした兵士に先導され、ナバリオーネは扉を抜けた。

「ああ、そうだ」

ぎいぎい軋《きし》みながら閉まっていく壊れかけの扉の向こうで、ナバリオーネが思い出したようにこっちを向いた。

「ごちそうさまでした」

扉が閉じた。行き場を失った冷たい空気が小さなつむじ風になり、埃《ほこり》を巻き上げてもだえるように旋回したあと、力なく消えた。

人の感情を十全に推しはかることはできない。でもきっとナバリオーネは、愚か者を自分ひとりに留《とど》めようとしたのだろうと、思う。

ヘカトンケイル史に類を見ない白色テロの首謀者は、私兵の反乱によってあえなく失脚した。兵士たちの心を動かしたのは、ピーダー家の新当主、ピスフィだった——そういう筋書きなら、踊らされたひとびとのその後に救いがある。

大衆主義者の平均的な末路として、歴史はナバリオーネ・ラパイヨネを嘲笑うように語るだろう。動乱に応じて出現し、熱狂的に迎え入れられ、たちまち飽きられる。拍手を浴びせていた手が、いつの間にか投げつけるための石を握っている。教訓話に出てくる度外れたまぬけとして、彼の名前はいつまでも記憶されるだろう。

「……ばかものが」

ピスフィは呟《つぶや》いた。

こうして、饗宴《きょうえん》は終わった。

くたびれはてた僕たちは、しばらく動けなかった。椅子と一体化したような気分だった。アトリウムの大改造からここまで、不眠不休でやってきたのだ。

最後の物たちの国では、たくさんのものが失われ、二度と戻らない。喪失はあまりにも大きくて、輪郭をつかむことさえできなかった。漠然とした無力感と、痺《しび》れるような焦燥感があった。

「よし！　思い出話しよ！」

パトリト君が手を鳴らし、声を張った。僕たちがのっそりと目を向けると、パトリト君はちょっとひるみながらへらへらした。

「死んじゃったみんなのこと、話そうよ。そうじゃなきゃすぐに忘れちゃうでしょ。でも俺、知りたいし、覚えていたいよ。ずっと忘れたくないよ」

衛川さんが背もたれから背中をひきはがし、腰の位置を直した。

「それじゃ、キュネーの話していい？」

「しよしよ！　どんどんいこ！　俺もする！」

ピスフィは子ども用クッションのベルトを締めなおした。

「ではみどもは、お父さまとカンディードの話をしようか。主《にし》やらの知らぬばかげた逸話が山ほどあるぞ」

「ピスディオの話であれば、私もいくらかできよう。カンディードについても、嬢ほどではなかろうが」

「ガスタルドは……んーまだいけっかな？　いやーしとくか？」

「えパトリト君なんか怖いんだけど、発想が」

「やー、まー、なんかまだどっかで生きてんじゃないかなーって」

僕たちは、おしゃべりをはじめる。

最初、泥にはまった車輪を動かすような、とぎれとぎれの話し方で。

「なんか椿油《つばきあぶら》めっちゃ減るって思ってたんだけど、キュネーがね、朝すんごい髪しっとりしてて――」

「カンディード先生はまぐろにこだわりがあっての、生のぶつ切りのものを――」

「嬢がお生まれになる前のことだが、魔王領でピスディオの耳が取れかけたことが――」

やがて、乾いた道を走るように。

「あーそう、そういうとこあった、キュネーたまに変なとこで――」

「え、うそ、俺にはぜんぜんそんな感じじゃなかったけど、あーでも一回さあ――」

空笑《そらわら》いがあって、涙がある。

僕たちはおずおずと、次第にはっきりと、失われたものを悼《いた》む。

涙は墓標に落ちかかる春の雨みたいにあたたかくて、その温度で、僕たちは悼む。

◇

裁判所の地下には、〝井戸〟と呼ばれる地下牢《ちかろう》がある。運河のすぐ脇に掘られた牢獄は湿っぽく、床に溜《た》まった汚水には虫や鼠《ねずみ》の死骸が腐って浮かぶ。

ほとんどの場合、ここに放り込まれるのは民間監獄への収監をつっぱねられ、行き場を失った最下等の債務者だ。まともな罪人はもうすこし人道的な刑務所に収監される。

私兵に縄を打たれてのこのこやって来たナバリオーネを、誰もが扱いかねた。いいから収監しろと当の本人が喚《わめ》き散らすので、職員はしぶしぶ、ナバリオーネを牢《ろう》の一室に放り込んだ。

「とにかくあれですからね。こういうのやってませんからね俺は。ほんともうどうなっても知りませんからね。看守さん来たら引き継ぎますけどだめならだめであれですからね」

職員は念押しした。彼は看守ですらなかった。使命感に駆られて庭の手入れにやってきた、ただの庭師なのだ。

「むろん、かまいませんとも。あなたにはなんの責任もありませんぞ、庭師殿」

ナバリオーネはへらへらした。庭師は憤然と〝井戸〟から出て行き、自らの仕事に戻った。残桜症《ざんおうしょう》のせいでくぬぎの剪定《せんてい》が遅れているのだ。

庭師が立ち去って、ひとりになったナバリオーネは備えつけの汚いベッドに寝転がろうとした。

「おや、これは失礼」

ベッドに膝をかけたところで、彼は動きを止めた。ベージュ色の、薄汚い繭玉《まゆだま》がへばりついていた。

野蚕《やさん》のものだろう。庭木に育っていたものが、なんの因果かこんなところに迷いこみ、行く当てもなく繭をつくったのだ。

繭玉のてっぺんはしっとりと濡れ、内側で茶色い蛾《が》がじたばたもがいていた。どうやら羽化《うか》寸前だった。

「先客がいらっしゃるとは考えの外でしたよ。どうぞごゆっくりお過ごしください」

ナバリオーネはベッドから離れ、うやうやしく一礼した。

しばらくうろうろして過ごした。牢の床は汚水まみれで、腰を下ろす気にはなれなかった。疲れたら壁にもたれて、今にも消え入りそうなオイルランプの火を眺めた。煤《すす》をはらんだどす黒い煙をもうもうとあげている。酸化しきった魚油を使っているのだろう。

やがて食事を持った看守がやってきた。看守は格子の受け取り口にトレーを突っ込むと、ランプに油をつぎ足し、無言で去って行った。

皿に盛られていたのは、得体の知れないソースがかかった麺だった。カトラリーどころか棒の一本さえ用意されていなかったので、ナバリオーネは手掴《てづか》みで食った。麺は掴むと潰れ、持ち上げると切れた。そのうちナバリオーネはちょうどいい力加減を見つけた。

指までねぶり、ぬるくて臭い水を飲むと、人心地がついた。ナバリオーネはベッドに目をやった。繭玉の上を、一匹の蛾が、橙色《だいだいいろ》の毛に覆われた細い胴を振りながら這《は》っていた。

羽化《うか》したばかりで触角も羽根もちぢれているが、サクサンで間違いないようだった。ロンバルナシエ大学に在籍していたころ、研究テーマとして扱ったことがある。

「あなたがよく召しあがっているクヌギは、北方の低山地に分布しています。養蚕家《ようさんか》が凍れる冬を乗り越えるためには、野蚕《やさん》の好む植物を識らねば——くだらない昔話ですよ。実にばかげていました。悪疫を前にすれば、人は家業を投げ捨てられるのですから」

ナバリオーネはその蛾《が》に語りかけ、自嘲の笑みを浮かべた。

それからなんの前触れもなく、ナバリオーネは嘔吐《おうと》した。

体から力が抜け、吐瀉物《としゃぶつ》の上に倒れ込んだ。

指先に生じた冷たい痺《しび》れが電流のように全身に広がった。心臓が不規則に鼓動し、そのたびに息が詰まった。

「あ……?」

開きっぱなしの口から、汚穢《おわい》まじりの唾液がだらだらと流れた。だというのに、熱波でも吸わされたような口と喉の渇きがあった。

意思と無関係に跳ね上がった腕が床を叩《たた》き、汚水を跳ね上げた。

腐った水が頬に降りかかり、鼻まで垂れた。

嗤《わら》おうとして、血を吐いた。

食事に毒が盛られていたのだろう。ヒ素か、ふぐ毒か、青酸か。いずれにせよ、致死量に違いない。

追い落とした政治家か商人か、ごく個人的な恨みか。誰がやったものだか、心当たりが多すぎた。

唐突に放り出された死ぬまでの一本道を粛々《しゅくしゅく》と歩きながら、ナバリオーネはかすかに呼吸した。血と吐瀉物と唾液と汚水の混ざったものが、さざ波のように、ナバリオーネの口のあたりで寄せては返した。

筒でも目に当てたように、視野が狭まっていた。そのくせオイルランプの光だけは、目から入って脳を刺す槍《やり》のように、痛かった。わずかに動く眼球を、暗がりに向けた。

ベッドの上では、落ち着きどころを決めたサクサンが、ゆっくりと羽根を伸ばしていた。細かな毛をみっしりとつけた厚い羽は美しかった。

蚕種《さんしゅ》作業にはじめて関わったときのことを覚えている。

かごいっぱいに盛られた蚕蛾《かいこが》が、小さくみじめな羽根をせわしく動かしていた。父も母も祖父母も、かごから蚕蛾を手ですくい、板の上に撒《ま》いていた。板に落ちた蚕蛾はなおも羽ばたきながら、大きすぎるぶかっこうな胴をポンプのように動かした。

蚕蛾は尻をくっつけあって交尾し、黄ばんだ卵を板に隙間なく産みつけ、死んだ。蛇腹《じゃばら》のようだった胴がぎゅっとちぢこまって、固くなっていた。

ナバリオーネは家族の目を盗み、一匹の生きた蚕蛾を外に持ち出した。左手に乗せ、右手をふたにして。

思わず、そうしていた。幼く、無知で、あわれみとやさしさだけがあった。てのひらに、もぞもぞ動く六本の脚と、はばたきの起こす風を感じた。手の中に命があった。生まれてはじめて感じるいとおしさだった。

丈高い桑《くわ》をかきわけて、桑園《そうえん》の奥へ奥へとナバリオーネは向かった。ばれたら信じられないほど怒られるのが分かっていたからだ。

十分に逃げたと思ったところで、ナバリオーネはふたにしていた右手を外した。蚕蛾《かいこが》は板の上にいたときとまったく変わらない様子で、胴をうねらせたり、羽ばたいたりした。

「もういいよ」

ナバリオーネはささやきかけた。なにがもういいのかは分からなかったが、他にかけるべき言葉はなかった。

「もういいから」

蚕蛾の胸をつまんで持ち上げ、桑の葉に乗せた。細い枝が虫の重さにたわんだ。葉が傾いて、蚕蛾は、無抵抗に滑り落ちた。地面の上でひっくり返り、裂けかけた羽根を震わせた。コンパスが円を描くように、頭を支点としてその場でぐるぐる回った。

「ごめん、ちがう、ごめん！」

ナバリオーネは蛾を拾って、今度は太い枝から伸びる葉に止めた。蛾は同じように落ち、同じようにじたばたもがいた。

思い通りにならない怒りと同情を感じた。ナバリオーネは蛾を掴《つか》み、振りかぶった。

「飛べよ！」

放り投げられた蛾は放物線を描いて桑園に消えた。ナバリオーネは泣きながら叫んで、蚕蛾を探した。

見つかりはしなかった。日暮れごろ、使用人が泣きじゃくるナバリオーネに気づいて、彼を連れ帰った。

父も母も、ナバリオーネを叱らなかった。そのかわり、われわれは蚕の命をいただいているから感謝して生きろだとか、みんな何かを犠牲にしているんだよだとか、通りいっぺんの説教をした。

視界がかすんだ。喉が締めつけられるようで、呼吸するたびに笛のような音がした。どれだけそうしていたのか分からなかった。吐き戻した血も吐瀉物《としゃぶつ》も、口のまわりにこびりつき、ひからびていた。痛みはなかった。無感覚だけがあった。

視野のどこかでなにかが動いた。サクサンだった。大きく頼もしい羽根を動かして、蛾は飛び上がった。

ナバリオーネは目をのろのろと動かして、サクサンを追った。ぼたぼたと羽音を立てて、蛾《が》は牢《ろう》の格子をすり抜けた。

しばらくふらふら飛び回ってから、公転のような軌道を描いてオイルランプの火に突っ込んだ。

じゅっと音がして、蚕蛾《かいこが》はまっすぐ汚水に落下した。あとはぴくりともしなかった。

ナバリオーネは、微笑《ほほえ》んだ。わずかのあいだ、蛾は幸福だっただろうか。

飛べたのだ。どこにでも行けたのだ。たとえ数分で命を落としたとしても。

口をきこうとして、喉の奥からごぼっと血が湧きあがってきた。

――願わくば。

声のない声でナバリオーネは願う。

――ピスフィ・ピーダーが、私の呪いもまた、引き継いでくれますように。

それきり彼の意識は途切れた。

◇

「こんな話を知っているか？」

エイリアス・ヌルは、彼がアノン・イーマスだった日々を共に過ごした者へと語りかけた。

「モーリシャスのとある小島の、ぱっとしない道路沿いに、一見してどうでもよさそうな一本の木が生えていた……というより、かろうじて地面に刺さっていた。そのアカネ科の木は、ダニにまとわりつかれ、ヤギに葉っぱを食い荒らされ、半死半生だったからだ」

平たい海面は、昇りはじめた朝日を浴びてまっしろだった。

「その木がどこからやってきたのかは、誰も知らない。マスカレン諸島を構成する別の島からやってきたことだけは事実だ。おそらくは鳥の糞《ふん》にまぎれていたのだろう」

海面を切り裂いて、エイリアスが乗った小舟は潟《ラグーナ》の外へと向かっていた。

「ところがある日、とんでもない事実が明らかになった。その木は、とっくに絶滅したと考えられていた、野生のコーヒーの一種だった。ひとびとは大慌てで木を移植し、フェンスを立てて囲った。どこかの物知らずが、地球最後の生き残りをうっかり切り倒さないように」

エイリアスは言葉を切って、遺体の髪に触れた。妻の、さらりとした黒髪に。

「フェンスは驚くべき効果をもたらした。ひとびとはこう思ったのだ。なるほど、わざわざ守るぐらいだから、これは貴重な木なのだな、と。そしてフェンスを乗り越え、小枝や葉や樹皮をむしっていった。誰もが特別な木を欲しがったし、二日酔いに効くなどという噂話《うわさばなし》まで広がった。こうして、地球にたった一本だけ残るコーヒーの木は、見る見るうちに瀕死《ひんし》状態になった」

遺体は服をはぎ取られ、おまけに繰り返し辱《はずかし》められた痕跡が残っていた。手に掛けた連中はおそらく最初期の感染者となって、自分も、まわりの者もおおいに殺しただろう。

「コーヒーを守るため、フェンスを有刺鉄線で囲んだ。それでもひとびとは葉や枝を欲しがったから、有刺鉄線のまわりにフェンスを立てた。ひとびとはますますやっきになって枝葉をむしった。しかたなく、二番目のフェンスを二番目の有刺鉄線で守った。それでも守り切れず、最後には数千平方メートルの土地をまるごと囲い込み、警備員を立てることになった」

エイリアスは遺体にロープをかけて、いくつもの傷と桜斑《おうはん》を隠した。

「もちろんひとびとは、木を滅ぼそうと思ってやったのではない。自分ひとりが少しだけ奪っていくのであればかまわないと考えただけだ。多くの人間が同じように思っているなどとは想像しなかった」

語り終えたエイリアスは、ロープごと妻の遺体を抱き上げた。

「この話には多くの教訓が詰まっている。そのひとつは、外部からもたらされた新しい価値に、人は抗《あらが》えないということだ。死んだ君の、朽ちない遺体を貪《むさぼ》った愚か者がそうであるように」

身を屈《かが》め、亡骸《なきがら》を海に放つ。

長い髪がふわりと広がって、遺体はゆっくり沈んでいった。

あぶくの最後の一欠片《ひとかけら》がはじけるのを待って、エイリアスは櫂《かい》を操った。

「さようなら、愛《いと》しい人」

舟は大きな弧を描いて旋回し、舳先《へさき》は本島を指した。

「小さく完璧な世界を」

◇

やけに寒い夏が駆け足で過ぎ去り、やたらに寒い秋が近づいていた。

でも、なにも終わってはいない。

新しい元首を置いた大評議会は、ピスフィの提案を受け入れた。感染症研究討議会はよちよち歩きをはじめ、たいていの白神は政府のお願いに快く応じた。僕もまたその一人となった。

百貨迷宮《ひゃっかめいきゅう》からはいくらか抗生物質が得られ、特殊施療院の感染者を対象とした治験がはじめられた。

そこには残酷なトリアージの論理がある。そしてきっと、残桜症《ざんおうしょう》は薬剤耐性を得るだろう。蔓延《まんえん》し尽くし、殺し尽くすまで、悪疫は頑固に居座るだろう。

移民島に関するごたごたはまるっきり手つかずで、焼け落ちた建物は撤去されることなく残っている。食糧配給だけは滞りなく行われているけれど、そのことで大評議会は批判にさらされている。

たまったうっぷんを暴動としてぶつけようとするひとびとへの抑止力は、皮肉なことに、ナバリオーネが組織した私兵たちだ。彼らは所属もあいまいなまま、移民島の出丸《でまる》に駐留している。

「よしよし、いいあんばいだね」

煮豆をひとつ味見して、僕は呟《つぶや》いた。

そら豆を蜜でじっくり煮含めた、おたふく豆。潰さないよう、きんとん箸《ばし》でひとつひとつ重箱の仕切りに移していく。盛りつけたら、銀箔《ぎんぱく》を散らす。

干潟で摘《つ》んできたスサビノリからつくった板海苔《いたのり》は、炭火でさっと炙《あぶ》る。おにぎりをたわら形に握って、海苔を巻く。具は焼いた塩うずわ、ツナマヨ。

さや大根のぬか漬け。

クリームコロッケ。

柿《かき》といちじくのコンポートには、ライムを絞って。

重箱に詰め終えたら、蒔絵《まきえ》の施されたふたをする。絵のモチーフは、海と島とライムの枝。

ずっしり重たい重箱を抱えて、海の見える庭に出る。

「お待たせ、お弁当できたよ」

声をかけると、歓声があがる。そこにはみんながいる。

ピスフィ、ミリシアさん、パトリト君、銜川さん。

それからもちろん、榛美さん。

お墓もなく死んでいった人たちを悼《いた》むため、集まったみんながいる。

なにも終わらない。運命なんてないし、奇跡だって起こらない。

それでも残された僕たちは、歩いていく。

よたつきがちな頼りない歩調で。


「さあ、いただきますしようか」

だから、食べよう。どんなときでも、できるだけ、おいしいものを。

ひとりでいたい人はひとりで、だれかといたい人はだれかと。

からだはごはんでできているからね。


「いただきます！」

食べてしゃべってその繰り返しで、僕たちは弱いまま、群れてなぐさめ合う。


〈『康太の異世界ごはん 6』完〉

ヒーロー文庫

康太《こうた》の異世界《いせかい》ごはん 6

中野在太《なかのあるた》

2021年3月10日　第1刷発行

発行者　前田起也

発行所　株式会社　主婦の友インフォス
〒101-0052 東京都千代田区神田小川町 3-3
電話／03-6273-7850（編集）

発売元　株式会社　主婦の友社
〒141-0021
東京都品川区上大崎 3-1-1 目黒セントラルスクエア
電話／03-5280-7551（販売）

印刷所　大日本印刷株式会社

ISBN 978-4-07-447936-8